Adieu, Rive-Sud, P.Q.

Catalogage avant publication de Bibliothèque et Archives nationales du Québec et Bibliothèque et Archives Canada

Morgan, Jean-Louis, 1933-
Adieu, Rive-Sud, P.Q. : les folles nuits de Montréal
ISBN 978-2-89585-635-1
I. Titre.
PS8626.O744A62 2015 C843'.6 C2014-942499-X
PS9626.O744A62 2015

Les Éditeurs réunis bénéficient du soutien financier de la SODEC et du Programme de crédits d'impôt du gouvernement du Québec.

Nous remercions le Conseil des Arts du Canada de l'aide accordée à notre programme de publication.

Nous reconnaissons l'aide financière du gouvernement du Canada par l'entremise du Fonds du livre du Canada pour nos activités d'édition.

Édition :
LES ÉDITEURS RÉUNIS
www.lesediteursreunis.com

Distribution au Canada :
PROLOGUE
www.prologue.ca

Distribution en Europe :
DNM
www.librairieduquebec.fr

Suivez Les Éditeurs réunis sur Facebook.

Imprimé au Canada
Dépôt légal : 2015
Bibliothèque et Archives nationales du Québec
Bibliothèque nationale du Canada
Bibliothèque nationale de France

JEAN-LOUIS MORGAN

Adieu, Rive-Sud, P.Q.

LES FOLLES NUITS DE MONTRÉAL

LES ÉDITEURS RÉUNIS

Chapitre 1

À bord d'une vieille Ford 1936 en panne par un jour d'hiver du début des années cinquante, transi de froid, j'attendais une hypothétique dépanneuse en songeant à mon avenir. Cette voiture de couleur violet délavé, dont le V8 avait tourné plus de vingt ans, m'avait été vendue 100 $ par un fermier aux fins de mois serrées. Quant à moi, exclu de Longueuil-Est, la Cité de la misère où j'avais cru jouer mon rôle comme petit patron d'un hebdo, je me retrouvais pratiquement interdit de séjour sur la Rive Sud à la suite d'accrochages avec une bande de politiciens locaux corrompus. Il me fallait essayer maintenant de reprendre mes études de Lettres en finissant ma maîtrise ou encore gagner ma vie. Une chose était certaine : j'avais acquis de l'expérience dans un curieux métier, celui de nouvelliste au service d'un hebdomadaire municipal. J'avais travaillé de longs mois dans la poussière jaunasse d'une ville-dépotoir ressemblant à un chantier de construction abandonné et appris à vivre avec des édiles manipulateurs, brutaux et primaires, qui édifiaient leur petit empire. En dépit de tous leurs défauts, ces derniers possédaient les qualités que l'on prête à certains vieux «juges de paix» ou conciliateurs des milieux criminels. Je devais apprendre par la suite qu'ils n'étaient que la touchante caricature de personnes, pourtant bien-pensantes, répondant au titre d'«honorables» (ou mieux, de «très honorables») et balançant des billets de cinq dollars lors des quêtes à la grand messe.

Échoué sans un sou à Montréal, il ne me restait plus qu'à faire du porte-à-porte pour tenter de monnayer l'assez peu commune expérience que j'avais prise dans la pratique du journalisme municipal en milieu faisandé. Au cours de ces aventures, j'avais un peu perdu de mon innocence et de ma naïveté, ce qui allait m'être éventuellement utile par la suite. Parallèlement, ces déconvenues s'étaient aussi soldées par une vive peine d'amour, ce qui ne présentait aucun intérêt pour quiconque que moi-même. J'essayais donc de mettre de côté tout ressentiment affectif pour me concentrer sur la recherche d'un travail dans mon domaine.

Subsistant en vendant des potins à 50 sous l'unité aux petits journaux à sensation, je ratissais dans mon tas de ferraille les rues du Montréal cabaretier et louche, où je n'avais pas à attendre longtemps pour trouver des sujets d'articulets. Par exemple, il suffisait de traîner tard au coin des rues Saint-Laurent – dite la *Main* ou «rue principale» en anglais – et Sainte-Catherine, le temps de manger un hot-dog à dix sous au Montreal Pool Room ou de prendre un verre de bière dans une taverne aux tables poisseuses, pour se faire aborder par quelque traîne-misère plus ou moins interlope qui vous racontait sa vie alors que l'on ne lui demandait rien, vous proposait de la drogue, parfois une arme dont le numéro de série avait été limé (et garantie n'avoir jamais servi) ou encore quelque objet plus ou moins précieux qu'il avait acquis, comme on s'en doute, par des moyens illicites.

On ne se méfiait guère de moi. Pour ces informateurs atypiques, j'étais trop jeune pour être un flic. Si elle me protégeait, ma jeunesse me causait également du tort, car certains rôdeurs, amateurs de jeunes gens, se hasardaient à me faire des propositions que j'appris vite à décoder. Les habitudes prises dans le monde carcéral s'effaçaient difficilement chez ces amateurs de jeunots, mais il suffisait de leur faire comprendre avec tout le tact souhaitable que l'on n'était absolument pas intéressé par ce qu'ils avaient à vendre pour qu'ils n'insistent pas. La plupart des témoignages de ces spécimens de la faune locale étaient pathétiques et auraient fait de bons sujets d'études pour des spécialistes des sciences humaines. Leurs récits provoquaient souvent une résonance que les Américains appellent *human interest*, mais vous collaient de quoi cafarder des jours entiers.

Je me tenais souvent au *Cordner*, un restaurant calamiteux situé au nord de la rue Sainte-Catherine, où se tenaient de nombreux revendeurs de drogues – héroïne, *goof balls* (barbituriques) et *poppers* (vasodilatateurs). Ils vivaient dans la crainte de l'apparition un peu trop soudaine des *horsemen* ou gendarmes fédéraux appartenant à ce corps prestigieux connu internationalement sous le nom de « Police montée ». Avec leur teint cireux ou semblant avoir des reflets ultraviolets, leur air traqué, les dealers et usagers avaient l'air de personnages hallucinés vivant constamment dans l'attente de quelque imminent Jugement dernier ou d'un arrivage de drogue. Les flics opéraient parfois des descentes. De toute façon, à ce croisement, il ne fallait guère longtemps pour qu'ils se manifestent et pour que l'on entende les sirènes mugir. Bref, c'étaient les bas-fonds.

M'inspirant d'expériences américaines afin d'obtenir des histoires plus réalistes, je n'hésitais pas à attraper des puces en allant coucher dans une *flophouse* ou refuge à 25 cents la nuitée du carrefour Craig-Saint-Laurent. Surmontant mon dégoût, jouant les clochards, en m'entretenant, lorsque c'était possible, avec certains pensionnaires de ces asiles, il y avait moyen de récolter des informations troublantes que les marchands de papiers hésitaient souvent à publier par crainte de se voir accuser de libelle. Il était étonnant de constater ce que l'on pouvait récupérer auprès de ces épaves car, même dans leur délire, elles étaient ce qui me semblait être les yeux et les sentinelles de la rue.

On retrouvait parmi ces gens l'inévitable histoire du citoyen bien nanti au départ, puis accablé par le destin et tombé dans les bas-fonds à cause de romances malheureuses, d'alcoolisme ou de toxicomanie. Il était évidemment nécessaire d'effectuer un tri sévère parmi ces lambeaux d'informations et de les recouper avec des preuves plus sérieuses sous peine de se voir poursuivi en justice par les avocats fumeurs de cigares que l'on pouvait voir s'agiter en cour municipale. Toutefois, en vérifiant ces récits pitoyables, au-delà du conte récurrent du magnat de la finance réduit à l'état de « bum », de *robineux* ou de buveur d'alcool dénaturé, on discernait la fragilité commune à tous les êtres humains, même les plus courageux. Une grande leçon d'humilité. Cela me faisait penser à cette mise en garde cynique que l'on retrouve parfois à la porte de certains cimetières : *Nous avons été ce que vous êtes ; vous serez ce que nous sommes.*

Le sulfureux Oscar Wilde avait déjà dit en son temps que le grand public faisait preuve d'une incroyable curiosité pour tout savoir, sauf ce qui a de l'importance, et que les journalistes, conscients de cette réalité et non dépourvus d'esprit mercantile, s'empressaient de répondre aimablement à cette demande. Même en me fourvoyant dans le potinage, je m'apercevais que les confrères aînés et pontifiants ne faisaient que la même chose, mais de manière plus officielle, puisque rémunérés à l'année.

Il fallait être jeune et affamé pour prendre de tels risques et acquérir ce genre d'expérience de la vie que l'on ne s'approprie guère qu'en temps de guerre et que personne ne reconnaît de toute façon. Il fallait surtout ne pas s'attarder dans ce milieu misérable sous peine de se faire phagocyter par les personnages qui y évoluent. Mais que faire pour se remettre en selle et reprendre ses études lorsque l'on n'a pas de famille en mesure de nous venir en aide ? Bref, j'étais dans la gêne.

Adélard Lebourg, un imprimeur de Berthierville, propriétaire d'un journal à potins intitulé *L'Écornifleur*, me devait trois cents dollars qu'il refusait de me verser parce que mes textes n'étaient pas suffisamment sensationnalistes à son goût. «Je veux des textes plus juteux, du *prurient*; oui, du *prurient* mon p'tit Mozusse ! » me répétait cet homme grassouillet en postillonnant lorsque je lui réclamais mon dû. Il jouissait littéralement en utilisant le qualificatif *prurient*, qui signifie « lascif » ou « libidineux » en anglais, voulant dire par là qu'il désirait des textes prioritairement érotiques ou se croyant tels. « Laisse faire la vérification des informations et toutes les précautions inutiles que tu prends. Au besoin, il suffit de ne pas donner les noms des gens et de se contenter d'initiales », ajoutait-il. C'était une mode dans le milieu de ces petits journaux. « Je veux faire de *L'Écornifleur* la *scandal sheet* la plus lue de la province, peut-être même un *Playboy* canadien-français… reprenait Lebourg. Alors ton "objectivité", comme tu dis, tu sais où tu peux te la mettre. J'en ai rien à sacrer ! » Il me bassinait avec son *prurient*, qui me faisait penser au prurit et aux démangeaisons, séquelles récoltées lors de mon passage dans les asiles de nuit. Lebourg voulait du scandale à rabais, mais rêvait tout haut en prétendant copier *Playboy*, un magazine américain nouvellement lancé, dont le promoteur rusé se trouvait, sur le plan de l'astuce et de la stratégie commerciale, à des années-lumière de lui.

Lebourg, qui s'était servi néanmoins de ma prose, consentit à me faire un paiement partiel par chèque. Je le laissai à ses illusions de pouvoir produire sur ses antiques presses aux rouleaux constamment mal ajustés un magazine masculin en quadrichromie. Las de me battre, je décidai de ne plus faire affaire avec lui. Je ne fus guère surpris lorsque, deux jours plus tard, après avoir déposé son chèque dans mon compte, ma banque m'annonça qu'il était sans provisions. Les frais d'éventuelles démarches juridiques promettant de coûter davantage que la somme à recouvrer, je ne pouvais que laisser choir mes revendications. Il fallait vraiment trouver autre chose.

À force de tirer les cordons de sonnette, j'obtins un rendez-vous avec une dame dans la quarantaine avancée que l'on disait apparentée par alliance à une grande famille, fondatrice d'un quotidien montréalais réputé. Elle m'accueillit dans le salon de son luxueux appartement de l'avenue des Pins. Probablement européenne d'origine, elle crut bon de me signaler qu'elle portait un titre nobiliaire. « Comtesse d'Orvey », m'annonça-t-elle. Impressionné, cela me poussa à esquisser un baisemain maladroit. Son nom me fit penser à l'orvet, une sorte de lézard aux pattes atrophiées, mais je balayai vite cette image négative de mes pensées. Attentif au décorum, je trouvais que la dame, avec ses cheveux blonds oxygénés, me rappelait Suzy Prim, une actrice française des années trente et quarante, qui se spécialisait dans les rôles de femmes fatales. L'accent assez vulgaire de Mme d'Orvey accentuait cette curieuse ressemblance, si peu conforme à l'image que l'on peut se faire d'un membre de la bonne noblesse française.

Elle m'offrit une généreuse portion de vieille fine de Bourgogne et, après avoir descendu son verre d'un lever de coude digne de celui d'un loup de mer assoiffé, elle se lança dans l'énumération d'une liste de ses connaissances, apparemment très bien placées dans le secteur des organes d'information. Constatant que j'étais impatient d'en arriver au fait, elle me déclara d'un air las : « Jeune homme, aujourd'hui, je vais vous recommander à un administrateur de l'hebdomadaire *L'Est métropolitain*. Il aura peut-être quelque chose pour vous. Si ça ne fonctionne pas, revenez me voir. Ce sera toujours un plaisir de vous accueillir... »

Je n'en demandai pas plus et suivis ce conseil. Hélas ! Je ne tardais pas à constater que la personne que l'on m'avait recommandée survivait à peine avec son hebdo tristounet ne comportant que des placards publicitaires mal rédigés. À côté de lui, mon ancien journal, *Le Phénix de la Rive-Sud*, malgré ses réclames, faisait figure de bulletin littéraire. De toute façon, l'administrateur recherchait avant tout un colporteur d'annonces à commission pour solliciter les proprios de petits magasins calamiteux de l'est de la ville. Le deuxième intervenant qu'elle me recommanda n'eut à m'offrir comme travail qu'un poste du même genre. De quoi crever de faim. Je retournais donc à deux reprises voir ma comtesse qui, chaque fois, m'arrosait abondamment de fine et de whisky de vingt ans d'âge et insistait pour que je n'hésite pas à revenir la voir lorsque j'essuyais un échec ou refusais un emploi peu reluisant.

Le jeu aurait pu durer plus longtemps si elle n'avait pas dévoilé ses batteries au cours de ma troisième visite. Ce soir de spleen-là, alors que nous discutions à bâtons rompus du mal de vivre et des difficultés, elle m'appela « Mon coco » en me pétrissant les cuisses dans un geste dénué d'ambiguïté, en me tutoyant et en m'invitant à la rejoindre dans la cabine de sauna de son appartement pour y exsuder nos angoisses. Je compris alors que ses « recommandations » n'étaient qu'un prétexte pour attirer chez elle ceux qu'elle décrivait volontiers comme de « jeunes poireaux » et dont je faisais, bien sûr, partie. Peu attiré par cette coquine proposition, je coupais abruptement les ponts avec elle. Il ne s'agissait même pas d'une question d'âge, car elle avait encore belle allure, mais je la trouvais tout simplement inintéressante, voire vulgaire, malgré ses prétentions nobiliaires.

D'origine probablement modeste, Mme d'Orvey m'avait confié avoir fait à une certaine époque un riche mariage qui lui avait permis de glisser ses doigts boudinés dans la garniture d'un crémeux gâteau comprenant des journaux, des imprimeries et des agences de distribution. S'étant débarrassée de son époux dans des circonstances qu'elle se garda de commenter, elle semblait vouloir rattraper le temps perdu. Cela la regardait mais, en ce qui me concernait, je passais volontiers mon tour à d'autres jeunes gens susceptibles de se montrer émoustillés par ce genre de commandite. À condition de jouer les gigolos, il y avait probablement moyen de faire fortune au ralenti avec cette dame. En ce qui me concernait, je n'aurais pas été capable de jouer un tel jeu et de me regarder dans la glace. Ma chute dans les bas-fonds allait donc du *Cordner* à un luxueux appartement de l'avenue des Pins.

Je décidai alors de faire appel à une vieille connaissance de la radio d'État qui me vendait des bandes dessinées de syndication à l'époque active du *Phénix de la Rive sud*, afin d'arrondir ses fins de mois. Elle avait également essayé de faire passer dans mon hebdo des poèmes lesbiens de son cru, très éloignés des préoccupations de mes lecteurs. Il s'agissait de Gaétane Duffond, qui, depuis lors, s'était imposée sur les ondes en provoquant ses interlocuteurs, parfois à bon escient, mais la plupart du temps pour se mettre en valeur et passer pour une personne caparaçonnée d'un inattaquable sens critique. Protégée en haut lieu dans les cercles homosexuels où elle jouait les Gertrude Stein et ayant acquis beaucoup d'influence, elle prenait des risques qui auraient fait congédier plus d'un journaliste, mais, grâce à ses relations, elle possédait une sorte d'immunité diplomatique. Elle me reçut exactement dix minutes et eut l'amabilité, en souvenir des services que je lui avais rendus, de me référer à un réalisateur, Gontran Saint-Amant, qui cherchait apparemment un assistant pour lui donner un coup de main dans l'élaboration de ses émissions de variétés et dans leur promotion.

Enchanté, je rencontrai le monsieur dans le restaurant d'un grand hôtel, où nous fîmes honneur à un repas bien arrosé. À la lecture de mon curriculum vitae et après m'avoir interrogé sur mon expérience, il me proposa un poste d'adjoint, en me précisant que l'approbation de sa Direction ne constituait qu'une simple formalité. Il m'invita à venir prendre un digestif chez lui afin de sceller notre entente. Je m'étonnais de la facilité avec laquelle j'avais décroché ce poste dont la description des tâches, quoique mal définie, était cependant prometteuse. Arrivés à son appartement de la rue du Fort, il poussa devant moi une petite table à roulettes remplie de bouteilles et mit sur son *pick-up* un slow particulièrement sensuel de Ben Webster. Ce saxophoniste de jazz étant l'un de mes préférés, je commentais ce morceau datant de la collaboration de l'artiste avec Duke Ellington, lorsque Saint-Amant me demanda si j'aimais danser.

— Oui, à l'occasion, lui répondis-je.

— Moi aussi. Accepteriez-vous de danser maintenant avec moi ?

— Non merci, répliquai-je. Je ne danse d'ordinaire sur ce genre de rythme qu'avec des femmes. La seule fois où j'ai dansé avec des hommes, c'était au cours d'un festival folklorique où des amis grecs avaient improvisé une danse crétoise appelée *kalamatianos*.

Ravi de ces références à la culture hellène, mon employeur pressenti profita de l'occasion pour me mentionner qu'il possédait justement des disques de folklore grec dans sa collection et qu'il était prêt à me les passer afin que nous puissions voir si je n'avais pas oublié les pas que j'avais appris. Lorsque je lui demandai de ne pas se donner la peine de les chercher et lui fis savoir fermement que je n'étais guère d'humeur dansante à cet instant précis, son visage se rembrunit.

Cette visite et ces libations se terminèrent brusquement. Après m'avoir fait remarquer sèchement que l'après-midi avançait et qu'il avait du travail au bureau, Saint-Amant me promit de me rappeler le lendemain. Je n'eus, on s'en doute, aucunes nouvelles de ce courageux défenseur de la culture et ne pus jamais le rejoindre par la suite. Le jeune naïf que j'étais s'était une fois de plus fourvoyé dans un milieu aussi glauque que celui de l'administration municipale, de la politique ou des épaves de la rue Saint-Laurent.

Peu après, fort heureusement, mon ami Nils Sendersen, de *Montréal Hebdo*, me donna un tuyau en me signalant un poste qui s'ouvrait à la station CKVL de Verdun, propriété de Jack Tietolman, un genre de Samuel Goldwyn local plus frétillant qu'un haricot sauteur du Mexique. Ce maître vendeur, qui aurait pu refiler des congélateurs aux Inuits, révolutionna la radio au milieu des années quarante en imposant des artistes de langue française alors que lui-même était anglophone et s'exprimait dans le langage imagé d'un artisan du secteur de la confection. Je fus pris en charge par le comptable, un certain Peretz Iskar, qui me colla à la rédaction des messages et spots publicitaires et des textes de présentation. M'étant occupé d'un hebdo, je n'eus guère de mal à produire des spots en série et des textes pour les animateurs, si bien que j'eus rapidement du temps libre pour m'entretenir avec les artistes qui assuraient le succès de la station de radio.

Le génie de Jack Tietolman, le grand patron, était de savoir rassembler tous les noms du milieu francophone de l'animation radio autour de ses micros : Roger Baulu (le « Prince des annonceurs »), Jacques Normand, Jacques Desbaillets, Jean Coutu, Gilles Pellerin et, du côté anglais, Corey Thompson. Cette grande famille était soudée et, contrairement aux autres stations, ses membres semblaient ne pas se faucher l'herbe sous les pieds. Alors que, sur les autres postes, on se serait cru dans quelque service fonctionnarisé où les collègues étaient des ennemis potentiels, à CKVL, dans les services artistiques, on ne passait pas une minute sans rigoler et, dans les studios, les animateurs amenaient des bouteilles pour réchauffer l'atmosphère. Dans cette ambiance relax, lorsqu'un collègue était en studio, un autre pouvait intervenir et, selon l'expression consacrée, « glisser ses cinq cents dans le gramophone ». Alors que les artistes qui travaillaient à Radio-Canada devaient abandonner une partie de leurs cachets publicitaires au poste d'État, il n'en était pas de même à CKVL, où l'on ne les ponctionnait pas. Aussi ne fallait-il pas s'étonner si la station du 211, de l'avenue Gordon à Verdun, était bien vue auprès de la colonie artistique.

Le long de la modeste avenue, on pouvait voir les voitures de fantaisie des animateurs les plus populaires de Montréal ainsi que celles, plus modestes, des employés du poste portant fièrement sur leur pare-brise une plaque de la station, parfois avec le mot « Presse ». On me remit une plaque semblable, mais je n'eus jamais le culot de la poser sur mon vieux tas de ferraille de crainte de déshonorer mon employeur.

L'univers du *showbiz* montréalais n'avait pas attendu les *fifties* pour se faire connaître en Amérique du Nord. Les meilleurs spectacles du « Montreal-by-night » étaient soutenus par de grands noms des circuits américain et français. Les auteurs et interprètes québécois ne s'étaient pas encore imposés mondialement. Le public applaudissait surtout des artistes anglo-saxons ou français et ces derniers donnaient le ton. Les cabarets ou « clubs de nuit » qui n'engageaient pas de vedettes internationales étaient donc tristounets. Leurs spectacles se réduisaient souvent à l'effeuillage sommaire d'une beauté fanée, à une inévitable imitation de Maurice Chevalier ou de Luis Mariano ou à la traduction littérale de succès américains.

Ces efforts d'adaptation pouvaient être risibles. L'un de ces interprètes-adaptateurs, Emilio Lafrancia – de son vrai nom Léon Lafrance –, était un gaillard plein de bonne volonté. Il s'illustrait par des traductions-express plutôt croustillantes et mot-à-mot que diffusait CKVL, dont l'une d'un succès d'Eartha Kitt :

Somebody bad stole the wedding bell (3 fois)
Now, nobody can get married

La traduction, pour ne pas dire la « translation », d'Emilio donnait ceci :

« Coqu'un d'pas fin a volé la cloche » (3 fois)
« Pis y a plus personne qui peut s'marier »

Quelques années plus tard, on ne tarda pas à lui devoir également une traduction du succès de Frankie Laine, *Your Eyes Are the Eyes of a Woman in Love*, qui devint évidemment, grâce à son intervention : « Tes yeux sont les yeux d'une femme en amour » ; enfin, plus tard, *The Purple People Eater* de Sheb Wooley se transforma sous sa plume en « Mangeur d'hommes cramoisi ». Mieux, il concocta une chansonnette dont les paroles étaient « Vingt-quatre heures par jour, comme CKVL, je veux vous aimer Mam'zelle… » qui devint une sorte de slogan. On se contentait de peu, ce qui n'empêchait pas de s'amuser. Celui qui modifia la scène fut un certain Jacques Normand, de Québec, qui, s'inspirant de la technique des chansonniers parisiens, implanta l'esprit gaulois et Rive gauche dans le monde des cabarets dominés par le style du *slapstick* ou arlequinade à l'américaine.

Il me raconta comment il avait commencé tout jeune pendant la guerre au *Vienna* de Jack Horne, où deux animateurs, de grandes folles sympathiques et connues, selon leurs propres termes, «comme Barbara dans la Passion», passaient de table en table avec un petit piano à roulettes à la manière des musiciens tziganes pour jouer quelque air sentimental aux dames et à leur cavalier ou encore aux clients qui célébraient leur anniversaire. Pour les accompagner, Jacques Normand chantait des rengaines françaises des années trente et quarante. Plus tard, ces performances, quoique un peu cuculs, furent bien accueillies par le public francophone privé de contacts avec le Vieux pays à cause de la guerre.

Du Vienna, Normand était passé à CKVL, dont la licence ne permettait à cette station de 1 000 watts de ne diffuser que du lever au coucher du soleil. Il s'agissait là d'une curiosité de la réglementation du Bureau des Gouverneurs de la radio. L'été, cela donnait une bonne plage de travail, mais, en hiver, le personnel terminait sa journée de bonne heure. (Cette incongruité prit fin en 1947 et la station put émettre 24 heures par jour.) Au début, à cause de ces limites, il fallait empiler toutes les émissions vedettes le matin et au milieu de la journée, puis sortir la grosse artillerie avant la veillée. Il faut dire qu'en 1952 la télévision – bilingue – de Radio-Canada monopolisait la soirée, faute de rivale. CKVL était une vraie station vedette. Il convient de signaler que la concurrence n'était pas forte. Il y avait bien sûr Radio-Canada, poste d'État un peu formaliste, de qualité internationale, favori des classes moyennes et supérieures ; CKAC, la station de *La Presse*, où l'on vous recommandait le samedi soir de ne pas oublier la messe dominicale et où l'on diffusait chaque soir le chapelet en famille ; enfin il y avait le soporifique poste CHLP, station du journal *La Patrie*, qui s'acheminait lentement vers sa disparition faute de se renouveler et, bien sûr, à cause de l'invasion des postes anglophones.

La « Parade de la chansonnette française » avait permis de donner de la popularité à CKVL. Au lieu de passer les disques des interprètes de manière hétéroclite, on les regroupait. Les artistes bénéficiaient chacun d'un quart d'heure d'audition le midi et en soirée, si bien que les cotes d'écoute ne tardèrent pas à monter à peu de frais pour se placer aux premiers rangs. Le plus beau, c'est que cela ne coûtait pratiquement rien : il ne s'agissait que de faire tourner des disques avec un minimum de commentaires. Les vedettes françaises s'étonnaient de passer si souvent sur une radio de la banlieue montréalaise et parlaient abondamment de CKVL dans leur pays. Elles se faisaient un point d'honneur de visiter le poste de Verdun lors de leur passage au Canada et commentaient abondamment l'événement en Europe, comme s'ils avaient été reçus sur les plateaux des grands réseaux américains.

Tout ce qui comptait dans le milieu artistique radiophonique passait à une émission très populaire, la « Parade de la chansonnette française », qu'il s'agisse de personnalités francophones ou canadiennes-françaises. L'autre émission qui récoltait les plus hautes cotes d'écoute était *Le Fantôme au clavier*, dont Jacques Normand était l'animateur avec un pianiste exclusivement anglophone, Billy Monroe. Ce dernier, en vertu des règlements syndicaux, ne devait pas parler. « Si je fais parler Monroe, je vais avoir un paquet de troubles avec les *unions* (syndicats) et ça va me coûter un tas de dollars, avait déduit Jack Tietolman. Il faut trouver un *staightman* (faire-valoir) à Normand, quelqu'un de beau, de bon, de pas cher, et laisser Monroe se contenter de faire de la musique. » Normand rassura Jack.

Monroe, qui était capable de reconnaître à l'oreille presque n'importe quel air populaire, anglais comme français, à condition que l'on lui en fredonne les premières notes, était paradoxalement imperméable à notre langue.

« Tu te cherches un *staightman* ? demanda Normand à son patron. J'en ai un pour toi, qui ne te coûtera pas un sou de plus parce qu'il est déjà ton employé ! Il s'agit de Gilles Pellerin, cet ancien annonceur de Trois-Rivières qui est dans tes bureaux et fait constamment rire ses collègues. Moi, j'en ferai mon affaire… » Ravi, Tietolman accepta et Pellerin joua les souffre-douleurs aux réactions plutôt lentes avant de devenir un humoriste et un monologuiste reconnu. *Le Fantôme au clavier* se déroulait dans une salle de cinéma louée et présentait une attraction s'inspirant des techniques parisiennes. On se bousculait pour y assister et il fallait faire appel à de massifs policiers pour assurer le service d'ordre. C'était un engouement comme on n'en avait jamais connu. Des tas de gens voulaient toucher du doigt ou du moins voir ceux et celles qu'ils appelaient leurs « veeudettes » de la radio, en traînant sur la première syllabe de ce mot.

Des tas d'imitatrices de *bobby soxers*, ces adolescentes américaines séduites par le swing, se précipitaient, haletantes, aux portes des salles et des entrées des stations de radio pour quémander des « orthographes » aux personnes qui sortaient. Au début, même les techniciens se faisaient solliciter. Les jeunes filles leur demandaient parfois s'ils étaient des « zartistes ». Lorsqu'ils répondaient par la négative, ces chasseresses d'autographes leur demandaient de signer quand même, car on ne savait jamais… Avec les vedettes internationales, c'était de la folie.

Dans cet esprit, je me rappelle avoir été pris à partie rue Saint-Laurent lors de la venue au Monument national d'André Dassary, un célèbre ténor français d'origine basque. Après avoir interviewé le chanteur et pris sa photo en compagnie d'admiratrices pour le *Montréal-hebdo* en face du théâtre, des jeunes filles, apparemment excitées, voulurent que je prenne également des photos d'elles avec mon *Speed Graphic*, un lourd appareil qui était l'outil-type du métier de reporter. Étant à court de plaques photographiques, je refusai. J'aurais dû faire fonctionner mon flash à vide et prétendre avoir fait poser ces harpies juvéniles avec leur idole, car, pour toute réponse, je reçus une grêle de coups de parapluie. Alors que je repoussais ces furies, je récoltai des coups de poings et des griffures d'une douzaine de ces folles ; mon appareil tomba dans le caniveau et se brisa.

Lorsque la « radio-police » arriva, mes agresseuses s'étaient dispersées dans la *Main* et j'en fus pour mes frais. Le lendemain, mon visage juvénile, assez malmené, trônait dans la page des potins d'au moins deux quotidiens, grâce à un autre photographe arrivé sur les lieux après avoir été prévenu par des policiers. Cet incident incongru amusa les amateurs de faits divers et ravit Dassary lui-même. Après tout, mes mésaventures servaient indirectement sa publicité, même s'il était un artiste à la réputation bien établie. Mince consolation. Pas toujours facile, le métier de pigiste…

Chapitre 2

La vie n'étant pas folichonne à Montréal au début des années cinquante, les artistes voulaient trouver de nouvelles formules pour briser le train-train un peu trop embourgeoisé qui avait suivi les années folles de la guerre, le grand foutoir qui s'en était suivi et le nettoyage effectué par Pacifique Plante, un fameux justicier qui deviendrait pour moi un ami. Parallèlement au dynamisme de la petite bande de CKVL, entraînée par Jacques Normand, il y avait eu la fondation du *Faisan Doré* à la fin des années quarante. Situé au symbolique carrefour Saint-Laurent – Sainte-Catherine, cet établissement, qui s'appelait le *Val d'Or* au début, était ce que les Anglais appellent un *beer joint* et les Français un « trou ». Le proprio était celui que les journalistes appelaient alors pudiquement « L'homme d'affaires bien connu », pour ne pas dire le présumé parrain de la Mafia, Vic Cotroni. Il avait comme associés les frères Martin, deux Marseillais au savoureux accent provençal, des gars que chez les mauvais garçons français on appelle des « moelleux », sans doute pour leurs manières conciliatrices et leur rôle pacificateur lors de conflits pouvant porter ombrage au « bizness ».

Malheureusement les propriétaires du *Val d'Or* faisaient fonctionner l'établissement sans trop prêter attention aux règlements municipaux ni aux lois, déjà bien malmenés. L'endroit était connu pour ses bagarres homériques, ses clients vindicatifs balancés dans la rue comme des paquets de linge sale, sa clientèle interlope. Le gouvernement provincial le ferma en 1946. Après bien des démarches des cabaretiers auprès du gouvernement Duplessis, dont certains représentants étaient toujours prêts à se faire graisser la patte, celui-ci autorisa la reprise des activités du commerce à condition qu'il change de vocation. Les Martin récupérèrent leur permis de la Commission des liqueurs, mais seulement une licence de restaurant. Ils demandèrent à Jacques Normand, connu sur les ondes de CKVL pour sa *Parade de la chansonnette française* et *Le Fantôme au clavier*, d'animer un nouveau genre de spectacles en français qui ressemblerait à ceux que l'on pouvait applaudir à Paris après la Libération. Le cabaret devait s'appeler *Au Faisan doré*, ce qui faisait très restaurant dansant. Il fonctionna de 1947 à 1950 et fut l'amorce d'un style de représentations francophone inédit, que Normand reprit plus tard dans sa petite boîte où je traînais volontiers dans ma recherche de bonnes histoires, *Le Saint-Germain-des-Prés*, au coin de Sainte-Catherine et de Saint-Urbain. Le mythique *Faisan* fut remplacé par le *Café Montmartre*, qui connut également un grand succès.

Peu convaincu, du moins au début, Normand décida d'appliquer au *Faisan* la méthode qui lui avait si bien réussi lors de ses émissions de radio. L'endroit devint le rendez-vous des artistes locaux et des vedettes venues de l'extérieur. Dans le monde du *showbiz*, c'était un grand honneur que de se faire photographier dans cette boîte et les spectacles faisaient salle comble des mois durant. Le cabaret présenta entre autres Pierre Roche et Charles Aznavour, alors peu connus, pendant près d'un an ainsi que le célèbre accordéoniste français Émile Prud'homme, qui jouait des javas nostalgiques. Les Européens immigrés ou de passage retrouvaient au *Faisan* l'atmosphère des boîtes de nuit de leur continent et non une copie plus ou moins pâlotte des spectacles américains.

Tous le monde faisait des imitations et pastichait les célébrités de l'heure. Les artistes reprenaient les annonces que l'on pouvait entendre à la radio en les déformant de manière satyrique, le tout, avec en toile de fond, la chanson-thème de *La Parade de la chansonnette française*, « Paris sera toujours Paris ». Paul Berval imitait Luis Mariano à la perfection en faisant ressortir les aspects les plus caricaturaux de ce chanteur d'opérettes, Gilles Pellerin jouait déjà le rôle de faire-valoir pour Normand et d'autres artistes québécois comme Aglaé, Estelle Caron, Colette Bonheur, Guylaine Guy, Monique Leyrac, Lise Roy, Denise Filiatrault, Fernand Gignac, Denis Drouin, Roger Baulu et Raymond Lévesque commençaient ou continuaient à s'imposer.

Jusqu'en 1950 il suffisait de traîner au *Faisan doré* pour avoir des sujets d'articles et y rencontrer des artistes en passe de devenir internationaux. Deux d'entre eux, alors besogneux, bénéficièrent de leur séjour à Montréal, notamment Charles Aznavour et Gilbert Bécaud. Aznavour, qui n'était pas encore devenu l'émouvant chantre des déboires domestiques et de la jeunesse envolée, s'était retrouvé chez Jacques Normand après un passage peu gratifiant à New York en compagnie de son collègue Pierre Roche. Il avait atterri dans la métropole américaine avec Édith Piaf qui, terrifiée à l'idée d'être seule, s'entourait d'une foule d'amis, de courtisans, parfois même de parasites. « Vous en faites pas les enfants, avait-elle dit aux duettistes. Vous chantez du jazz et les Américains ne connaissent que ça. Vous ferez un tabac à New York ! » Elles les recommanda à une agence américaine, qui plaça les deux interprètes français au *Café Society Downtown*, un genre de Mecque locale du jazz.

Le duo, qui chantait dans le style be-bop, ne se doutait pas que ce qui faisait fureur alors en France avait évidemment évolué en Amérique du Nord, sans compter que leurs chansons étaient en français. Ils ne récoltèrent qu'un succès d'estime, éprouvèrent des problèmes d'immigration et furent même incarcérés à Ellis Island en compagnie d'un certain Frenchie Jarraud, un acrobate parisien travaillant en douce pour le cirque Barnum. Toujours avec l'aide de la môme Piaf, les trois lascars échouèrent à Montréal, dans la dèche la plus complète. Si Jarraud put trouver du travail dans un cirque et avec l'effeuilleuse américaine Lily St. Cyr, Roche et Aznavour faillirent renouveler leur fiasco new-yorkais en se produisant au *Quartier Latin*, rue de la Montagne, une boîte chic mais à la clientèle conservatrice.

C'est alors que Jacques Normand, intrigué par leurs qualités de «chansonniers», au sens québécois du terme, séduit par leur talent, les récupéra au *Faisan*. Au Québec, un chansonnier est un auteur-compositeur-interprète; en France, c'était alors un concepteur de chansons satyriques portant principalement sur l'actualité et la politique, le tout en vers. Enthousiasmé par leur numéro d'auteurs, Jacques Normand les présenta pendant quarante semaines et la formule fonctionna. Ils durent aimer cela puisqu'ils revinrent souvent à

Montréal avant de se séparer. Aznavour devint une énorme vedette tandis que Roche, plus casanier et peut-être moins créatif, s'installa au Québec pour faire les beaux jours du piano-bar de l'Auberge des Gouverneurs de Sainte-Foy pendant des décennies.

Il y avait aussi à Montréal un autre artiste français de renom, Jacques Pills, dont les gens se lassaient un peu parce qu'ils connaissaient son répertoire depuis les années trente, alors qu'il se produisait en duo avec un dénommé Tabet. Un public facétieux surnommait d'ailleurs le duo «Pilules et Tablette», pour la raison que «pills» signifie «pilules» en anglais et que «tablette» fait également partie du vocabulaire pharmaceutique. Conjoint d'Édith Piaf, Pills se produisait encore à Montréal au début des *fifties*, notamment au Théâtre de l'Ermitage, situé sur le chemin de la Côte-des-Neiges, près de la rue Sherbrooke, sans provoquer de grandes émotions. De plus, au cours de son numéro, on remarquait davantage son pianiste que lui. Ce musicien se trémoussait en effet de façon comique, attirait l'attention du public et rajoutait des arpèges endiablés aux mélodies. Alors que les accompagnateurs sont, de par les lois féroces du vedettariat, les sans-grades des interprètes, ce pianiste s'imposait devant «Monsieur Pilules» et lui volait le *show*. Cet illustre inconnu s'appelait François Gilbert Silly, un nom à consonance anglaise mais peu commercialisable au niveau international puisque *silly* signifie idiot, dingue, dans la langue de Winston Churchill.

Silly, le pianiste, logeait dans une maison de chambres, tout comme Les Compagnons de la chanson. À l'exception des célébrités mondiales, les artistes français étaient maigrement rémunérés et le dollar une devise précieuse pour les Européens. Ils se contentaient donc de ces logements modestes. De plus, les Compagnons étaient au nombre de neuf et certains avaient emmené leur femme avec eux. En se serrant la ceinture ils payaient une chambre deux ou trois dollars par jour au lieu de 25 $ dans un hôtel et, pour les questions alimentaires, faisaient des économies en se laissant inviter par des copains canadiens ou des compatriotes heureux de recevoir des artistes pour parler du Vieux pays.

L'un des Compagnons de la chanson, Jo Frachon, un grand gaillard de plus de deux mètres de haut, se fit un jour aborder par un jeune homme à l'accent provençal logeant dans une maison de chambres adjacente. Et voilà qu'il se fit raconter une histoire à faire pleurer les mères. L'inconnu se présenta : il s'appellait François Gilbert Silly ; il était le pianiste de Jacques Pills. Son patron l'avait laissé en rade à

Montréal pour rejoindre en vitesse Édith Piaf à New York et rentrer avec elle en France. Dans sa hâte, Pills avait oublié de laisser de l'argent à Silly, qui n'avait que son billet d'avion Montréal-Paris en poche et pas un sou pour prendre la navette Murray Hill afin de se rendre à Dorval. L'avion partait le soir-même et il n'avait pas une minute à perdre. Silly demanda ouvertement à Frachon de le dépanner de quelques dollars pour pouvoir rentrer à Paris. Le Compagnon hésita. Au hasard de ses tournées, il avait rencontré tant de compatriotes tapeurs professionnels ! Persuadé de s'être laissé attendrir par un petit malin, il remit malgré tout un billet de cinq dollars au solliciteur.

Des années plus tard, alors que les Compagnons de la chanson se produisaient dans une ville de province française, un visage familier aborda Frachon. L'homme lui remit un billet de cinq dollars américains en le remerciant encore pour un geste d'entraide remontant à plusieurs années, et que le Compagnon avait peut-être oublié. Mais non, Frachon se souvint parfaitement de leur rencontre. Le monsieur avait vieilli, mais il le reconnut : c'était bien ce musicien méridional qu'il avait dépanné un jour à Montréal ! Le pianiste fauché était donc devenu… Gilbert Bécaud, une grande pointure de la chanson. Comme on le dit dans le milieu artistique, « La roue tourne », d'un côté comme de l'autre.

Des anecdotes de ce genre circulaient au *Faisan doré*, puis plus tard au *Café Montmartre* et au *Saint-Germain-des-Prés*. Ainsi, parmi les Compagnons, certains se fixèrent à Montréal comme Paul Buissonneau, qui poursuivit une belle carrière théâtrale, et un petit rouquin agité dont j'ai oublié le nom. C'était aussi au *Faisan doré* que le Compagnon de la chanson Fred Mella avait rencontré Suzanne Avon, sa future épouse.

Au Faisan Doré, il y avait aussi ces messieurs du « milieu ». Une chose était certaine : les discrets propriétaires de la boîte avaient les artistes à la bonne. Ces derniers leur rapportaient des sous, étaient toujours de bonne humeur et, en échange, les patrons leur offraient une protection blindée. Le premier imbécile qui aurait eu la velléité de chercher des histoires aurait descendu les marches sans en toucher une seule et été traité comme un ballon de football par les videurs dans la rue Saint-Laurent. Il y avait notamment Doggy, un Italien costaud sur qui l'on pouvait compter. Il n'existait qu'un inconvénient avec les patrons : ils forçaient les artistes à se coucher tard en donnant plusieurs spectacles, dont le dernier vers deux heures du matin, pour l'amusement des parieurs des tripots clandestins, notamment les joueurs de barbotte. Ceux-ci appelaient parfois pour réserver en demandant de retarder le *show*, si bien que celui-ci se déroulait au petit matin.

Jacques Normand me racontait comment ces veillées lui permettaient de devenir copain avec tous les laitiers de son quartier. Il se reposait deux heures et filait à CKVL, où la fête se poursuivait dans les studios pour se terminer au restaurant *Le 400* du père Lelarge, rue Drummond, où les artistes étaient quasiment des actionnaires, tant ils y laissaient des ardoises considérables. On y trouvait des gens d'affaires, des propriétaires de salons de massage, des publicitaires délirants, des journalistes en quête de potins, plus une invasion de vedettes locales et internationales ou, du moins, celles qui aspiraient à ce titre. En effet, bien des artistes français considéraient alors Montréal comme la porte des États-Unis, un pays empêtré dans des tracasseries sordides imposées par leurs *unions*, des syndicats hargneux, procéduriers et xénophobes. Les chanteurs et les fantaisistes qui n'avaient pas encore atteint les têtes d'affiche prenaient du gallon à Montréal et, qu'ils soient exceptionnels ou ordinaires, rentraient chez eux auréolés d'une gloire nouvelle récoltée en Amérique du Nord, leur ouvrant quelque peu la porte des States.

Le public québécois était heureux d'applaudir des artistes désaliénés, qui n'étaient pas soumis à une censure rétrograde souvent encouragée par les autorités religieuses, alors toutes puissantes. Faute d'avoir ses propres idoles, on utilisait celles des autres. Peut-être aussi que le snobisme s'était emparé de cet engouement pour les chanteurs «de l'aut' bord» car, à plusieurs occasions, on pouvait retrouver quatre grands noms de la chanson tournant en même temps à Montréal. Jacques Normand avait réussi à faire venir les Frères Jacques, qu'il eut du mal à imposer à Québec à cause de leurs collants de ballet, qui scandalisaient certains bien-pensants. Au départ, ces censeurs exigeaient que les Frères Jacques, spécialistes de la chanson mimée, recouvrent leurs collants de «pantalons amples». Et pourquoi pas des caleçons à deux places?

Les jours du *Faisan Doré* prenant fin à cause d'un changement de propriétaires, Jacques Normand poursuivit ses gags en se mettant à son compte au *Saint-Germain-des-Prés*, dans un fond de cour de la rue Saint-Urbain, ce qui fit dire au fondateur de cette boîte qu'elle aurait dû s'appeler, en fait, «Saint-Urbain-des-Prés». C'était un genre de cave que l'on disait être du type «Rive gauche parisienne», sans piste de danse, dans les bâtiments du *Continental* de Jack Horne, un cabaret où se produisaient des vedettes internationales.

Normand invitait des artistes français inattendus comme Jean Rigaux, spécialistes des blagues lestes et des numéros de chansonniers parisiens, ou encore Jean-Claude Deret, un scénariste et imitateur, qui fit carrière une dizaine d'années à Montréal. Au «Saint-Germe», on présentait aussi des nouveaux talents québécois, comme Clémence Desrochers, et des fantaisistes établis, comme les copains de la bande de CKVL.

C'était le coin à fréquenter et, pour un glaneur de potins, cela valait mieux que les lieux de perdition de la rue Saint-Laurent. Si la maison n'avait pas les prétentions dites «existentialistes» des établissements parisiens, elle avait un aspect bohème et bon enfant malgré son décor peu prestigieux. Même l'enseigne faisait minable, car elle semblait avoir été peinte par un dessinateur en pleine crise de delirium tremens. Il fallait passer entre les poubelles pour accéder à la porte et l'éclairage était assuré par de blafards néons pour institutions pénitentiaires. C'était à prendre ou à laisser et la clientèle choisissait de «prendre».

Les noctambules de l'Est montréalais ne fréquentaient guère cette nouvelle boîte, qui les déroutait par son aspect *cheap* et sa clientèle d'étudiants, de professionnels et de personnages un peu trop cosmopolites à leur goût. Ce qui était nouveau, c'était qu'une partie du spectacle était assurée par le public. Dans tout autre cabaret, un client un peu bruyant ou qui se levait était rappelé à l'ordre, parfois rudement. Au Saint-Germe, à condition de ne pas jouer les « Gino » bagarreurs ou grossiers et de ne pas s'en prendre à ses voisins, on était chez soi. On pouvait même risquer de se montrer insolent envers les fantaisistes, mais au risque de se faire ridiculiser par les réparties astucieuses de ces professionnels de la dérision.

La décoration du Saint-Germe, que l'on disait minable, ne dura pas longtemps, car Normand inventa un spectacle inusité lorsqu'il annonça que, tous les mardis soir, il inviterait dorénavant des étudiants et des enseignants des Beaux-arts pour décorer les murs désespérément blancs de la maison. L'idée était bonne. Les patrons de la boîte fournissaient le thème et les artistes devaient l'exécuter. Par exemple, la première année, la pomme fut choisie : Adam et Ève, le cidre et le calvados de Normandie, la pomme de discorde, celle de Newton, celle de Guillaume Tell, etc. Les élèves et peintres des « Bozarts » devaient interpréter le sujet selon leur style. Pour tout salaire, ils venaient prendre un coup et, bientôt, on retrouva dans la maison tout ce qui grouillait, barbouillait et jouait du ciseau. Des personnages comme le tonitruant peintre automatiste

Jean-Paul Mousseau, qui avait le don de se faire remarquer par une truculence digne de la Commedia dell'Arte, mettaient de l'ambiance. C'est ainsi que l'on put voir Mousseau engueuler Charles Trenet d'une voix de stentor parce que le chanteur français avait osé dessiner, avec grande habileté d'ailleurs, un cheval sur le mur que l'on lui avait réservé. Mousseau lui dit ouvertement de ne pas s'occuper d'art pictural et de se contenter de «piailler ses petites chansonnettes». Heureusement, Trenet était trop intelligent pour prendre ombrage de ces invectives. Après avoir traité Mousseau de «jeune barbouilleur», il poursuivit ses coups de fusain, au grand amusement de la clientèle. Le plus drôle, c'est que cet immense auteur, compositeur et interprète était également un peintre de talent. C'est toutefois avec le sourire qu'il fit contre fortune bon cœur en ignorant les reproches injustifiés que l'on lui adressait.

Les mardis soir, les artistes du Saint-Germe donnaient leur numéro, puis un *spotlight* éclairait le mur et les gars et les filles des Beaux-arts montaient sur une table et se mettaient au travail tout en buvant sec, tandis que certains clients éméchés reluquaient d'un œil gaillard les formes émouvantes des jeunes femmes peintres en devenir – souvent mignonnes et peu coincées –, qui se moquaient de ces voyeurs en termes grinçants.

On inaugura également au Saint-Germe une exposition permanente de peinture. Les jeunes talents exposaient croûtes et chefs-d'œuvre présumés et pouvaient ainsi se faire connaître et vendre une toile de temps à autre. On raconte que certains de leurs clients firent ainsi de très bonnes affaires, car plusieurs de ces tableaux prirent de la valeur avec le temps. Les murs de la boîte étaient donc décorés par des sujets plus originaux que les éternelles danseuses de rumba, les verres à cocktails iridescents, les notes de musique aux couleurs criardes et les cocotiers artificiels que l'on retrouvait à peu près partout.

Mais la présence des artistes peintres provoquait des chicanes interminables et des querelles de chapelles. C'est ainsi que Charles Trenet, s'intéressant toujours à la peinture, osa déplacer des toiles parce qu'il estimait que l'ordre qu'il avait choisi était plus judicieux. Il se fit prendre de nouveau à partie par l'envahissant Mousseau. Le corpulent peintre sortit un chapelet de jurons contre le poète, qui n'avait pas l'habitude de se faire traiter de cette façon. Le phénomène n'était pas unique. Il fallait entendre les peintres se qualifier mutuellement de termes insultants. À les écouter, ils étaient tous des « cons à voile », des « hosties de sans-desseins », des « barbouilleurs dépassés » et des « truquards de première ». La seule chose sur laquelle ils s'entendaient, c'était pour tomber les uns sur les autres à bras raccourcis Il y avait des professionnels, bien sûr, mais parfois aussi des peintres sans palette, des orchestrateurs du vide discutant tubes de couleurs et vertus des pinceaux en poils de martre sans avoir produit quoi que ce soit. Ils utilisaient des termes ampoulés et pseudo-techniques pour épater le bourgeois et avaient la vertu de donner au public l'illusion d'être « dans le coup » et intelligents de surcroît.

Ancêtre de ce que l'on devait appeler plus tard les « boîtes à chansons », le *Saint-Germain-des-Prés* se gaussait des politiciens à une époque où un mot de travers contre le Premier ministre Duplessis et sa clique pouvait vous faire perdre votre licence de boissons alcooliques en un tournemain. Normand et sa troupe patinaient donc entre les obstacles des sketchs avec la subtilité d'un Maurice Richard pour ne pas risquer de faire cadenasser l'établissement. Le succès était indéniable. Il y avait foule et l'on trouvait des spectateurs jusque sur la scène, comme au temps de Molière, et dans les escaliers menant aux loges.

Celles-ci se trouvaient au deuxième étage et ressemblaient davantage à un gros placard à balais. Un jour, entre deux spectacles, deux des artistes de service eurent une envie physiologique amplifiée par leur généreuse consommation de bière. Ils firent le tour de la loge pour s'apercevoir que les toilettes étaient très éloignées, au bout de la salle, et qu'il fallait effectuer toute une acrobatie pour s'y rendre. L'un d'entre eux avisa dans un coin un gros tuyau de fonte non raccordé et en déduit qu'il devait s'agir d'un conduit d'évacuation des eaux non utilisées qui, d'après la disposition du bâtiment, allait se perdre quelque part dans le drain près des fondations de l'immeuble. Ils s'y soulagèrent et, constatant qu'il n'y avait pas de dégâts, l'utilisèrent fréquemment chaque fois qu'ils refusaient de zigzaguer parmi les clients pour se rendre aux commodités.

Deux ans plus tard, dans le cabaret adjacent, le *Continental*, on entreprit des travaux et l'on changea la grosse distributrice de glaçons, installation de base de tout bar de quelque importance. Passant par là, jouant les contremaîtres de trottoirs, Jacques Normand s'enquit auprès du personnel des raisons de ce chantier. « Ouf ! C'est pas trop tôt, lui répondit le maître d'hôtel. Voilà deux ans que nous demandions au patron de changer cette satanée machine, mais vous savez combien il est près de ses sous… Figurez-vous que, parfois, ça sentait mauvais près du tuyau, au-dessus de la distributrice de cubes de glace. D'ailleurs, elle rouillait et fournissait des glaçons jaunes, souvent inutilisables. » Normand comprit immédiatement, mais garda pour lui ses réflexions, sans se hasarder à suggérer à son interlocuteur que les barmen étaient probablement atteints de daltonisme. Comme le dit le buveur international : « À la bonne vôtre ! Cheers ! Salud ! Salute ! Prosit ! Na zdrowie ! »

La bande de Jacques Normand était polyvalente et reflétait la survivance de l'esprit français au Québec, en dépit des restrictions imposées par les autorités politiques comme religieuses. Il fallait fréquemment travailler au second degré pour éviter les écueils. Souvent, il était impossible d'éviter la controverse, par exemple lorsque Serge Deyglun faisait des pastiches sur les chansons dites « tristes » des gars de chantiers. Certains clients prenaient les textes farfelus au mot-à-mot tandis que d'autres comprenaient qu'il s'agissait de parodies. On assistait alors à des invectives dans le public. D'autres artistes comme Raymond Lévesque, timide de nature, devaient parfois se produire devant un parterre de gens qui riaient pour rien ou continuaient à discuter. On devait alors les ramener à l'ordre avec tact, car, après tout, le client pouvait bien rétorquer : « Excusez-moi de vous déranger » et ne plus revenir. Il n'était pas question d'utiliser les méthodes de beuglants de certains animateurs américains qui provoquaient des spectateurs et qui, lorsque ceux-ci répliquaient, les ridiculisaient ou même parfois les faisaient tabasser discrètement à la sortie par des hommes de main.

Après mon expérience crapoteuse à Longueuil-Est, je passais à la vie de bohême des gens du spectacle. Je fis de belles rencontres et appris énormément de choses dans le Hollywood corpusculaire que représentait le monde de CKVL et des artistes montréalais. Nombre d'entre eux, surtout parmi ceux qui étaient «surexposés», c'est-à-dire qui donnaient l'impression de se trouver constamment sur toutes les scènes, sur tous les plateaux, dans tous les studios, brûlaient la chandelle par les deux bouts et y laissaient leur santé. Ils empochaient des cachets importants, vite dépensés en fêtes et en excentricités. D'autres, moins connus, plus prévoyants, faisaient comme la fourmi de la fable et se mettaient quelques graines de côté pour les jours de pluie ou se recyclaient éventuellement dans des occupations para-artistiques moins aléatoires. J'étais émerveillé par le souci que les artistes avaient de constamment séduire et la fragilité des fantaisistes qui, tels des enfants sifflant dans le noir pour se rassurer, utilisaient le sarcasme, voire la parole assassine, pour conjurer le sort.

Mon incursion dans ce monde fou de l'après-guerre s'interrompit pourtant. En effet, les choses ne tardèrent malheureusement pas à se gâter pour moi à CKVL. Ne pouvant tolérer que je lève le nez plus de quelques secondes, Iskar, le comptable, qui estimait comme certains producteurs hollywoodiens que les scripteurs et scénaristes n'étaient « que des cons derrière une machine à écrire », décida d'utiliser mes rares temps libres à chaque minute où je n'étais pas obligé de taper mes messages publicitaires pour le Pop Corn de Kellogg, Kitty Kelly Shoes, le Motel Chez-Nous ou de rédiger des textes de présentation d'émissions.

Afin d'être certain de me tenir occupé chaque seconde, il me donna des crucifix lumineux « Æterna » à vendre au téléphone en appelant des listes de braves gens pour les solliciter d'acheter ce simulacre d'objet d'art. Les objets de piété se vendaient bien. Hélas ! Celui que j'étais censé proposer était d'un goût particulièrement douteux. Fait de plastique transparent contenant un liquide huileux, il produisait des bulles iridescentes et multicolores qui montaient le long de la partie verticale de la croix dès que l'on branchait l'objet, muni d'une prise de courant. On ne pouvait manquer de le remarquer dans une pièce et les fabricants étudiaient la possibilité d'y adjoindre une boîte à musique jouant les premières mesures de quelque cantique. Vendu cinq dollars, moussé par la réclame de *Radio-vedettes*, un ancêtre des magazines *people* appartenant aux propriétaires de la station, le crucifix lumineux «Æterna» bénéficiait de la livraison à domicile dans les limites de la ville de Verdun et dans une partie du sud-ouest montréalais par un petit livreur en vélomoteur.

Cette occupation ne répondant guère à mes aspirations, je ne tardai pas à refuser de poursuivre ce travail, ce qu'Iskar, mon supérieur, prit comme une insulte. Je l'envoyai promener en lui faisant remarquer que son patronyme ressemblait étrangement à celui de Judas Iscariote et son commerce de crucifix au trafic des marchands du Temple. J'ajoutai que, au tarif minimum où l'on me payait, il ne pouvait espérer me faire faire n'importe quoi. «Que voulez-vous de plus? Que je vous procure en prime un billet gratuit pour assister à une corrida mexicaine?» lui demandai-je non sans insolence. Il n'apprécia guère mon humour et nous faillîmes en venir aux poings. Il se contenta de me dire: «*Smart guy, eh?*» ce qui signifiait qu'il me considérait comme un petit malin contestataire qui parlait trop, un *schmoozer* – un dingue – selon son expression favorite. Une chose était certaine: il me réservait un chien de sa chienne.

Cette altercation me libéra de toute la tension que provoquait chez moi cet emploi ambivalent. Je n'avais toutefois pas prévu de me retrouver si rapidement « soulagé ». À deux semaines de préavis, je perdis donc un emploi mal rémunéré mais que j'aimais, vente téléphonique de crucifix lumineux exclue. Je ne fis aucun appel à Jack Tietolman, qui avait d'autres chats à fouetter et faisait entièrement confiance à son bouffeur de chiffres.

Chapitre 3

Libéré de mes obligations envers CKVL, un personnage aux airs de conspirateur des Pays de l'Est m'approcha. Je ne sais comment il avait entendu parler de moi. Il savait que j'avais fait de la promotion pour des objets de piété et que je cherchais des sujets d'articles. Il s'agissait d'un certain Jirko Fiala, un Tchèque plein de suavité qui avait trouvé, comme Iskar, un gagne-pain aux dépens de la religiosité des braves gens. Muni d'une berline Lancia noire, un objet de collection dont il n'existait au Canada que très peu d'exemplaires, sinon aucun autre, arborant sur les ailes de petits fanions blanc et jaune à l'emblème du Vatican, déguisé en prétendu « internonce » du Saint-Père (il n'osait probablement pas se présenter comme un nonce apostolique), il se faisait conduire par un complice portant soutane sur les routes de campagne du Québec profond pour y vendre dans les fermes des bibelots et des objets de piété soi-disant bénis par le Pape. Ses affaires tournaient si rondement qu'il cherchait à étendre ses activités commerciales et se demandait si je n'étais pas intéressé à lui trouver des associés.

Sa proposition m'amusa d'abord. Ayant revêtu une soutane, je l'avais suivi par curiosité journalistique dans une de ses tournées dans la région maraîchère de Sainte-Martine. Grâce à sa volubilité il faisait de bonnes affaires dans les fermes un peu isolées. Son astuce était imparable, mais ses méthodes me répugnaient. Refusant toute complicité, je fis un reportage dénonçant son racket sans toutefois le nommer ouvertement. Je voulais seulement mettre les braves gens en garde contre de telles exploitations et non point jouer les indicateurs de police. Il dut prendre peur ou se faire poser un peu trop de questions par ses clients potentiels, car j'appris un peu plus tard que, craignant de se faire accuser d'usurpation d'identité au cas où la Police provinciale l'interpellerait pour port illégal d'habits ecclésiastiques, Fiala avait déménagé ses pénates en Ontario. Recourant dans cette province à un scénario différent, il essaya de profiter des communautés anabaptistes. Pour parvenir à ses fins, Fiala, qui parlait couramment l'allemand, n'avait pas hésité à maîtriser suffisamment le *Pennsylvania Deutsch*, le vieux dialecte germanique employé par les Amish et les Mennonites, pour se faire passer auprès de ces pieuses personnes pour quelque prophète venu des Vieux pays. La presse locale expliqua qu'il avait failli se faire coincer, puis qu'il avait dû repartir vers de nouvelles aventures. Je me surprenais de l'ingéniosité et de la résilience d'individus tels que lui qui, s'ils avaient utilisé leur intelligence pour échafauder des desseins moins tordus, auraient sans nul doute brillamment réussi sans avoir à berner les pigeons.

« Si tu ne peux faire d'argent, fais-toi des amis », m'avait dit un jour de découragement un capucin philosophe. Mon passage à CKVL m'avait permis de rencontrer une foule d'artistes alors que Montréal présentait un grand nombre de spectacles de cabarets. Le roi des nuits montréalaises était, on l'a vu, Jacques Normand, qui avait bouleversé le monde artistique par ses innovations. Cela concordait avec le retour d'une sorte de justicier aux actions spectaculaires, un certain Pacifique Plante. Ce Thomas E. Dewey canadien finira par devenir pour moi comme un mentor.

En attendant, je me retrouvais pigiste pour les petits journaux que l'on n'appelait pas encore « pipoles » et qui étaient un assemblage de potins bon enfant sur les personnalités de la radio, du *showbiz* et de la télévision balbutiante. On y trouvait également des chroniques judiciaires sur les grandes et petites affaires. Il fallait manipuler ces sujets-là avec des pincettes pour éviter de se retrouver poursuivi ou condamné pour outrage à magistrats ou encore libelle.

Je fréquentais les tribunaux municipaux et y glanais de quoi alimenter mes «Gaietés du prétoire», une chronique où l'on retrouvait des situations à la réalité dépassant la fiction, des jeux de mots involontaires, des réparties ridicules ou des prévenus pitoyables affublés de noms de famille historiques ou prestigieux. Ce n'était pas là le genre de journalisme auquel j'aspirais, mais je trouvais que le milieu artistique, pourtant féroce et compétitif, où une jalousie purulente se nichait jusque chez les habilleuses et accessoiristes de Radio-Canada, n'était jamais aussi retors que le monde de la politique municipale ou celui de la petite pègre auxquels je m'étais frotté.

Amateur inconditionnel de jazz «vieux style», que d'aucuns appelaient à tort *Dixieland*, je rêvais de me rendre en Louisiane pour essayer d'en retrouver les sources. C'est toutefois à New York que je parvins à en détecter le souvenir. Désireux de me changer les idées, avec mes maigres économies, je fis prendre la route à ma vieille Ford, avec ses pneus à hémorroïdes et sa marche arrière dont les pignons étaient édentés. J'étais accompagné d'un copain photographe, Lorne Johnson, un autre fou de jazz dont la seule fortune résidait dans son vieux 35 mm Leica, qu'il portait constamment sur lui. Alors que le voyage aurait dû normalement durer quelques heures, il s'étala sur trois jours à cause des crevaisons qui nous forcèrent à dormir dans la voiture et à faire du camping dans les bois, car l'achat de pneus usagés avait écorné mes économies et nous tentions de garder nos quatre sous pour trouver quelque logement à New York.

Ne pouvant certes pas nous payer d'hôtel trois étoiles, nous avons néanmoins découvert un établissement miteux dans le Bronx, près duquel il y avait la possibilité de stationner sans frais mon vieux tas de ferraille. Un préposé aux habits râpés, sorti d'un roman de Chandler, nous accueillit. Il revendiqua le titre de «concierge» et nous souhaita un bon séjour dans la «Grosse pomme», comme les New-Yorkais appellent leur ville. La chambre était d'une propreté douteuse, avec ses stores jaunasses et effrangés et ses lampes de chevet aux ampoules de 25 watts. Le filet d'eau qui suintait de la douche à la tuyauterie vert-de-gris suffisait à peine pour se laver, d'autant plus que ce liquide tiédasse était saturé de rouille. Nous aurions trouvé davantage de confort dans la chaufferie ou les caves du Waldorf, de l'Hôtel Pierre ou même de l'Algonquin si ces légendaires établissements avaient eu l'idée farfelue de louer leurs espaces utilitaires aux fauchés dans notre genre.

« Le jazz s'écoute à Harlem », m'avaient recommandé des musiciens montréalais. Aussi, sans hésiter nous avons pris le métro. Non loin de la 116e rue, nous sommes parvenus à l'air libre. Plus nous progressions dans Harlem, plus nous nous sentions nettement en minorité. Nous étions en pays inconnu et les passants nous regardaient d'un drôle d'air. Trois jeunes Noirs nous interpellèrent, mais nous avions du mal à les comprendre. Ils nous parlèrent – je l'apprendrai plus tard – en *jive talk*, leur argot, en somme. Bien que nous parvenions à saisir dans ce moyen d'expression quelques mots d'anglais et de slang américain, nous ne pouvions savoir au juste où ils voulaient en venir. Nous avions beau leur expliquer que nous étions d'inoffensifs journalistes canadiens à la recherche de spectacles de jazz, ils nous traitèrent de *Whiteys*, d'*ofays* – de putains de Blancs – et commencèrent à devenir agressifs, nous accusant d'être venus chez eux pour draguer leurs femmes. Allaient-ils nous attaquer et nous dépouiller ? Nous n'étions pas manchots, mais si nous avions affaire à des voyous ou à des bagarreurs de rue, notre compte était bon. Et qui serait venu nous tirer d'affaire parmi ces passants qui nous regardaient de travers ?

You fuckers are coming here to change your luck, eh? (« Tas d'enfoirés. Vous venez ici pour varier vot' baise, hein ? »)

nous demanda celui qui semblait être le meneur du trio. C'était mal parti. On nous avait portant prévenus. La violence et les frictions interraciales étaient ici latentes. Ces gars-là nous assimilaient à ces jeunes Blancs qui s'aventuraient de nuit dans Harlem pour chercher une occasion de draguer des filles de couleur, réputées être moins complexées que les Américaines au visage pâle. On pouvait les comprendre : ils n'aimaient pas que l'on prenne les petites Noires pour des putes. Nous avions beau plaider notre cause, expliquer que nous étions en quelque sorte en mission professionnelle et soutenir que c'était seulement la musique qui nous intéressait, ils généralisèrent et commencèrent à se montrer agressifs. Les préjugés sont universels. Et puis, ces jeunes gens vociférateurs ne semblaient pas trop comprendre d'où nous venions. « Montréal ? C'est où, ce trou du cul de bled ? » demanda l'un de ces types. Pour eux, nous étions des Blancs, des *Whiteys*, donc des ennemis potentiels.

Il devait y avoir un bon Dieu pour les nigauds imprudents que nous étions. Un Noir de taille imposante qui passait par là s'arrêta près de nous, écouta et nous attira à l'écart en assurant à la bande de jeunes excités que nos intentions étaient loin d'être mauvaises. Ils se calmèrent un peu. L'intervenant semblait jouir auprès d'eux d'une certaine autorité. « Faites pas les idiots, leur dit-il. Ce sont des journalistes, des amis, pas des *ofays* qui cherchent des problèmes. Ils veulent seulement rencontrer des jazzmen pour faire un article. Je vais m'occuper d'eux… » Protégé par notre ange gardien, Johnson tira alors son Leica et son petit flash du sac qu'il portait à l'épaule et les montra à la bande. Il n'avait pas osé le faire avant, de peur de se le faire arracher. Les jeunes firent un hochement de tête plus ou moins approbateur, peut-être à regret.

Nous laissions donc là le vindicatif « comité de réception » et remercions notre sauveur. Il s'appelait Marvin Blanchard et s'exprimait dans un américain très classique, étudiait la sociologie à la populaire New York University et semblait préférer nettement le jazz à la sirupeuse musique américaine de Tin Pan Alley, c'est-à-dire celle du domaine commercial, de la radio et de la télé. Il connaissait Montréal et expliqua que son nom à consonance française lui venait des anciens maîtres de ses ancêtres, en Virginie. À cette époque lointaine, dépossédés de leur culture et de leurs origines, les esclaves noirs se faisaient en effet imposer les patronymes de leurs propriétaires. Comme il étudiait également le français, il s'efforça de nous réciter quelques vers extraits des *Fleurs du Mal* de

Baudelaire. Il s'en tirait honorablement, mais il devait travailler son accent. Nous lui avons alors demandé s'il avait des tuyaux pour les boîtes à jazz.

«Je veux bien vous emmener écouter du vrai jazz, nous annonça-t-il, pas de la zizique pour touristes, mais ça se passe beaucoup plus tard, à une heure avancée de la nuit, lorsque les musiciens font des *jam sessions* et improvisent pour le plaisir. C'est là qu'ils sont à leur meilleur niveau.» Nous étions ravis de ces conseils, mais la nuit était encore jeune. Que faire en attendant ? Marvin dévoila alors ses cartes. Il nous expliqua qu'il était fauché, ce qui n'était guère original pour un étudiant. Il consentit à faire le guide, à nous emmener dans des endroits pas chers mais intéressants, cependant nous devrions lui payer ses consommations en guise de remerciements. Nous avons acquiescé, non sans une certaine appréhension, en le prévenant que nous aussi ne roulions pas sur l'or. « Voulez-vous venir à notre Sainte communion ? Vous y entendrez de l'excellente *soul music*», nous demanda-t-il. Et pourquoi pas ?

Notre guide nous amena dans un genre de salle paroissiale où, après nous être restaurés pour quelques dollars à un abondant buffet symbolisant la « communion» des fidèles, nous avons écouté de superbes *spirituals* et le prêche d'un monsieur qui disait s'appeler

Father Divine – le Père divin – et n'être rien de moins que le Messager du Très Haut. Nous avions de la chance, nous dit-on, car d'habitude il officiait à Philadelphie. Précurseur de plusieurs activistes des Droits civiques des Noirs, ses prétentions n'étaient pas plus farfelues que celles du « Christ de Montfavet », un guérisseur français qui se prenait pour Jésus. Heureux d'accueillir de jeunes étrangers, Father Divine nous apprit qu'il avait une « succursale » à Montréal, que nous lui avons promis de visiter.

Ces agapes sociales et spirituelles terminées, nous commencions la tournée de petites boîtes de nuit où nous nous sommes aperçus que, même en jam, le jazz « vieux style » faisait figure de folklore un peu dépassé. C'était un be-bop en pleine évolution qui régnait. Mais qu'importe ? Nous retrouvions les accents d'un jazz authentique que les radios montréalaises ignoraient généralement, à l'exception de Radio-Canada qui, à notre avis, réservait de trop courtes heures à ce style de musique. Au cours de notre tournée des boîtes, dont certaines étaient minuscules, nous avions tout de même le privilège d'applaudir Charlie Parker et ses musiciens qui, aux petites heures de la nuit, se laissaient aller comme au bon temps des *old timers* du « Vieux style ». Lorne Johnson planait, d'autant plus qu'il s'était procuré un *reefer* de marijuana pour se mettre dans l'ambiance. Il prenait des photos, mais même à Montréal, il ne réussirait pas à les vendre, car à part des fêlés dans notre genre, le grand public se souciait peu du jazz et préférait Johnnie Ray, Mario Lanza et Tohama. Pour moi, cette soirée représentait l'accomplissement d'un rêve de jeunesse et c'était toujours ça de pris. Enchantés, éblouis et fauchés, nous avons pris congé de Marvin Blanchard au petit matin en nous promettant de nous revoir à Montréal.

À onze heures, quelqu'un tambourina à la porte. C'était le préposé qui nous demanda si nous gardions la chambre, faute de quoi nous devions vider les lieux. Nous étions encore fatigués, mais il n'était pas question de nous attarder : nous n'avions même plus d'argent pour payer toute l'essence du retour ou nous sustenter. Lorsque, par curiosité, le concierge du pauvre nous demanda si nous nous étions bien amusés et que nous lui avons raconté notre équipée à Harlem, il nous traita de fous furieux. La semaine précédente, on avait retrouvé deux Blancs en très mauvais état près du YMCA du quartier. Nous avions vraiment eu de la chance.

Le retour à Montréal fut une lente reptation qui dura plus d'une semaine. Deux de nos pneus réchappés nous lâchèrent et nous n'avions rien à manger. À Albany, nous avons trouvé du pain durci et des fruits abîmés dans les contenants à déchets d'un supermarché A & P. Nous étions comme des chats fouillant les poubelles. Pour l'essence et les réparations, nous avons découvert un genre d'entrepreneur général à Mechanicville – un nom prédestiné – qui était prêt à nous donner quelques jours de travail à condition de lui creuser une tranchée de trois cents pieds de long sur deux pieds de profondeur pour y enfouir des tuyaux. Nous n'avions pas le choix, c'était le seul moyen de sortir de l'Upstate New-York et nous étions jeunes… Au moment de nous payer, ce gros malin nous versa la moitié de ce qu'il nous avait promis. Lorsque nous avons protesté, il nous conseilla en ricanant de porter plainte auprès du chef de police local. Ce roublard savait très bien que nous n'avions pas le droit de travailler aux États-Unis, aucun droit en fait, et que les autorités, qu'il connaissait bien, pouvaient nous expulser *manu militari* et même nous coller une amende, par-dessus le marché. Nous avons donc dû avaler sa couleuvre et même lui dire merci si nous voulions poursuivre notre route.

Cette expérience new-yorkaise, qui ne déboucha sur aucun article ni photo, me permit néanmoins d'enrichir mes connaissances de la faune artistique montréalaise de couleur et de m'apercevoir que nous avions notre petit Harlem aux alentours de la gare Windsor, dans la rue Saint-Antoine. Comme à New York, ce quartier n'était pas de tout repos. Si la population noire ne se montrait guère agressive envers les Blancs, on peut dire que c'était de tristes représentants de ces derniers qui étaient responsables de la mauvaise réputation du coin. Lors des années trente et quarante, nombre d'entre eux avaient ouvert dans ce quartier enfumé par le passage des trains des débits de boisson clandestins appelés *blind pigs*, des maisons closes, des tripots. Querelles d'ivrognes, règlements de comptes et rixes s'ensuivirent. Comme à Chicago, les formations de jazz, considérées comme pourvoyeuses de musique de bordels, fleurirent et on raconte que, à moins de recevoir directement des chaises sur la tête, les musiciens n'arrêtaient pas de souffler dans leur biniou ou de gratter leur banjo pendant ces moments d'action qui se soldaient parfois par des morts et des blessés.

Les choses s'étaient bien calmées, mais le jazz était resté dans deux établissements principaux : le *Rockhead's Paradise*, au coin sud-est des rues Saint-Antoine et de la Montagne, et le *Café Saint-Michel*, de l'autre côté de la rue de la Montagne. Je devins un client régulier de ces établissements, ce que comprenaient mal mes amis, qui trouvaient que nous étions déjà trop influencés par les Américains. Une chose était certaine, nous n'avions plus besoin d'aller aussi loin que New York pour écouter du bon jazz. Nous l'avions à portée de main. D'ailleurs, un enfant de la communauté noire montréalaise, le pianiste Oscar Peterson, originaire de Griffintown, un quartier situé non loin du Harlem local, s'était distingué dans les plus grands centres de jazz internationaux. Il jouait parfois à Montréal lors d'événements très ciblés – une conséquence de la gloire.

C'est alors qu'en fouinant je rencontrai un homme qui me reposa de tous les crapoteux de Longueuil-Est. Une rencontre pas comme les autres. Un avocat, un représentant de la Justice innovateur et à la fois de la vieille école. Cette homme, pétri de culture classique, nationaliste sans être « nationaleux », défenseur de la loi sans être fanatique, investigateur sans être inquisiteur s'appelait Pacifique Plante, dit « Pax ». Il s'agissait d'un ancien chef de l'escouade de la Moralité, chef de police adjoint de la Ville de Montréal. À la fin des années quarante, il avait réussi à enrayer les activités du crime organisé dans la métropole mais avait été congédié par le chef de police Albert Langlois, un prévaricateur reconnu. Maintenant, la roue politique avait tourné et Plante était revenu pour achever une œuvre commencée juste après la guerre : nettoyer la ville de l'emprise que le crime organisé avait une fois de plus sur elle.

En tant que chasseur de nouvelles, je décidais de mieux connaître ce personnage public qui avait survécu à une véritable traversée du désert causée par ces forces maléfiques, éternellement combattues mais constamment renouvelées, celles de la corruption.

Chapitre 4

Le 22 septembre 1945 fut une belle journée d'après-guerre à Montréal. Les rues étaient remplies de soldats démobilisés, l'alcool coulait à flots dans les débits de boisson et les doses de whisky dans les verres dépassaient largement la mesure habituelle d'une once et demie que les « mixologistes » (c'est ainsi que les chroniqueurs du demi-monde des journaux à potins surnomment les barmen) versaient généreusement à leurs clients. Croyant annoncer quelque nouvelle inédite, *The Gazette* titra à la une : « Des maisons de jeu cadenassées par la police fonctionnent encore dans la ville ! » *La Presse* imita le quotidien anglais. Ce n'était pas une nouvelle mais un gag récurrent. Le public ne prêtait guère attention à ces protestations pleines de bonnes intentions. Les maisons de jeu ? Une certaine foule hypocrite s'en accommodait fort bien, même si nombre de gens modestes se trouvaient dépouillés à la vitesse grand V de leurs maigres avoirs et finissaient à la rue avec leur famille et leurs quelques meubles ayant échappé aux saisies empilés sur le trottoir. Les esprits moralisateurs se contentaient de dire que ces infortunés pigeons couraient après leur malheur et devraient laisser le plaisir trouble de flamber de l'argent aux riches blasés qui avaient les moyens de perdre de fortes sommes. Comme le dit le poète, « l'abreuvoir est public à qui veut, vient y boire ». C'est oublier que les tenanciers engageaient des rabatteurs qui se postaient devant les tripots pour inciter les chalands à aller risquer dans les tripots leurs dollars durement gagnés.

« Bonne barbotte ! Bonne barbotte en haut ! » annonçaient ces fanfarons recruteurs de nigauds au pied des escaliers menant aux tripots. Imitant les animateurs de casinos *cheap*, dans la salle, d'autres complices veillaient à ce que les clients potentiels, curieux mais craintifs, allongent leurs quatre sous sur la table. *We dont' want no deadwood hanging around here*... éructait un personnage porcin intimidant à l'intention des hésitants. « Si vous ne jouez pas, ne nous faites pas perdre notre temps ! Dégagez ! » Il n'y avait pas de temps à perdre en effet : il s'agissait d'humilier les peureux afin de les inciter à se laisser dépouiller le plus rapidement possible en faisant mine de trouver cela sportif.

Un conseiller municipal montréalais revendicateur, un certain John Lyall, réclama cette fois-ci une enquête sur le service de la police. Par 78 voix contre 13 le Conseil exécutif de la ville s'opposa à ce qu'il considérait comme une perte d'énergie. Les affaires ne tournaient-elles pas en souplesse ? Pour qui donc se prenaient ces 13 fâcheux de culs-bénits qui faisaient du zèle et gâchaient le métier ? « Qu'ils aillent se faire foutre ! » disaient leurs opposants. Tout allait bien à Montréal. De quoi se mêlaient-ils ? Pourquoi secouer inutilement le cocotier ? Ces 13 teigneux ne risquaient-ils pas de faire chavirer le bateau en supprimant les sommes que les tenanciers de tripots et de bordels versaient à plusieurs politiciens municipaux dévoyés afin d'assurer leur réélection en plus des généreux cadeaux qu'ils ne pourraient s'offrir autrement ? Certains conseillers contestataires insistèrent auprès du directeur de police Fernand Dufresne ; celui-ci nia avoir allumé le pétard en blâmant ses hommes pour la situation du jeu clandestin dans la ville. Aussi ne fallut-il pas s'étonner si le 29 septembre, *The Herald*, le tabloïd populacier de langue anglaise, rapporta que la police avait cadenassé trente et une barbottes dont elle donna les adresses. Cette nouvelle n'en était pas une. Il n'y avait pas de surprise. Beaucoup de joueurs connaissaient les pièges à nigauds qu'étaient les salles de jeu et de pari.

L'une de celles-ci était située au 1244 de la rue Stanley, appartement 4. Il s'agissait de la maison de pari du roi de la pègre, Harry Davis, qui venait de purger une peine de 12 ans de prison et essayait de reprendre sa place avant de se faire assassiner sur ces mêmes lieux moins d'un an plus tard. Seulement voilà, il n'y avait pas d'appartement 4 au 1244 de la rue Stanley, pas plus que d'appartements 1, 2 ou 3 d'ailleurs. C'étaient des placards à balais ou des débarras dont on pouvait théoriquement se passer. Le numéro civique principal demeurait ouvert, à côté de ces portes de décors de théâtre. C'était d'ailleurs un secret de polichinelle. Le douteux directeur de la police, Fernand Dufresne, rejetta le blâme sur les recorders, les magistrats municipaux, et affirma peu après sans sourire que « Montréal est au premier rang des grandes villes nord-américaines dans la lutte contre les jeux de hasard ». Remarquable simulateur, Dufresne convoqua le conseil de ville et interdit aux journalistes d'assister à la réunion. Il débita sa litanie. Il ne pouvait rien faire, bien sûr. Il lui faudrait beaucoup plus de personnel, soit 5 000 hommes pour surveiller les tripots et les officines de pari en permanence. Selon lui, les recorders n'avaient rien compris et la pègre était trop puissante.

Un conseiller âgé, Edmond Allen, eut la naïveté de demander à ce responsable de la force constabulaire pourquoi les personnes trouvées dans les maisons de jeu n'étaient pas appréhendées. Dufresne explosa et affirma qu'il pouvait faire face à n'importe quel conseiller sans rougir le moins du monde. Allen se leva et s'approcha. Le directeur de la police lui lança, comme dans une série d'aboiements: « Vous, Allen, vous feriez mieux d'aller vous asseoir si vous ne voulez pas que je sorte votre dossier ! » Il faisait allusion par là au casier judiciaire du conseiller un peu trop curieux.

— Quel dossier ? lui demanda Allen. Je n'ai jamais eu de dossier !

— Laissez faire, lui répondit Dufresne, je sais de quoi je parle !

Il s'agissait d'une menace ignoble laissant entendre que si la police n'avait pas de corde suffisamment longue pour étayer ses prétentions, on pouvait toujours la rallonger en lui en rajoutant un autre bout, une déclaration digne de ces tribunaux fantoches qu'organisent les malfaiteurs avant de liquider l'un de leurs membres.

J'avais rencontré Me Plante au *Saint-Germain-des-Prés*, la meilleure preuve qu'il n'était pas tel que la pègre le décrivait, c'est-à dire un sinistre faux dévot, un ennemi des distractions nocturnes. En effet, il n'hésitait pas à fréquenter des cabarets de bonne réputation, bien que sa présence fasse toujours un peu trembler les tenanciers.

« Qu'est-ce que tu veux savoir, jeune homme ? » m'avait demandé Pax Plante lors de notre première rencontre. Je lui avais expliqué mon admiration pour son travail et exposé les démêlés rocambolesques que j'avais vécus à Longueuil-Est, depuis ma quête de sujets d'articles jusque dans les refuges et marchands de sommeil pour clochards et ma recherche de sujets plus sérieux. « Je vois que tu as connu des pressions de la part de personnages véreux, toi aussi. Je veux bien te donner des indices, mais il faudra te débrouiller. Comme tu le sais, je ne fais guère confiance qu'au personnel du *Devoir*. Les autres journalistes m'ont souvent joué des tours pendables, comme quelqu'un au *Standard*, dont je te reparlerai. Il y a eu aussi les sceptiques qui, systématiquement, m'ont accusé d'être l'âme damnée de Jean Drapeau alors que nous avons eu beaucoup de mal à convaincre cet homme public de se présenter à la mairie. Mais tu es jeune et il faut faire confiance à la jeunesse, jusqu'à preuve du contraire… » Même s'il n'avait pas besoin d'un confident, à l'issue de plusieurs rencontres, il m'expliqua, tel un aîné voulant faire profiter un cadet de son expérience, son parcours et sa vision de la situation du crime organisé à Montréal.

Il me raconta son histoire à l'occasion d'interminables pauses-café dès qu'il sut que je me proposais de faire des articles plus sérieux que les potins que je vendais aux petits journaux. «Je vais tout t'expliquer ça, mon jeune...», me dit-il lorsque je lui eus confié mes démêlés avec l'administration pégreleuse de Longueuil-Est et les déceptions que j'avais pu accumuler à cause de ces fréquentations.

— Au commencement des années quarante, en pleine Deuxième Guerre mondiale, Montréal possédait depuis le début du siècle la réputation d'être une «ville ouverte» à tous les plaisirs, avec moins de contraintes que l'on aurait pu en trouver dans les quartiers interlopes de métropoles réputées sulfureuses, comme Londres ou Paris, commença-t-il. Les Montréalais semblaient, en quelque sorte, «vaccinés» contre les éternels péchés des multitudes jouisseuses.

— Un peu comme aujourd'hui? lui demandai-je.

— Certes mais plus officiellement, et en pire. On trouvait en effet à Montréal une foule de bordels surveillés médicalement de manière très superficielle, des bars clandestins, des salles de pari sur des courses hippiques plus ou moins trafiquées, des tripots dissimulés sous le maquillage de « clubs sociaux » ou d'associations sportives.

— Et l'on ouvrait ces établissements sans difficultés ? demandai-je.

— C'était ce que nous appelions le friforolle ou *free for all*, un véritable pandémonium ignorant les lois. Ainsi, pour ouvrir un *blind pig* ou débit clandestin accessible à n'importe quelle heure, il suffisait d'un décapsuleur, de quelques caisses de bières et, en guise de personnel, d'un ou deux hommes de main au cerveau gros comme une lentille.

— Et les clients étaient nombreux ?

— La réputation de Montréal n'était plus à faire depuis longtemps chez les clients américains, traumatisés pendant dix ans par leur hypocrite Prohibition ou encore chez les Anglo-canadiens des autres provinces, brimés par les autorités, par principe ou par conviction religieuse plus ou moins intégriste. L'aspect « Frenchie » de notre ville semblait proposer à nos voisins une garantie de licence et d'encanaillement à bon compte, un lieu de perdition où il faisait bon se défouler avant de réintégrer la pureté dessicative de leur État ou de leur ville officiellement «sèche», c'est-à-dire sans alcool.

— Ne pouvaient-ils pas trouver les mêmes avantages chez eux?

— À Montréal, ces touristes pouvaient au moins consommer des alcools de qualité provenant de Saint-Pierre et Miquelon et des distillateurs locaux, et non ces boissons frelatées, contenant d'étranges produits comme de l'éthanol coupé d'acétone, ou alcool dénaturé, que trop de *bootleggers* mettaient sur le marché aux États-Unis.

C'est vers la fin des années quarante que Pacifique Plante, chef de l'escouade de la Moralité, conseiller juridique de la police et instigateur de l'enquête Caron, que l'on appela l'Enquête du siècle, se mit à pourchasser le crime organisé sous toutes ses formes. Il réussit à fermer tripots, maisons de jeu, débits de boisson clandestins et bordels qui prospéraient à Montréal. Ces initiatives menèrent à la démission de l'incapable chef de police, Fernand Dufresne, et à son remplacement par Albert Langlois, un homme à l'air impotent et ahuri. Mais, le 8 mai 1948, Langlois se débarrassa de Me Plante sous le prétexte que deux de ses hommes avaient recouru aux services de prostituées.

Durant un an, Pax Plante sembla avoir disparu. Ayant tout son temps, il amassa une documentation accablante pour l'administration municipale, puis réapparut au cours de l'été 1949. Avec l'aide du quotidien *Le Devoir*, l'un de ses journalistes, Gérard Pelletier, compulsa pendant trois mois l'abondante preuve que lui soumit Pax Plante et écrivit, avec l'aide de ce dernier, 62 articles qui constituaient autant de bombes. Il décrivit le foutoir qui existait dans la police, la complicité des élus et de trop de membres du Comité exécutif, les tenancières de bordel couvertes de bijoux qui circulaient comme chez elles au palais de justice et qui étaient saluées bien bas par nombre de magistrats, les tripots opérant 24 heures par jour, les arrestations et les fermetures d'établissements bidon, les inculpations de tenanciers de paille. Ces articles parurent de novembre 1949 à février 1950 et furent rassemblés un peu plus tard en une plaquette intitulée *Montréal sous le règne de la pègre*.

La vitrine du *Devoir* fut fracassée et Plante, menacé, vécut dans la terreur, mais la parution de ces articles ouvrit une nouvelle ère, celle du futur maire Jean

Drapeau, un candidat peu charismatique, locataire d'un modeste bureau rue Saint-Jacques, mais formidablement aidé par cet homme de l'ombre fort documenté qu'était Pax Plante. Une enquête s'ensuivit. Elle débuta en septembre 1950 et se termina en avril 1951.

Trente et un mois de travaux, 150 séances publiques et 373 témoins à la barre furent nécessaires à ce grand nettoyage des écuries d'Augias municipales. L'acte d'accusation comprenait 15 000 accusations précises impliquant 63 personnes, policiers dévoyés et membres faisandés du Comité exécutif. Le juge François Caron, de la Cour supérieure, prit 17 mois à étudier le dossier avant de rendre son jugement en 1954. Une vingtaine de têtes tombèrent. Le chef Langlois fut destitué et une kyrielle impressionnante de policiers gradés et d'édiles véreux se retrouvèrent éclaboussés. L'enquête avait coûté un demi million de dollars et le visage louche de Montréal en fut changé, du moins un certain temps. Drapeau fut élu en 1954 à l'Hôtel de ville et mit en route ses réformes.

Comment Pax Plante avait-il réussi à nettoyer ainsi la ville ? Il n'avait pourtant pas de formule particulièrement géniale et ne possédait pas de système-miracle. Il avait réussi à faire défiler les coupables sur le banc des accusés en appliquant tout simplement les lois que les édiles avaient fait semblant d'oublier ou avaient interprété à leur façon, selon leurs intérêts personnels.

Était-il un de ces hypocrites qui, les versets de la Bible à la bouche, l'œil fulminant, pourfendant tout ce qu'ils appellent les Puissances du Mal, se proclament prophètes ou réformateurs avec des chevrotement dans la voix ? Était-il un de ces *do-gooders* ou bienfaiteurs autoproclamés de l'humanité souffrante, de ces évangélistes hystériques, agitateurs frénétiques de bibles, ou de ces juges à la probité douteuse ? Tout le monde se demandait donc ce qui pouvait faire courir ce diable d'homme sinon la satisfaction du devoir accompli. La bande de journalistes thuriféraires des salles de jeu et des bordels évoqua la tentation, bien humaine, qu'avait Pax à se faire de la publicité en jetant la lumière à arc de ses projecteurs sur les nids de cafards prétendument intouchables.

— Je n'étais qu'un simple citoyen révolté par la misère que causaient dans le peuple les maisons de pari, les débits de boisson clandestins, la prostitution à grande échelle, des activités illicites perpétrées avec l'aide de ceux qui auraient dû protéger le public, c'est-à-dire les édiles municipaux et les autorités policières, m'expliqua-t-il. Ces personnes prétendaient en effet que les débordements et activités illégales existaient depuis toujours et qu'il fallait en quelque sorte se vacciner pour vivre avec elles faute de pouvoir les éradiquer, qu'il n'y avait aucun moyen d'y mettre un terme et qu'il fallait se montrer « compréhensifs ».

— Ces arguments existent depuis que l'homme vit en société et il est vrai que l'on ne pourra jamais entièrement protéger le public des actes répréhensibles. À ce titre, ne faisiez-vous pas preuve d'une certaine naïveté ? lui demandai-je.

— Je parlerais plutôt d'un idéal que je qualifierais d'indispensable, au risque de faire sourire les désabusés, avait repris l'ex-policier. Quoique l'on en dise, il faudra toujours faire preuve de la plus constante vigilance et continuer à encadrer le comportements des citoyens par des lois. Les excuses d'impuissance qu'invoquaient alors nos politiciens et policiers véreux dissimulaient des intérêts d'une sordidité fondamentale, c'est-à-dire à tirer de juteux profits des faiblesses humaines sans avoir de comptes à rendre à qui que ce soit puisque ces gens étaient juges et parties.

Pax Plante, avocat issu de la bourgeoisie, avait suffisamment été témoin de cas bouleversants au cours de sa pratique professionnelle pour être révolté. Il avait défendu de pauvres ouvriers dépouillés prestement de leurs maigres avoirs dans les tripots, de malheureuses prostituées exploitées par des souteneurs et des tenancières, des familles ruinées par toutes sortes d'activités criminelles, des victimes des vendeurs de drogues et avait été ébranlé par l'étendue des dégâts causés par cette consommation dans une population fragile. Il ne pouvait considérer le désordre généralisé qui régnait à Montréal comme l'attraction naturelle d'une ville réputée pour son exubérance. Bien des touristes anglo-saxons considéraient en effet Montréal comme une sorte de *Gay Paree* du continent nord-américain. En l'évoquant, ils la qualifiaient de *Cheerful* – « joyeuse » – en ajoutant *Oh là-là, Mawn-tree-all!* pour la bonne mesure. Chez nos voisins, seule la Nouvelle-Orléans avait une réputation aussi douteuse, sans doute également à cause de ses racines françaises plongeant, selon les clichés populaires yankees, dans la vinasse et la licence la plus complète. Tel un vétéran rappelant ses combats, Pax me rappela la topographie de ses champs de bataille.

— Lorsque je suis arrivé dans le décor, les maisons de jeu et de pari, les débits de boisson clandestins fonctionnaient « à la planche », m'expliqua-t-il. Mais il y avait aussi les maisons de passes du *Red Light*, ou quartier réservé, qui s'étendait approximativement des rues Sherbrooke à Dorchester et de Bleury à

Saint-Denis. Une section de la rue Berger comptait sur 300 pieds 14 maisons closes sur la centaine que l'on trouvait dans la zone des amours tarifées.

— Et personne ne s'en occupait ? lui demandai-je.

— Pendant ce temps, les gens chargés de faire observer la loi et d'assurer l'ordre public fermaient les yeux. Nombre de conseillers étaient rémunérés 50 dollars par mois alors que leur élection en avait coûté des milliers. Demandez-vous comment ils finançaient leur candidature… Ils engrangeaient des profits grâce aux activités illicites. Le public soutenait qu'il fallait « faire quelque chose » et, pour éviter les critiques, la police devait prétendre travailler dur. Elle avait mis au point un scénario truffé d'illégalités et de parjures. Elle organisait des descentes et cadenassait théoriquement les lieux de désordre pour des périodes plus ou moins longues.

— Ils bouclaient alors ces maisons ?

— Certes non ! C'était juste une comédie. La veille, le capitaine de police prévenait le *bookmaker* ou la tenancière qu'il opèrerait une descente le lendemain afin que ces commerçants cessent leurs activités le temps de la « cérémonie » du simulacre de fermeture.

Au cours de celle-ci, un officier supérieur de la police installait en grande pompe un cadenas sur une porte en dressant un procès verbal officiel que l'on transmettait à la Cour du recorder. Il s'agissait, bien sûr, d'une parodie de justice, car ce n'était pas l'issue principale de l'établissement fautif qui était cadenassée mais une porte, parfois vissée sur la façade de l'édifice, ou encore celle d'une réserve ou d'un cagibis à châssis doubles. Pour le reste, la maison affichait *business as usual.* En d'autres termes, la vente se poursuivait malgré les travaux !

D'ailleurs les maisons de quelque envergure comptaient souvent trois étages. Les affaires se déroulaient généralement au deuxième et l'un des autres étages était « réservé » à la mise en scène policière et comportait des locaux plus ou moins bidon portant de faux numéros civiques. Ainsi, la maison de pari d'un certain Julius Silverberg, au 1455, rue Bleury, possédait des pseudo annexes sous les appellations de 1455 A et 1455 B, ou encore 1455, appartements 19, 20, 21, etc. Mieux, souvent ces faux numéros n'étaient pas inscrits sur des plaques émaillées ou embouties fournies par les services de l'hôtel de ville. Il suffisait que l'occupant des lieux les inscrive sur un morceau de carton broché sur la porte.

— Cette comédie donnait quoi en fin de compte, Monsieur Plante ?

— Cela allait loin. Le poste de police avait la délicatesse de désigner un planton de service dont la mission consistait à vérifier chaque jour que le cadenas était bien fixé sur la porte au numéro civique fictif. Quelle sollicitude ! C'est ainsi qu'un établissement de jeu de la rue Sainte-Catherine connut en cinq ans 58 descentes de police, dont 18 alors que la maison se trouvait officiellement cadenassée. À descentes bidon, arrestations bidon. Malgré le fait que la police connaissait – ou aurait dû connaître – les propriétaires ou locataires des lieux (dont les noms figuraient au rôle d'évaluation), on arrêtait des prête-noms – toujours les mêmes d'ailleurs. Un *bookmaker* du square Phillips, par exemple, possédait 43 numéros civiques fictifs et des tenanciers de paille qui s'étaient fait arrêter chacun une douzaine de fois et condamner 100 fois à une amende. Ils ne furent jamais incarcérés. Pourtant, selon la loi, dès la troisième offense, ils étaient bons pour passer un temps appréciable en cellule, disons plusieurs années ! Les policiers, accommodants, ne produisaient pas le casier judiciaire de ces messieurs en Cour du recorder…

J'appris ainsi que, dans le cas des bordels, les affaires n'avaient vraiment cessé qu'un certain temps en 1944, vers la fin de la guerre, lorsque les autorités militaires, ulcérées par le nombre de maladies vénériennes parmi leurs effectifs, avaient menacé les autorités municipales de déclarer la ville interdite à la troupe si l'on ne fermait pas ce que l'on appelait couramment les « maisons de débauche ». On ne gagne pas de guerre avec des soldats affaiblis par des maladies, surtout lorsqu'elles sont évitables. Un haut gradé de l'Armée canadienne, le major général E. J. Renaud, le fit savoir aux autorités municipales dans un communiqué dénué d'ambigüité :

« Si nous ne constatons pas de progrès importants à ce chapitre dans les plus brefs délais, nous nous trouverons dans l'obligation de recourir à des mesures draconiennes telles que d'interdire l'accès de Montréal aux troupes cantonnées dans la région. Je vous laisse juger des répercussions possibles d'une telle décision pour les compagnies ferroviaires, la ville, ses commerces et ses établissements hôteliers, sans oublier de mentionner la mauvaise publicité qui pourrait s'ensuivre pour elle », avait annoncé l'officier.

Le *Red Light* obtempéra officiellement, mais les affaires reprirent, beaucoup plus discrètement, à la cessation du conflit. Certains cyniques en conclurent que la pègre préféra réorganiser temporairement ses activités plutôt que de tout perdre. En 1946, Me Pacifique Plante, alors avocat à la Cour du recorder, prit la direction de l'escouade de la Moralité, assisté de l'intègre lieutenant Armand Courval. En moins de huit mois, malgré le peu reluisant passé de cette unité, Me Plante réussit à mettre à la raison la pègre et ses affidés. On ne lui pardonna pas ce grand nettoyage, qui privait une bande d'administrateurs et de policiers corrompus de revenus auxquels ils s'étaient habitués.

Albert Langlois, le directeur de police compromis, tenta de dénigrer et d'accabler, sans succès d'ailleurs, son adjoint Pax Plante en le calomniant jusque dans les couloirs de l'archevêché. Par ces manœuvres, qui furent plus tard dénoncées par le juge Caron, le directeur parvint toutefois à faire démettre son subordonné de ses fonctions en 1948. Pax resta silencieux plus d'un an. Comme le célèbre Chien d'Or de la légende : il rongeait son os en attendant de contre-attaquer avec des arguments-massues son supérieur, qui trouvait que tout allait pour le mieux dans le monde pourri de l'administration municipale. C'est alors, rappelons-le, que Pax publia avec l'aide du journaliste Gérard Pelletier une série d'articles dans *Le Devoir*, où il justifiait ses accusations envers l'ancien directeur de la police Fernand Dufresne et le directeur actuel Albert Langlois, sans compter une cinquantaine d'officiers de police et cinq membres du Comité exécutif.

Ce fut un magistral soufflet pour les crapules. Ces citoyens prétendument au-dessus de tous soupçons se retrouvèrent éclaboussés par un faisceau de preuves. Le jugement Caron en tint compte, car les accusations furent graves. La purulence au sein du milieu municipal fut donc exposée dans la plaquette, sorte de pamphlet, *Montréal sous le règne de la pègre*, regroupant les articles incendiaires du *Devoir*. Le public fut scandalisé et saisi de haut-le-cœur devant les agissements de ces édiles et de ces policiers au service de la pègre. Le document fit l'effet d'une bombe et devint un *best-seller* – l'un des premiers de l'édition québécoise. Certains de ces personnages véreux réagirent à la remise en question de leur intégrité, au lieu de filer pour se faire oublier. Ils crurent qu'il s'agissait encore là d'une comédie policière qui finirait bien pour eux. Ils en furent pour leurs frais.

Dès le début de l'année 1950, le directeur du *Devoir*, Gérard Filion, suggéra à Pierre DesMarais, un homme d'affaires estimé faisant partie du Comité exécutif de Montréal, ainsi qu'à Pax Plante de requérir aux services d'un certain Jean Drapeau, un jeune avocat susceptible de préparer la requête demandant au gouvernement provincial la tenue d'une enquête sous la direction d'un juge de la Cour supérieure. DesMarais était un conseiller municipal qui, depuis 1943, se plaignait de la présence de barbottes dans son quartier auprès du chafouin directeur Dufresne. Ce dernier se contentait de balayer d'un ample geste de l'avant-bras les allégations d'un conseiller si prompt à déranger un semblant d'ordre établi sous les auspices de la pègre. DesMarais, pour son compte, n'était pas un homme qu'un refus pouvait arrêter. Il décida de crever l'abcès.

Il organisa donc avec Pacifique Plante et Jean Drapeau un mouvement pour recueillir des fonds et informer la population, un comité de moralité publique qui se transforma plus tard en une Ligue d'Action civique et regroupa 7 000 membres. En mai 1950, une requête signée par 74 requérants fut présentée et accordée. Elle dura quatre ans et se heurta à deux brefs de prohibition qui amèneraient l'affaire jusqu'en Cour suprême. De grosses légumes municipales, pleines de morgue, défilèrent à la barre. Le juge Caron ne fut pas tendre envers elles. En 1951, les policiers accusés intentèrent une action en dommages et intérêts contre les 74 requérants. Il eurent tous les culots et réclamèrent près de deux millions de dollars !

Ils n'en furent pas moins condamnés et déboutés en appel. Ils abandonnèrent leur poursuite, sauf le chef Langlois qui la fit réinscrire tous les deux ans contre Pax Plante et J.-Z.-Léon Patenaude, un combattant de la première heure en ce qui concernait la salubrité municipale. Une vingtaine de têtes tombèrent.

Le rapport Caron amena Jean Drapeau au pouvoir. Plusieurs critiques affirmèrent que le seul but de l'enquête était politique et se fondait sur des faits dépassés datant des années trente et quarante, que les derniers sursauts de la puissante influence religieuse qui régnait au Québec avaient encouragé ce déballage, que la Commission avait hoqueté quatre ans avant de produire son rapport et que de toute façon la pègre avait autorégulé ses activités de manière plus subtile pour fournir ses services illicites à une clientèle qui, de toute façon, existerait toujours. En 1954, Pax Plante revint à la direction de la police, non sans bercer le rêve de prendre la place des chefs de police incapables qui s'étaient succédés. Et pourquoi pas ? N'en avait-il pas les compétences et les motivations ?

Un scribe anglophone vendu à la pègre reprochait à Pacifique Plante son élégance, sa visibilité et sa verve et disait qu'il transformait l'achat d'un paquet de cigarettes au petit magasin du coin ou le spectacle d'un chien levant la patte sur une borne d'incendie en une véritable épopée. Il s'agissait-là d'un persiflage hargneux et répugnant. Même si les héros que nous admirons dans notre jeunesse ne sont parfaits que dans les bandes dessinées et les films, ils se situent à des lieues des individus qui se complaisent dans une connivence des plus vénales avec le crime organisé.

C'est donc dans ce contexte que je devais faire connaissance avec Me Plante, ce singulier redresseur de torts, qui me ramena à une époque où l'on parlait beaucoup de guerre et d'histoires de gangsters se déroulant dans les limites de Concordia, ainsi que l'on appelait Montréal, à cause du listel du blason de la ville où l'on peut lire la devise *Concordia Salus* – « Le salut par la concorde ». Tu parles !

Chapitre 5

J'anticipais avec ce « retour » de Pacifique Plante dans le décor, mais il influença énormément l'ingénu que j'étais, qui voyait là une sorte de « Vengeance de Zorro » ou du *Lone Ranger* qui n'était pas du cinéma, où le Bien, avec un grand B, triomphait toujours. Mes actions m'avaient désigné à la vindicte de milieux louches et de leurs affidés, même si je ne représentais aucun danger pour eux. Je ne m'étais pas fait non plus des amis parmi certains de mes confrères complaisants, qui avaient toujours un bon mot à dire pour les bandits publics et privés. Cela donnait à ces journalistes l'impression de rester dans le coup en ayant accès à des secrets réels ou imaginaires qu'ils se gardaient de signaler sous peine de représailles ou de poursuites. Ils avaient l'impression de travailler dans un esprit progressiste et d'être à l'image de ces *pundits* anglo-saxons, ces incontournables ténors des médias qui savaient tant de choses confidentielles. Les *pundits* promettaient aux gens compromis et à leurs amis de ne pas révéler les secrets que ces derniers pouvaient leur confier et qualifiaient cette promesse d'*Off the record*

– c'est-à-dire purement officieuse. Pour leur réputation ou plus simplement l'intégrité de leurs abattis, ils respectaient prudemment la loi du silence.

Je découvris de manière empirique que, si les correspondants de guerre risquent fréquemment leur vie sur les théâtres d'opérations ou finissent parfois otages, leurs confrères journalistes d'enquêtes, tout comme les fonctionnaires intègres, sont rarement sérieusement menacés. On les intimide, on tente de les compromettre, c'est certain, mais on cherche surtout à les corrompre. Malheur à ceux qui acceptent quelque cadeau ou quelque faveur, car ils mettent les doigts dans un engrenage redoutable. Comme les policiers et les fonctionnaires vendus, ils se retrouvent en quelque sorte au service du crime organisé. S'ils se rebellent, on les menace de chantage ou, moins subtilement, de mesures coercitives. « La dernière fois notre cadeau était le bienvenu, n'est-ce pas ? leur dit-on. Pourquoi ne le serait-il pas cette fois-ci ? As-tu honte de nous ? Oublies-tu tes vieux amis ? C'est pas très gentil tout ça… » La personne compromise n'a pas besoin d'une longue explication pour comprendre.

Le 10 novembre 1945, en cette années qui avait vu la fin de la Seconde Guerre mondiale, Fernand Dufresne, le directeur de la police de Montréal, nomma le capitaine Arthur Taché directeur de l'escouade de la Moralité. Il déclara avec emphase : « Tout sera mis en œuvre pour porter un coup mortel au vice organisé. Rien ne sera épargné et des ordres très sévères seront donnés pour extirper le mal à ses racines ! » Personne ne pouvait être contre un tel projet, bien sûr. Qui n'est pas pour la vertu ?

Le capitaine Taché, qui se disait de la même famille que Mgr Alexandre-Antonin Taché, lequel s'était illustré à la fin du XIXe siècle dans la région de la rivière Rouge, dans le Manitoba, était un homme qui regardait ses contemporains de haut. Dénué d'expérience policière dans le domaine de la moralité, il était le candidat idéal pour ne pas faire de vagues dans le système de protection bien établi. Depuis bien longtemps, on considérait l'escouade de la Moralité comme une sorte de dépotoir, de voie de garage pour policiers véreux, une « planque » pour y finir une carrière. Lorsque Me Pacifique Plante, le conseiller juridique à la Cour du recorder, lui offrit de suivre les cours de droit qu'il donnait au personnel, Taché déclara ne pas en avoir besoin et, sûr de ses droits comme une petite employée nommée cadre par « promotion canapé », balaya d'un geste cette proposition faisant partie des exigences du monde policier et de la condition préalable à un travail sérieux.

L'arrivée d'Arthur Taché ne causa aucune surprise. Lorsque *The Gazette* mentionna un mois plus tard que 13 bureaux de *bookmakers* fonctionnaient encore et fournit même leurs adresses, le directeur Dufresne pleurnicha que la police agirait immédiatement «si le public lui fournissait les informations nécessaires». Il était prêt à jeter l'opprobre sur ce satané public qui se tenait coi et n'aidait pas les infortunés policiers si dépourvus de moyens! En d'autres termes, il blâmait les foules ingrates! Les *fellow travelers*, ou agents bénévoles des relations publiques de la pègre ayant toujours un mot aimable pour les combinards, se manifestèrent. Cela comprenait un certain nombre de pseudo-journalistes, publicitaires bienveillants des débits de boisson clandestins et des tripots, à qui les tenanciers payaient le coup, graissaient la patte ou fournissaient des services en nature dans les maisons de tolérance.

On rapporta même dans *The Gazette* du 16 janvier 1946 qu'un certain recorder dénommé Léonce Plante – un homonyme non apparenté à Me Pacifique Plante, ce juriste municipal alors pratiquement inconnu–, faisait appel à la police pour que celle-ci appréhende les véritables propriétaires des maisons de jeu. Le juge Léonce Plante s'empressa de clamer qu'il était difficile d'établir des preuves contre les vrais tenanciers.

À la faveur de chaleureuses agapes au Progress Club, ce recorder ridiculisa les citoyens qui osaient réclamer une enquête judiciaire sur la situation. Tout n'allait-il pas pour le mieux dans le meilleur des mondes? La crédibilité de la police était pourtant si alarmante qu'une personnalité aussi prudente et socialement engagée que Mgr Joseph Charbonneau, archevêque de Montréal, s'était alliée à son homologue anglican et au Grand rabbin de la ville pour créer une Ligue de vigilance sociale ayant comme président le juge Fabre Surveyer, dont l'intégrité était indiscutable. Le procureur de cette ligue était un juriste réputé, Me Jean Penverne; l'aumônier était le révérend père Paul Racine, S. J., et le secrétaire général J.-Z-Léon Patenaude.

Les défenseurs des combines et du friforolle en mouillèrent leur chemise. Depuis la célèbre enquête Coderre de 1924, où l'on exposa la corruption de maints politiciens, le gouvernement de l'époque avait amendé le chapitre 214 des Statuts refondus de la province de Québec traitant de la corruption municipale. Pour réclamer une enquête, il fallait dorénavant porter des accusations d'une précision pratiquement chirurgicale à l'aide de témoins prêts à payer de leur personne et à défendre la moindre allusion à des irrégularités devant de rusés avocats du «milieu»; il était nécessaire de réunir 50 électeurs et qu'un contribuable digne de foi et propriétaire d'un immeuble peu hypothéqué se portât garant, que la requête soit accompagnées d'une déclaration sous serment, etc. Bref, on avait multiplié les démarches pour embrouiller les citoyens allergiques aux procédures. Des farceurs ajoutaient que la démarche devait pratiquement se dérouler durant une année où une tempête de neige survenait un 24 juin pendant le défilé de la Saint-Jean-Baptiste... Bref, les législateurs protégeaient leurs arrières et les citoyens se trouvaient très peu avantagés. Ils devaient faire face à des difficultés considérables et avaient un besoin constant d'argent. C'est ainsi que l'archevêque demanda à tous ses curés de faire une quête spéciale pour financer le nettoyage prévu.

La Ligue de vigilance réussit à recueillir des renseignements troublants sur l'escouade de la Moralité et sur certains membres de la Sûreté municipale de Montréal au cours des décennies précédentes. C'est ainsi que les enquêteurs furent informés qu'à la Sûreté certains détectives avaient prêté des revolvers à des bandits pour effectuer des hold-up et s'étaient partagé le butin ! D'autres policiers félons, craignant que le roi de la pègre d'alors, Tony Frank, qui fut pendu à la suite du braquage du fourgon blindé d'Hochelaga, en 1924, ne divulgue sa collaboration un peu trop active avec eux, avaient vainement tenté de soudoyer un restaurateur de la rue Craig que Frank fréquentait pour empoisonner le caïd. Comme dans un vrai roman « gothique » du XIXe siècle, le R. P. Racine et ses collaborateurs avaient caché ces documents compromettants dans l'une des tours de l'église de l'Immaculée-Conception. J.-Z.-Léon Patenaude, qui était loin d'être un amateur d'armes à feu, conserva longtemps dans le tiroir de son bureau un revolver de calibre .38, car il fut souvent menacé. Bonjour Chicago ! Mais heureusement, Montréal comptait aussi ses incorruptibles et ses journalistes fouineurs.

L'un de ces ancêtres du journalisme d'enquête de ce temps-là était le jeune Jacques Francœur, dont Louis, le père, était depuis longtemps une célébrité dans les organes d'information. Jacques, qui avait certes eu la chance de ne pas débuter sa carrière avec comme seul capital une voiture d'occasion achetée à crédit et du matériel vétuste, devint un modèle pour les jeunes générations de scribes en ne se faisant jamais l'apologiste de la racaille. Il devint plus tard un important entrepreneur en multimédias et finit président d'une fondation caritative.

En juillet 1945, il avait révélé dans *The Gazette* que, dans un pseudo club de bridge sis au 1222, rue

University, il avait vu des sommes aussi élevées que 75 000 $ changer de main toutes les heures aux tables de barbotte, ce qui donnait des journées avec un chiffre d'affaires de près d'un million de dollars étant donné que cette salle de jeu fonctionnait 24 heures par jour et exploitait sur place un restaurant. Il avait également remarqué qu'une certaine barbotte, qui avait reçu une visite de la police à 21 h 30, avait rouvert à minuit. L'hypocrisie des descentes théâtrales avait une fois de plus été dévoilée. Cela ne faisait pas l'affaire de tout le monde, dont celle d'un porte-parole bénévole de la communauté des tenanciers de tripots, Hymie Kozlow, un colosse d'origine russe, membre de la mafia juive. Un cigare Upmann planté dans le bec, Kozlow vint trouver Francœur et s'adressa d'un air condescendant au jeune reporter canadien-français qui s'ingéniait aussi volontiers à dévoiler les combines des maisons de jeu de Montréal.

— Dis-moi, *Potz* (« petit con » en yiddish) ! Tu ne manques pas de culot… Pourquoi te mêles-tu de nos affaires ? On ne t'a rien fait. Je sais que ton père est un journaliste influent dans ta communauté, mais ce n'est pas une raison pour fourrer ton nez dans notre business… Je ne parle pas des rackets dans lesquels vous, les *Frogs* bons catholiques, êtes experts. Personne n'a l'exclusivité de la vertu. Chacun sa combine :

les *WASPs* (les Anglo-Saxons, suivant le sigle White, Anglo-Saxon, Protestant) et les *Yids* (les Juifs) ont les leurs et les Chrétiens aussi… C'est comme ça depuis des siècles et ce n'est pas toi qui changera les choses…

— Que les *big shots* du secteur du vêtement ou d'ailleurs aillent gaspiller leur argent dans les tripots, cela ne me regarde pas, en effet, mais que de modestes ouvriers et employés aillent se ruiner dans des lieux configurés pour les plumer, avec la complicité de la police, je ne marche pas. Et la population non plus ! répliqua Francœur.

— Tes préoccupations sociales t'honorent, mon garçon, mais nous ne referons pas le monde. Personne ne pousse les gens à jouer, peu importe leur appartenance religieuse ou sociale. Riches ou pauvres, ils croient tous aux miracles. Et nos jeux ne sont pas plus truqués que ceux des casinos américains ou européens. C'est comme la boisson. Faut savoir s'arrêter. Avoue que, toi-même, qui joue les défenseurs des malheureux, tu essaies de brasser la merde pour te faire un prénom sur les traces de ton paternel. Seulement voilà, ça dérange certains de nos *boys* et ce serait dommage que l'un d'entre eux perde patience.

— Et on me menace en plus ! rugit Francœur. Essayez-donc de me toucher…

— Je n'ai pas dis ça, mais tu es un gars intelligent et tu es certainement capable de faire des reportages qui ne dérangent pas une économie aussi importante que celle du jeu. Les sujets à saveur judiciaire ou policière sans risques de retour de flammes sont légion. Réfléchis bien. Je peux d'ailleurs te donner des tuyaux qui ne portent pas à conséquences et satisfont la curiosité de Monsieur Joe Public...

— Je ne ferai que mon devoir de reporter, réitéra Francœur.

— Écoute : un fils de bonne famille comme toi a probablement besoin d'argent pour ses loisirs, car ce n'est pas avec ce que tu gagnes avec tes piges que tu peux faire la belle vie. Coopère avec nous et nous saurons nous montrer généreusement compréhensifs.

— Vous cherchez à m'acheter maintenant ? Il n'en est pas question !

— À ta guise, fiston. Ne sais-tu pas que notre maire, Camillien Houde, songe à faire légaliser le jeu à Montréal ?

— Votre bon ami Houde, cet ex-convict opposé à la conscription, ce défenseur des *westipouffes* (Conscrits insoumis, « planqués ») et des sympathisants fascistes, qui nous est revenu à la fin de la guerre après son séjour en prison, le bec enfariné comme le comédien frustré qu'il est… En voilà une belle référence ! Houde, ce complice de Duplessis, un autre combinard qui ferme les yeux et joue les dévots…

— Quel âge as-tu ?

— Dix-neuf ans…

— Tu est un peu jeune pour faire de la politique, mais tu apprendras plus tard à composer avec elle. Souviens-toi de ça. Mais, en attendant, réfléchis bien à ma proposition.

— C'est tout vu.

Le jeune reporter semblait incorruptible. Il l'était. Peu après, en échange de son silence, il se vit offrir par un autre intermédiaire une voiture de sport anglaise MG-T, un cadeau inespéré pour un jeune homme à une époque de pénurie d'objets de consommation de fantaisie. Il refusa et continua à dénoncer la complaisance des autorités envers les combinards. Certains conseillers municipaux interpellèrent le président du Comité exécutif de Montréal, J. O. Asselin, qui resservit à l'intègre conseiller Stanley Allen l'éternelle litanie du manque d'effectifs policiers, chère au directeur Dufresne ; Allen laissa entendre qu'Asselin « restait assis sur ses mains » au lieu de s'en servir.

— Pas étonnant que Montréal ait la calamiteuse réputation d'être la ville plus corrompue d'Amérique du Nord ! précisa le conseiller d'un ton martial.

— Nul citoyen prétendant aimer notre ville ne devrait dire de telles horreurs ! C'est vraiment pas beau de votre part… répliqua Asselin plein d'indignation, insulté mais frileux.

— Alors sortez-vous les mains de sous votre fessier, serrez les poings et cognez sur toute cette racaille que certains de nos édiles et de nos policiers protègent ! ironisa Allen.

— Vous ne savez pas quelle peut être l'influence de la pègre et l'indigence de nos moyens… Nous ne pouvons rien faire… reprit Asselin.

Il ne faisait que répéter le leitmotiv que le directeur de la police avait servi à Pacifique Plante lorsque celui-ci s'était offert, à la suite de l'intervention de groupes de pression comme la Ligue de vigilance, de tenter de faire le ménage en se servant simplement des lois existantes. L'enquête Penverne avait été constituée pour répondre aux pressions publiques. Elle avait remis son rapport en 1945. C'était surtout le chef de police que l'on y blâmait. Ce dernier avait cependant conservé son poste.

Francœur et Plante me faisaient rêver, mais leurs exploits dataient d'une dizaine d'années et j'étais alors bien jeune.

Maître Plante, alors juriste municipal relativement obscur, fut donc nommé directeur de l'escouade de la Moralité. Une première requête, surnommée « requête Penverne », avait causé une profonde déception au sein de la Ligue de vigilance et dans le public. Les journaux provoquèrent des gorges chaudes à la suite de leurs commentaires sur cet échec. Trois juges doucereux de la Cour supérieure étudièrent la requête et, pince-sans-rire, déclarèrent regretter sincèrement mais les exigences de la loi « ne leur permettaient pas de procéder ».

Plante ne se découragea pas et poursuivit seul son travail de conseiller juridique à l'escouade de la Moralité. Sans autorité sur les activités de cette escouade-cimetière, que le directeur Dufresne disait n'approcher « qu'au bout d'une perche de dix pieds », Plante ne cessa d'exercer des pressions auprès des juges afin d'obtenir des sentences plus sévères en employant des lois parfaitement efficaces, mais qui n'avaient jusqu'alors pas été appliquées. Ses efforts lui apportèrent une petite victoire : il réussit à forcer le rusé recorder Léonce Plante – qui s'était vanté n'avoir aucune parenté avec lui – à imposer deux sentences d'emprisonnement à deux tenancières de bordel en vue, clientes d'un avocat renommé, René Demers, défenseur de plusieurs d'entre elles, dont la personnalité voyante égayait le Palais de justice.

C'est alors que Me Demers, en rage, approcha du juge avec une attitude désespérée exprimant sa déconvenue. « Que veux-tu que je fasse avec la preuve en béton armé que Pax Plante m'a soumise ? » lui répondit Léonce Plante. Le magistrat avait raison, aucune discussion n'était possible. C'est alors que, à la sortie de la chambre du juge, fulminant, postillonnant, Me Demers traversa la salle des pas perdus, saisit Pacifique Plante au collet et l'apostropha.

— Pax, je t'avertis, laisse mes bordels tranquilles ! hurla-t-il.

— Toi, tu représentes tes clientes, moi la Couronne ; mon devoir est clairement déterminé par la loi… répliqua Pax.

— Ah ! Ben *Toryeux* ! jura le défenseur des tenancières en reculant puis en donnant un coup de poing à assommer un bœuf en pleine face du responsable de l'escouade de la Moralité.

Ce dernier eut plusieurs dents brisées et ses lunettes se cassèrent en tombant. Comme il ne ripostait pas, écumant de rage mais réalisant la gravité de son geste, Me Demers se lança à nouveau sur son adversaire en espérant engager une rixe permettant de brouiller les cartes. Pax Plante s'en garda, tout comme il se garda de poursuivre son confrère devant un tribunal jugeant les affaires d'ordre criminel, comme il aurait eu le droit de le faire. Considérant que l'avocat pugiliste s'était suffisamment ridiculisé au cours de cette lamentable altercation, il se contenta de le poursuivre en dommages et intérêts. On annonça quelque temps après dans les journaux les obsèques de Me Demers, mort carbonisé avec son neveu lorsque son avion de tourisme avait percuté des lignes électriques à Rivière-des-Prairies. Pax ne se réjouit aucunement de la fin tragique de son adversaire. Il pensa surtout à l'affliction des familles. Admettant que sa présence aurait pu être mal interprétée, il n'assista cependant pas aux funérailles, où se retrouvèrent de nombreux hommes de loi.

Le 25 juillet 1946, le fragile édifice de la compromission se trouva lézardé par une nouvelle sensationnelle : le meurtre de Harry Davis, le *kingpin*, le roi de la pègre, assassiné de trois coups de revolver dans son tripot de la rue Stanley, à quelques portes de l'hôtel Windsor. Son meurtrier était un *gambler* de troisième ordre, Louis Bercovitz, qui reprochait au caïd de lui avoir refusé l'autorisation d'ouvrir un tripot et d'avoir placé un « contrat » sur lui. La presse s'en donna à cœur joie. On évoqua les jours les plus sinistres de la grande pègre de New York et de Chicago. Montréal, où tous les rackets se faisaient en douceur, ce Paris de l'Amérique où l'on pouvait goûter aux plaisirs défendus avec des risques limités de recevoir une volée de balles, se faire casser les pattes dans les coins noirs ou empoisonner par de l'alcool frelaté, allait-il disparaître et connaître la violence de la guerre des gangs ?

Une chose était certaine : ces événements révélèrent clairement que les maisons de jeu, les débits clandestins et les bordels étaient avertis d'avance des descentes de police. Quelques jours avant de partir en vacances, le nouveau chef de l'escouade de la Moralité, le capitaine Taché, parent présumé du célèbre évêque du même nom, avait pris soin de laisser à son adjoint la liste des maisons qui devaient être visitées pendant son absence en indiquant la date pour chacune d'entre elles. Il avait très bien compris le mécanisme de la comédie et s'imaginait que la belle vie continuerait.

La pègre du tout-Montréal assista aux funérailles de son tsar. La police estimait à 5 000 personnes ceux et celles qui s'affichèrent rue Saint-Urbain à l'intérieur et devant le salon funéraire Paperman. On était en plein dans le petit monde de Mordecai Richler, mais les pégreux appartenaient à toutes les communautés de Concordia : Canadiens français, Italiens, Irlandais, Juifs, Levantins et même des malfrats français, surtout des macs, qui s'étaient mis discrètement au vert au Canada après avoir fricoté dans les milieux collaborationnistes ou gestapistes dans leur pays pendant la guerre. Ils essayaient de se fondre dans la masse des mauvais garçons, anglophones et autres, afin de s'y créer des relations et éviter de se faire repérer par les autorités consulaires françaises. Ils faisaient le mort en attendant des jours meilleurs. « Gangsters et malfrats de tous les pays, unissez-vous ! » aurait pu être le cri de ralliement de cette Internationale locale de l'illégalité.

Les flics montréalais intègres – et ils étaient plus nombreux que l'on ne le croit – prirent des photos et « retapissèrent » – repérèrent – les truands les plus connus, car ils redoutaient une guerre des gangs. Leurs informateurs recueillirent les potins, car tout le monde « parle métier ». Et puis il y avait les curieux, les piliers de tavernes, les bons à rien et prêts à tout, les *punks* ou malfaiteurs débutants qui s'étiraient les muscles du cou pour tenter d'apercevoir des personnages interlopes aux rôles plus ou moins importants ayant comme sobriquets Tarzan, La Bête, le Syrien, Greaseball De Luxe ou Benny-Bad Luck. Afin de calmer les esprits, craignant une enquête judiciaire, le chef de police Fernand Dufresne écourta ses vacances. Il fit porter le chapeau au capitaine Arthur Taché, qui, depuis un an, n'avait strictement rien fait sinon jouer la pantomime habituelle. Le 30 juillet, ce présumé pandore en chef donna sa démission, qui fut refusée. On le convoqua devant le conseil de discipline, mais il refusa de s'exécuter. Aucune sanction ne fut prise contre lui. Ce n'était pas grave : il ferait valoir ses droits à sa pleine retraite car, depuis dix ans, on avait déjà vu sept directeurs défiler à l'escouade de la Moralité et être les boucs émissaires d'une administration municipale gangrenée par la corruption. Quelques années plus tard, lorsque Taché rendit témoignage dans l'enquête Caron, le juge en vint à la conclusion qu'il avait reçu au moins 30 000 $ de récompense pour son mutisme absolu, un genre d'omerta en somme.

Pacifique Plante, qui avait si aimablement proposé ses services à Dufresne, allait être le prochain bouc émissaire, mais, malheureusement pour les truands, un bouc à la peau dure et aux cornes effilées. Le directeur de la police se contenta de mettre Plante en garde en lui racontant de décourageantes histoires sur la toute-puissance de la pègre et le prévint qu'il serait vilipendé, traîné dans la boue, voire attaqué.

— Si vous acceptez ce poste, je ne veux pas que vous veniez brailler dans mon bureau, dit-il à Pax. Je ne veux rien savoir. Débrouillez-vous ! Ah ! Oui, ajouta Dufresne, je suis obligé de vous nommer secrètement, tout en m'assurant que vous soyez obéi. C'est vous et nul autre que je tiendrai responsable si ça va mal.

— Entendu, Monsieur le directeur, répondit Pax. D'abord, je n'ai pas l'habitude de chialer sur l'épaule de qui que ce soit. Je vous signale toutefois que nos locaux sont insuffisants, que nous n'avons même pas de classeurs et que nos voitures sont bonnes pour la ferraille. Et puis, j'aimerais bien une porte capitonnée dans mon bureau, afin d'éviter les indiscrétions…

— Il faudra vous débrouiller avec les moyens du bord, mais je vais voir ce que je peux faire et vous donner un nouvel assistant, le lieutenant Armand Courval.

Convaincu que Plante, sans expérience policière directe malgré ses années comme avocat à la Cour du recorder, se découragerait rapidement, Dufresne se rasséréna. La comédie pouvait continuer *ad nauseam* jusqu'à sa retraite. Comme l'aurait dit Louis XV, l'irresponsable roi de France : « Après moi, le déluge ! » Détail amusant démontrant l'inefficacité (ou la mauvaise volonté évidente) de l'Administration : la fameuse porte capitonnée réclamée par Pacifique Plante le jour de sa nomination presque confidentielle ne fut installée que plus d'un an et demi plus tard, le jour même de son renvoi ignominieux par son nouveau – et très compromis – directeur, Albert Langlois…

Finalement la nomination de Pax Plante comme avocat spécial de la police fut annoncée. Officiellement, le gradé responsable était le lieutenant Gabriel Piché, qui remplaçait le capitaine Taché, démis de ses fonctions. Malgré ce micmac, Pax Plante organisa son escouade en donnant des cours de droit à ses hommes afin qu'ils puissent affronter les avocats criminalistes aux mille astuces qui intimidaient les limiers, que leur instruction, souvent limitée, handicapait lorsqu'il s'agissait de soutenir les preuves, pourtant solides, qu'ils avaient accumulées. Cela ne tarda pas à se savoir dans les salles d'audience.

«Je vais continuer à vous donner des cours de droit qui vous permettront de faire face à quelque avocat que ce soit dans votre champ de compétence, annonça Pax à son équipe en guise de préambule. Je suis presque aussi au courant que vous de la comédie qui s'est jouée ici. Aussi, nous allons entreprendre une lutte à fond – et pour de vrai – contre le vice organisé. Les événements qui ont suivi le meurtre de Davis m'ont renseigné sur un état de choses que je soupçonnais depuis longtemps. C'est contre les vrais tenanciers que nous allons désormais diriger la lutte, et non contre les hommes et femmes de paille. Vous devrez devenir compétents et votre conduite devra être irréprochable. Je ne veux que des volontaires. Si certains d'entre vous veulent se retirer, je ne leur ferai pas grief.»

Pas un des nouveaux «incorruptibles» de Pax Plante ne bougea.

Chapitre 6

Son équipe préparée, ayant consulté les autorités juridiques les plus fiables, Pacifique Plante décida alors de faire un exemple en donnant ce qu'il appelait un « coup de projecteur » sur un nid de cloportes dont le public et la police connaissaient pertinemment l'existence depuis des années, sinon des décennies, mais qui, officiellement, se dissimulait grâce à la comédie des cadenas, l'utilisation de tenanciers de paille et la vague dénomination de « clubs sociaux ». Par une belle journée, le 5 septembre 1946, le patron de l'une des organisations de *bookmakers* les plus importantes de Montréal eut à subir les désavantages d'une descente sans avertissement préalable.

Il s'agissait de Julius Silverberg, un petit malin qui n'avait jamais été arrêté après avoir opéré des années. On l'emmena au poste et les reporters furent conviés à venir assister au démantèlement de ses impressionnantes installations, presque aussi professionnelles que celles d'un courtier en valeurs mobilières. Panneaux d'affichage, appareils téléphoniques, sans compter une abondante paperasse, constituèrent des preuves irréfutables pour la suite des événements. Plante convoqua les journalistes et le grand public. Les personnes qui ne fréquentaient pas les établissements clandestins purent enfin voir grâce aux reportages photographiques à quoi ressemblaient les tripots. Ceux-ci, bien sûr, n'étaient pas censés exister puisque le directeur de la police affirmait qu'ils avaient disparu.

Pendant ce démantèlement, Pax Plante avait placé deux détectives à la porte du tripot de Silverberg pour assurer le service d'ordre. C'est alors que deux « taupins », des primates comme on en retrouve parmi les travailleurs d'élections et les briseurs de grèves, interpellèrent les policiers.

— Où c'qu'il est, Plante ?

— Il est occupé. Que lui voulez-vous ? répondirent les plantons.

— Nous venons de la part du *boss* du *bookie* (*bookmaker*) de M'sieur Baker. On veut dire à Plante que, s'il s'avise de faire le même coup chez nous, on sera là pour le recevoir… O.K ?

L'un des détectives transmit la mise en garde à Pacifique Plante. Rajustant tranquillement ses lunettes en écailles sur son nez avec un calme olympien, Pax ordonna au policier de répondre aux peu subtils messagers du dénommé Baker: « Excellente idée. Préparez-vous, parce que demain, vers onze heures, nous serons là… »

Le lendemain, avec armes et bagages, fidèles au rendez-vous, Pax et ses incorruptibles débarquèrent dans les locaux du menaçant *bookie.* Sans attendre le grabuge, cette terreur des hippodromes avait déménagé son équipement, fermé sa porte à clé et probablement pris le chemin des collines en attendant que les affaires se tassent.

Les chantres des milieux interlopes mirent en doute le bien-fondé de ce genre d'opération. Amateur de théâtre et excellent comédien, le maire Camillien Houde, félicita d'abord Pax Plante pour la publicité qu'il accordait à ses opérations, puis ajouta :

— Réalisez-vous, Monsieur, qu'actuellement vous jouissez de cent fois plus de réclame que je n'en avais lorsque je me suis lancé en politique ?

— Je puis vous assurer que je n'ai pas l'intention de briguer quelque poste politique que ce soit, Monsieur le maire. Si je tiens les organes d'information au courant du travail que nous accomplissons actuellement, c'est afin d'informer le public honnête pour le sensibiliser et lui montrer les dangers qui le menacent. C'est aux citoyens intègres que je m'adresse avant tout, car la racaille connaît depuis longtemps le mécanisme de la tolérance et de la protection…

Le maire ne releva pas la remarque et se contenta d'émettre de crispants borborygmes pleins de scepticisme interro-négatif, du genre « mmm… mmm… mmm… mmm… » Pas étonnant. Camillien Houde, un maire populiste et folklorique au nez à la Cyrano de Bergerac, souhaitant secrètement que rien ne change, fermait les yeux sur les irrégularités. Cependant, ses relations interlopes, celles que l'Ecclésiaste appelle « les gens qui fuient la lumière », lui assuraient une réélection facile et donc le pouvoir.

En attendant, personne ne semblait avoir remplacé Harry Davis, mais un successeur se profila, le *bookmaker* Harry Ship. Il n'avait rien d'un truand et ressemblait à un prospère commerçant de la rue Saint-Hubert. S'exprimant dans un anglais assez châtié, il avait obtenu des crédits à l'Université Queens et, s'il n'y avait pas fait long feu, il y avait acquis, semblait-il, de bonnes connaissances en mathématiques, notamment dans le calcul des probabilités, des avantages académiques dans un milieu où de nombreux truands avaient de la peine à signer leur nom. On le surnommait *The Boy*

Plunger – le Flambeur – et il était propriétaire d'un casino à Côte Saint-Luc. Ce n'était certes pas un joueur de bingo de paroisse. Il pouvait perdre dix mille dollars d'un coup sans sourcilier et assurer des transactions quotidiennes d'un demi-million de dollars dans son établissement situé rue Sainte-Catherine Est, où l'on pouvait parier sur des courses hippiques se déroulant sur une trentaine de pistes nord-américaines. Peu de gens le connaissaient vraiment, car il était discret et, s'il tenait à passer pour un personnage incontournable dans le « milieu », il se souciait peu de sa popularité dans le grand public. En fait, mieux valait pour lui être anonyme et entretenir sa légende.

Le 16 septembre, à l'arrivée de l'escouade de Pax rue Sainte-Catherine Est, les limiers bloquèrent les issues du tripot, et ce fut la débandade. Truands et clients coururent comme des canards étêtés. On jura, on déchira des papiers. Certains des parieurs, pris de court, en firent des boulettes qu'ils avalèrent. Les gars de l'escouade avaient l'impression d'avoir donné un coup de pied dans une fourmilière. Haut les mains ! Les individus trouvés sur les lieux furent collés au mur et fouillés pour s'assurer que quelque quidam mal intentionné ne jouerait pas du revolver. Puis l'identité des *gamblers* fut vérifiée à l'aide des indispensables bottins Lovell et Red Book, voire de l'annuaire de la compagnie de téléphone. Sur les lieux, flottait une odeur de cigare refroidi, de poussière et d'êtres humains confinés. Mais où était Ship ? Les limiers savaient qu'il était dans la salle, mais comment l'identifier ?

L'un des clients, un certain Max, se montra nerveux et demanda à parler à Pax Plante en privé. Il lui expliqua qu'il refusait d'être mêlé à ces événements. En effet, il se présentait comme candidat au conseil municipal et ne voulait pas que son nom apparaisse dans la liste des interpelés de cette descente de police. En échange de la discrétion des policiers, il était prêt à faire un signe convenu pour indiquer sans se compromettre qui était l'élusif Harry Ship. Plante accepta cet arrangement. Ship, désigné discrètement d'un mouvement du pouce par le délateur, avait cependant compris le stratagème. Oubliant ses bonnes manières, il apostropha Max : « Enfoiré de fils de pute ! Tu es le pire parieur de la bande ! » lança le *bookmaker* d'un air menaçant. On emmena le roi du pari avec trois de ses hommes au quartier général. Pax recommanda par personne interposée au juge qui décidait des questions de cautionnement de bien attendre ses recommandations avant que le magistrat ne rende sa décision. Il n'était pas question de laisser échapper un gibier tel que Ship pour une question de procédure.

Une demi-heure plus tard, alors que Pax Plante et ses hommes étaient encore affairés dans le tripot, un appel arriva du quartier général annonçant que Ship venait d'être relâché sous un cautionnement de 1 000 dollars – une sinécure – à la suite d'un ordre donné au téléphone par une vieille connaissance, le recorder Léonce Plante. Il était bizarre de constater que, selon les instructions du juge en chef, Léonce Plante n'avait rien à faire cette semaine-là dans les questions de cautionnement. Qu'importe, c'était un cadeau de roi pour Ship, car sa libération lui permettrait d'avertir ses protecteurs à l'hôtel de ville et de mettre ses documents compromettants à l'abri.

Très contrarié, Pax Plante appela son homonyme, avec qui il avait déjà connu des accrochages lors de l'affaire des maquerelles, clientes de l'avocat pugiliste Demers, et lui fit remarquer avoir mis en garde le juge de service cette semaine-là, Me Emmett McManamy, de bien attendre ses recommandations. « Ah ! Oui ? On ne m'a fait aucune représentation dans ce sens, répondit Léonce Plante, et je suis aussi juge que le collègue dont vous me parlez. J'ai admis Ship à caution suivant la coutume, un point c'est tout. Compris ? » M^e^ McManamy n'y était pour rien. Il y avait eu visiblement de l'embrouille dans les communications et les réseaux corrompus de l'Hôtel de ville avaient bien travaillé au profit de Ship, le *kingpin* pressenti de la pègre, dont les relations étaient nombreuses.

La comparution de ce dernier, le lendemain, attira non seulement tous les journalistes de la ville, mais aussi une kyrielle de truands de haut vol venus pour voir comment le *bookmaker* réussirait à narguer Plante, ce petit avocat municipal qui n'acceptait pas de se faire acheter. Deux New-Yorkais traînaient également dans la salle des pas perdus pour faire du repérage. Il s'agissait de Vito «Il Furbo» Salvestrini et de Sam «The Klutz» Bitensky, deux représentants de la redoutable organisation américaine de résolution de problèmes par l'assassinat, *Murder Inc.*, commanditée par les mafias italienne et juive d'outre-frontière. Leurs services avaient été retenus pour étudier les possibilités d'éliminer certains Montréalais opposés à l'emprise de la pègre. Heureusement, l'organisation de «liquidateurs», qui était d'ailleurs sur son déclin et qui avait déjà hésité à se débarrasser du procureur Thomas Dewey en 1935, craignait que le fait de s'attaquer à la justice canadienne ne mobilise encore davantage l'opinion publique contre les malfaiteurs alors qu'actuellement elle était souvent indifférente et qu'il y avait eu relativement peu de violence. Et puis, Montréal n'était pas New York, même si l'ombre de la famille Bonnano s'étendait sur les activités illégales dans la métropole.

Ship était de bonne humeur. Au moment de pénétrer dans la salle d'audience, Pax Plante l'entendit claironner aux journalistes: «Je vous parie que dans un mois Pax aura disparu dans la brume!» Il était sûr de lui, le bougre, car le magistrat officiant était le recorder Léonce Plante, qui remplaçait le respecté juge Emmett McManamy, celui qui devait siéger normalement cette semaine-là. Comment l'agressif recorder Plante, si empressé de préciser qu'il n'avait aucun lien de parenté avec le responsable de l'escouade de la Moralité, s'était-il arrangé pour mettre des bâtons dans les roues de ce dernier demeurait l'un des grands mystères de cette intervention. Il n'y avait rien à comprendre. En réalité, Léonce pesta contre Pax, qui avait critiqué la caution accordée à Ship en lui précisant qu'il n'était pas juge à cet instant précis. Puis, au moment où Pax allait lui répondre, il reprit sa diatribe en ordonnant à son adversaire de se taire sous peine de le faire accuser d'outrage à magistrat, car il avait changé de vitesse et déclarait maintenant qu'il siégeait comme juge! Cette parodie de justice relèvait de la bouffonnerie pure.

The Gazette protesta et signala l'intervention fantasque du recorder Plante comme étant « ni honnête ni justifiable ». Finalement, le juge McManamy fut désigné pour siéger. Ship, représenté par un ténor du Barreau, Me Joseph Cohen, assisté de quatre autres avocats prestigieux, se débattit comme un diable dans un bénitier lors du procès qui eut lieu plus tard. À l'instigation de ses défenseurs, Ship s'arrangea pour faire retarder les procédures à vingt-deux reprises. Pax Plante, bien préparé, apporta au tribunal une kyrielle de preuves irréfutables qui envoyèrent le *big shot* flambeur à la prison de Bordeaux pour six mois. « C'est le naufrage de Monsieur Ship ! » titrèrent les journaux de manière facétieuse.

Après les rois du jeu, Pacifique Plante s'attaqua à la prostitution. À la suite de la mise en garde de l'Armée, en février 1944, qui menaçait de faire de Montréal une ville plus fermée qu'ouverte, le nombre de bordels avait considérablement baissé. Il y avait, bien sûr, les établissements populaires dont les tarifs s'échelonnaient de un à trois dollars la passe, où les pensionnaires faisaient de « l'abattage » sept jours par semaine à raison d'au moins dix clients par jour, et où il fallait que les filles cèdent la moitié de leur maigre rétribution à la maquerelle, plus une certaine somme pour la protection policière et certains intermédiaires. Ces malheureuses se retrouvèrent donc dans les bars, à la merci des proxénètes et d'un nombre croissant d'intervenants comme les chasseurs et portiers d'hôtel, les chauffeurs de taxis, etc. Les sceptiques avaient beau jeu de nier l'utilité de la fermeture des maisons closes.

Les établissements plus huppés, comme ceux d'Éva Nadeau, d'Ida Katz ou d'Anna Labelle, dite Mme Beauchamp, faisaient fi des menaces des militaires. Des messieurs importants n'étaient acceptés chez elles que sur recommandations et la police protégeait les tenancières, qui utilisaient les agents de l'ordre pour se débarrasser des clients un peu trop bruyants ou bagarreurs ou pour accompagner ces dames à la banque porter le fruits de leurs gains, les jours où elles «relevaient les compteurs» de leurs pensionnaires. Lors de la descente, Mme Nadeau protesta, telle une pucelle effarouchée: «Attention! Je connais des gens haut placés!» Pax Plante n'en doutait pas, mais il n'arrêta pas moins la tenancière et mit pour de bon le cadenas sur la porte de ses luxueux locaux de la rue Milton. Une fois de plus, il se fit des ennemis, et pas seulement dans la pègre.

Il s'attaqua ensuite aux nombreuses loteries clandestines, avec lesquelles leurs organisateurs tondaient la populace. Il suffisait, pour se lancer en affaires, d'une petite presse à imprimer bonne pour la casse et, dans un secteur donné des quartiers populaires, de créer quelques gagnants de sommes modestes, souvent choisis parmi des amis ou la famille. La publicité se faisait de bouche à oreille dans les bars, tavernes et débits clandestins. Près d'une cinquantaine de ces lucratives loteries, aux activités parfaitement incontrôlées, durent mettre la clé sous la porte.

Ces actions attirèrent notamment les commentaires d'un inlassable critique de Pacifique Plante, son homonyme le recorder Léonce, devenu un adversaire attitré. Au cours d'une conférence de presse, il posa une question insidieuse aux journalistes. « Je ne suis pas contre le travail qu'effectue actuellement Me Pax Plante, mais je me demande pourquoi, dans sa campagne contre le jeu, il ne poursuit pas aussi les curés qui organisent des bingos dans les sous-sols de leurs églises. Le responsable de l'escouade de la Moralité sait pourtant très bien que le Code criminel qualifie de maison de désordre tout lieu employé à des jeux interdits par la loi. Tenez, regardez : mon propre curé m'a envoyé une carte postale m'invitant à participer à son prochain bingo. » Lançant la carte aux journalistes d'un air triomphant, il ajouta : « Allez demander à Pax Plante pourquoi il ne poursuit pas aussi les bingos. Hein, hein, hein ? »

La manœuvre était des plus rusées et touchait un sujet délicat. On raconte que, devant ses partisans, Léonce Plante se réjouit bruyamment du bon coup qu'il avait joué à son adversaire. Les bingos, bien qu'interdits par le code pénal et même par un article des constitutions synodales datant de 1938, étaient tolérés de manière tacite par les autorités civiles et par certains religieux qui, souvent, fermaient les yeux sur ce moyen d'apporter quelque revenu supplémentaire aux paroisses. Pax avait bien d'autres chats à fouetter et des préoccupations autrement plus importantes que de harceler les malheureux curés en s'en prenant aux astuces qui leur permettaient de boucler leur budget. « La loi est dure, mais c'est la loi », disaient les Anciens et, pour obéir à ce précepte, pris au piège, Pax dut promettre à la presse d'examiner la question le plus rapidement possible et de donner sa réponse dans l'après-midi.

Il consulta le directeur Dufresne, qui se retint pour ne pas rire. « Hé ! hé ! Je vous avais prévenu. Encore une autre affaire et ce n'est pas fini ! Savez-vous que la Chambre de commerce, lors de son grand “ bazar ” au manège militaire de la rue Craig, exploite toutes sortes de jeux prohibés par le code criminel ? Vous ne semblez pas être très préoccupé. Que comptez-vous faire ? » Pax lui répondit qu'il s'occuperait de la Chambre de commerce en temps et lieu. Pour l'instant il décida, par pure déférence, de rendre visite à Mgr Joseph Charbonneau à propos des bingos paroissiaux. Le prélat confirma que, depuis longtemps, il avait interdit à ses curés d'organiser des bingos afin de faire cesser une pratique s'opposant à la loi et aux institutions ecclésiastiques. Il assura Pax Plante de son appui en lui demandant toutefois d'être prévenu advenant l'arrestation d'organisateurs ou de joueurs de bingo récalcitrants.

Après que les paroisses eussent été prévenues, une quarantaine d'entre elles, organisatrices de jeux de bingo, cessèrent ce genre d'activités sauf une, dont le curé fit savoir « qu'il ne plierait pas devant un avocaillon de la Ville ». Le jour du bingo, Pax Plante envoya sur place ses hommes et un antique panier à salade appelé familièrement « Black Maria » pour arrêter les animateurs et les joueurs. En moins de temps qu'il n'en faut pour le raconter, une horde de paisibles retraités et de bonnes dames adeptes de ce jeu paroissial prirent leurs jambes à leur cou pour ne pas connaître l'ignominie de se faire appréhender comme de vulgaires malfaiteurs. Quant au curé, qui se targuait d'être un théologien, il obtempéra, d'autant plus qu'il avait traité Pax Plante d'avocaillon et ses hommes de « primaires ».

Les défenseurs de la réputation sulfureuse de Montréal, l'une des villes d'Amérique du Nord où l'on savait s'amuser et où l'on ne se sentait pas coincé comme dans les puritaines cités protestantes du pays, tournèrent en ridicule cette chasse aux inoffensifs aînés et tantines des paroisses. On accusa Pax Plante de bigoterie, de légalisme, de fanatisme, de jouer les grands inquisiteurs. Il répliqua que l'ensemble de la population payait très cher pour que l'on établisse des lois et que, si celles-ci ne lui convenaient pas, il lui suffisait de les faire abroger par ses élus. Il ajouta que son devoir était de remettre de l'ordre dans la maison et que les gouvernants avaient le devoir de promulguer des lois et des règlements visant à protéger l'ensemble des citoyens contre les faiblesses auxquelles sont sensibles la majorité des humains.

Les apologistes de la pègre piaillèrent au paternalisme, voire au désordre mental. Alors que la presse faisait remarquer qu'en moins d'un an Pax Plante avait réussi à réaliser ce que la police n'était pas parvenue à obtenir en un demi-siècle, plusieurs de ses supérieurs à l'hôtel de ville le maudissaient et avaient établi autour de lui une véritable conspiration du silence en évitant d'évoquer ses excellents résultats ou de le féliciter. Comme tous ceux qui se veulent incorruptibles, Pax Plante était la bête à abattre.

Chapitre 7

Au cours de l'été 1947, Pax Plante reçut la visite d'un homme d'affaires au-dessus de tout soupçon qui l'aborda en ces termes.

— Monsieur Plante, soyez sans crainte. Bien que joueur moi-même, personne ne peut me soupçonner d'entretenir de rapports avec le milieu des jeux, des courses et du pari. Je possède un commerce de textiles de grand luxe et n'ai pas besoin de me tenir dans l'illégalité. Les *boys* – les caïds et organisateurs de tripots – n'ont pas voulu vous compromettre et c'est pourquoi ils m'ont délégué…

— Je vous écoute… répondit Pax Plante.

— Je viens notamment de la part de M. Max Shapiro, que vous connaissez, bien sûr, puisque vous avez récemment fermé sa maison de jeu au coin des rues Peel et Burnside.

Lors de cette descente, Pax avait en effet constaté qu'il s'agissait de la maison de jeu la plus élégante de la ville, où l'on croisait nombre de parieurs de l'ancien

Golden Mile et de Westmount *Above The Boulevard*, des hommes d'affaires prospères et de riches étrangers, surtout des Américains. On y jouait à la roulette, au chemin de fer et au baccara. Ce n'était certes pas l'endroit où un ouvrier aurait été admis pour dilapider le pain de sa famille, mais le lieu était aussi illégal que les barbottes les plus enfumées. Max Shapiro, dit Mister Big, figure de proue de la West End Gang – la « Bande de l'Ouest » – était le propriétaire de ce cottage de trois étages. Il était aussi le cofondateur de l'élégant restaurant Ruby Foo's du boulevard Décarie et ne se mouillait pas dans des entreprises miteuses. C'était un caïd qui mourut relativement jeune. Mais la roue du destin pouvant se révéler facétieuse, ses deux fils, jumeaux, peu intéressés par les affaires discutables de leur père, se consacrèrent à des études supérieures et devinrent des personnalités universitaires de premier plan.

— Et qu'espère de moi le sieur Shapiro ? demanda Pax.

— À l'heure actuelle, rien ne va plus à Montréal, car vous avez réussi à boucler complètement la ville. Vous pensez peut-être que les *boys* vous haïssent profondément… Il n'en est rien. Évidemment, ils ne vous portent pas dans leur cœur, mais, d'un autre côté, ils admirent votre cran et trouvent que vous avez des tripes. Ça vous surprend ? Laissez moi vous expliquer… Les gars estiment que la situation actuelle se prête merveilleusement à une réorganisation de toutes leurs affaires. Pour qu'il n'y ait pas de malentendu, permettez-moi de vous donner un petit historique des opérations des *boys* dans cette bonne ville de Montréal. En effet, vous êtes encore jeune et n'êtes pas forcé de tout savoir quant aux débuts de l'Organisation…

— Exact, je suis dans la jeune quarantaine et n'ai pas besoin de remonter à l'Arche de Noé pour dénoncer les situations illégales qui perdurent actuellement. Je sais cependant que le problème ne date pas d'hier, répondit Pax.

— Il y a environ quatre décennies, au début du siècle, Montréal fourmillait de maisons de jeu et de pari. Il y en avait partout, mais ces établissements se concentraient dans le *Red Light*, le quartier des maisons closes. Moi non plus, je ne remonterai pas à Mathusalem pour vous citer des noms maintenant oubliés, mais vous vous rappellerez peut-être que, vers 1924, le *boss* incontesté était un certain Tony Frank, qui fut pendu avec certains de ses complices pour le hold-up sanglant de la voiture blindée de la Banque d'Hochelaga dans le tunnel de la rue Ontario…

— La première agression motorisée du genre au Canada, qui rapporta temporairement 140 000 $ aux agresseurs, coupa Pax. Encore collégien, j'ai même assisté au procès de Tony Frank, où m'avait emmené mon père. Les accusés étaient enfermés dans une cage, tant on craignait déjà les associés de ces bandits. Comme vous le voyez, mon intérêt pour les questions de justice ne date pas d'hier.

— Bref, un peu avant ces événements tragiques, comme vous le savez, pour répondre aux demandes de l'opinion publique, il y avait eu plusieurs enquêtes sur la police, qui n'empêchèrent pas les maisons de pari d'exister sous plusieurs formes. Tout comme la prostitution, que certains appellent « le plus vieux métier du monde », ou encore la consommation de boissons alcooliques, le jeu est un besoin trop humain avec lequel nous devons trouver des accommodements alors que les gouvernements, voyant dans cette pratique des revenus qui leur échappent, s'en mêlent et nous brouillent les cartes. C'est donc vers l'époque de Frank que les *boys* et la police firent leur premier *deal*, c'est-à-dire en vinrent à une entente. Le programme était simple : il suffisait de réduire le nombre de maisons et de les localiser dans les endroits les moins susceptibles de provoquer les contestations du grand public et de lui faire pousser les hauts cris.

Par ailleurs, les organisateurs s'engageaient à entreprendre les démarches nécessaires afin d'éviter tout courant de récriminations. En d'autres termes, il ne pouvait y avoir de maisons de pari, de jeu ou de prostitution que dans des endroits où les autorités s'étaient entendues préalablement.

— J'ai compris cela depuis longtemps… fit remarquer Pax.

— Mais avec les années, poursuivit l'aimable émissaire de Max Shapiro, tant sous la pression des *boys* que sous celle des politiciens désireux de s'approprier un morceau de ce si succulent gâteau, le contrôle mis sur pied dans les années 1920 commença à échapper à ses promoteurs. Et puis, la dernière guerre favorisa bien des trafics et des gains d'argent facile pour certains parieurs de seconde zone. En 1946, soit l'an dernier, nous avons atteint le point de saturation… Cet état de chose a amené l'opinion publique à exiger une nouvelle enquête, qui se révéle avoir été l'une des causes du meurtre du grand *boss* de l'Organisation, Harry Davis, par un certain Louis Bercovitz. En effet, Davis avait refusé à ce dernier l'ouverture d'un tripot dans l'est de la ville. Ce sont les prétentions du meurtrier, un *gambler* de peu d'envergure, qui l'ont poussé à un tel geste et fait chavirer le bateau…

— Je suis, bien sûr, au courant de cette lamentable affaire, précisa Pax.

— Je m'en doute, reprit le négociant en tissus. Au risque de me répéter, le climat actuel se prête merveilleusement à une réorganisation. Comprenez bien : il nous est impossible d'opérer sans collaborer étroitement avec les autorités que vous représentez.

— Où voulez-vous en venir au juste ? demanda Pax Plante.

— Si les *boys* peuvent en arriver à une entente avec vous, voici quelle est leur proposition. L'an dernier, quelque 70 *bookmakers* et 35 maisons de jeu fonctionnaient à Montréal. Les *boys* trouvent que c'est trop et qu'il faudrait réduire tout ça à 25 ou 30 *bookies* et à environ une quinzaine de maisons de jeu, du moins pour commencer. Nos gens établiront les listes pour vous. Ils connaissent les opérateurs les plus compétents. Ceux qui n'ont pas de classe seront éliminés et ce sera une bonne occasion de faire le ménage. C'est vous qui déciderez de l'emplacement des maisons. Si vous avez quelques remords de conscience quant aux bordels et si vous insistez pour qu'ils disparaissent, du moins officiellement, ce sera O.K. pour nous. Il n'y en aura pas.

— Je vois… se contenta de dire Pax Plante.

— Si nous parvenons à nous entendre, pour les huit prochains mois qui représentent le solde de notre bilan annuel, votre part s'élèvera à 250 000 dollars environ. Cette somme vous sera versée selon vos propres modalités. Vous pourrez compter sur la discrétion la plus absolue des *boys*. Advenant le cas où cette proposition vous poserait un cas de conscience, sachant que votre frère est jésuite, ils ont même mentionné que pour alléger les scrupules que vous pourriez avoir, il y aurait toujours moyen de faire parvenir cette somme aux missionnaires de la Compagnie de Jésus travaillant en Chine. Je crois que je n'ai pas besoin de vous décrire la misère dans laquelle ces bons pères doivent se démener là bas…

Pax était abasourdi. Pour la première fois, les responsables dévoilaient leurs batteries sans complexes et concrétisaient les soupçons que l'avocat entretenait sur le fonctionnement du crime organisé dans la ville. Les *boys* avaient pensé à tout, même aux accommodements avec la morale en faisant allusion aux œuvres de bienfaisance et à l'apostolat des pères jésuites à l'étranger. L'argent du jeu pouvait servir une cause humanitaire et religieuse, ce qui compensait sa provenance illégale et douteuse. L'homme de loi que l'on essayait d'acheter pouvait fort bien tranquilliser sa conscience et se consoler en ne jouissant pas de cette fortune, mais en se contentant de la voir utilisée pour servir une cause exempte de vénalité. À la limite, repousser cette offre était refuser de servir des desseins supérieurs pour des tracasseries d'ordre déontologique, voire administratives ! Tout comme une femme en plein accouchement, Pax dut faire une longue pause avant de reprendre sa respiration. Son interlocuteur s'en aperçut et le relança poliment.

— Que pensez-vous de cette proposition, Monsieur Plante ?

— Mon cher monsieur, je trouve tout cela fort intéressant…

L'homme broncha imperceptiblement. Son laïus avait donc convaincu Pax Plante, ce soi-disant incorruptible ! Les *boys* avaient donc eu raison. Tout s'achète. Il suffit d'y mettre le prix.

— Oui, intéressant, reprit Pax, mais je constate malheureusement qu'il existe bien des failles dans votre présentation. Voyez-vous, si en quelques semaines j'ai réussi à fermer toutes les maisons, c'est que je n'ai consenti aucune faveur à qui que ce soit. C'est là que réside ma force. Ma seule force ! On avait réussi à faire accroire au bon public qu'il n'existait aucun moyen de boucler les maisons de jeu et de débauche de manière permanente. Or, elles ont été fermées… Comment pourrais-je faire maintenant accepter la réouverture de certaines boîtes, ne serait-ce qu'en nombre restreint ?

— Évidemment, il faut que vous acceptiez de prendre certains risques, mais disons qu'ils sont minimes. Je puis en effet vous assurer que les *boys* possèdent toutes les relations qu'il faut, et ce, non seulement au gouvernement provincial, mais aussi à l'hôtel de ville et même dans la presse.

— Je n'en doute pas, mais si vous éliminez, par exemple, une trentaine de *bookmakers*, comment ceux qui se sont fait évincer vont-ils accepter leur exclusion ? Ne vont-ils pas pousser les hauts cris ou en venir aux mains comme Bercovitz contre Davis ? Les hommes politiques qui protègent les opérateurs et qui seront mécontents de ne plus recevoir leur part du gâteau ne vont-ils pas m'accuser publiquement de protéger leurs concurrents ? Comment allons-nous faire face à une telle situation ? demanda Pax.

— C'est tout vu. Pour nous, une situation semblable ne présente aucun nouveau problème. Les exclus et leurs protecteurs recevront un petit quelque chose en compensation. En ce qui concerne les récalcitrants, nous nous en chargeons. Et si nous éprouvions un peu trop de difficultés avec eux, nous pourrions toujours obtenir de l'aide de New York…

Pax frissonna. L'homme admettait les liens qui unissaient le milieu interlope canadien et les différentes associations criminelles montréalaises dites « ethniques » – italiennes, irlandaises, juives et autres – aux « familles » new-yorkaises du même genre. Il y avait donc toujours moyen de résoudre à Montréal les problèmes un peu trop insolubles par des hommes de main anonymes venus d'outre-frontière ; les gangsters du temps de la Prohibition appelaient ces exécutants des *torpedoes* – des torpilles. Plante en profita pour poser une ultime question à l'émissaire de « Mr Big ».

— Quelque chose d'autre me chipote, monsieur. Vous m'avez vanté la discrétion extrême des *boys* quant aux ententes qu'ils concluent. Je veux bien vous croire, mais comment se fait-il que bon nombre de vos « amis » m'aient déjà confié combien ils donnaient pour « arroser » tel ou tel conseiller municipal, tel député, tel ou tel procureur de la Couronne et même – c'est du moins ce que je me suis laissé dire – certains juges ? Est-ce là de la discrétion ?

Il n'obtint pas de réponse. Une chaleur écrasante pesait sur la ville. Comme il était déjà 19 heures, l'émissaire proposa à Pax de se rendre à l'extérieur et d'aller souper dans un restaurant du boulevard Décarie afin de poursuivre la conversation. Pax remarqua que son interlocuteur possédait une Buick Roadmaster décapotable. Cette auto de plus de deux tonnes était vraiment imposante avec son gros moteur huit cylindres, ses chromes, sa peinture rutilante et sa transmission automatique qui lui assurait cette souplesse un peu spongieuse tant recherchée dans ces grosses américaines. Pax, admiratif, s'étonnait que l'homme ait pu se procurer cette Buick dernier modèle alors que la vente des autos neuves était contingentée. Le porte-parole des *boys* remarqua l'intérêt de Pax pour la voiture et l'invita à prendre le volant, ce qu'il accepta avec joie, lui qui se propulsait dans un véhicule fatigué et peu équipé. C'est donc comme de bons copains que les deux hommes se quittèrent dans le stationnement du restaurant après leur repas.

— Je penserai à tout ce que vous m'avez dit… lança Pax sans se compromettre.

— Je vois qu'elle vous plaît. Pourquoi ne la gardez-vous pas ? dit l'émissaire en lui tendant les clés de la Buick avec un sourire.

— Oubliez ça, répondit Pax.

— Non, non. Ne vous tracassez pas. C'est absolument sans obligation de votre part… À titre purement amical…

— J'ai dit non, merci, réitéra Pax. C'est justement pour une question d'amitié, parce que je veux demeurer en bons termes avec vous, selon mes conditions, évidemment.

Le négociant s'éloigna, probablement déçu par un homme qui, pensait-il, allait tendre la main pour saisir les clefs d'une luxueuse voiture, « sans obligation » et « à titre amical », bien sûr.

Cet intermédiaire, représentant d'un système remarquablement organisé, ayant à sa botte une foule de personnages haut placés, n'avait pas réussi à piéger Pax. Ce dernier se demanda si l'émissaire au-dessus de tout soupçon ne faisait pas partie de ces mystérieux *boys* parmi lesquels on retrouvait de banals commerçants comme de redoutables malfaiteurs. Était-il membre de l'« Organisation » ? Depuis belle lurette, à l'image de ceux qui sévissaient aux États-Unis, les nouveaux dirigeants du crime organisé n'étaient plus forcément des brutes à l'apparence inquiétante ou voyante comme on aimait se les représenter. Ils étaient devenus des hommes d'affaires flanqués d'une intendance de conseillers juridiques et de commerçants aisés servant de couverture.

Pax n'avait pas choisi la route la plus facile. Sans expérience politique, ne pouvant compter sur les représentants, souvent corrompus, des gouvernements provincial et municipal, il se retrouvait comme un cactus prêchant dans le désert, surveillé par une foule d'ennemis.

Et pourquoi n'aurait-il pas accepté les clés de la Buick et les 250 000 $ « pour commencer » à une époque où de braves gens, réputés parfaitement honnêtes, lui laissaient entendre : « Je sais que je ne devrais pas vous dire cela, mais c'est plus fort que moi. Si j'étais à votre place... J'en profiterais ! » ? Pourquoi n'aurait-il pas pu se dire : « autant à moi qu'à un autre... » ?

Pax se souvenait que, dès son entrée à l'hôtel de ville de Montréal, en 1937, il avait entendu des conseillers municipaux et même des députés discuter entre eux et en sa présence des sommes qu'ils pouvaient décemment s'allouer sur les transactions dans lesquelles ils étaient impliqués dans l'exercice de leurs fonctions. Il se souvenait en particulier d'un nouveau conseiller municipal, qu'il considérait alors comme appartenant à la catégorie des élus les plus honnêtes, affirmer à ses collègues qu'après avoir consulté un théologien ce dernier lui aurait certifié qu'une «commission» ou retenue de 10 à 15 pour cent était «parfaitement acceptable sur le plan moral». La conduite de cet élu, présumé irréprochable et qui, selon ses dires, s'était prémuni d'une caution morale, en dit long sur des mœurs qui firent l'objet de plusieurs commissions d'enquête sans donner plus de résultats que de longs exposés dans les médias et de tranquilliser les contribuables, qui finançaient involontairement des «taxes supplémentaires» occultes, à la plus grande satisfaction des administrateurs corrompus.

Pacifique Plante n'entendit plus parler de l'intermédiaire à la Buick. Au cours de l'été 1947, notre Dewey québécois reçut des menaces téléphoniques d'un homme à l'accent italien prononcé. Pax en déduisit qu'il s'agissait-là d'une ruse grossière, d'un cliché éculé pour détourner son attention vers les membres de la mafia sicilienne ou calabraise. Une autre fois, alors qu'il rentrait chez lui, un homme déchargea son fusil dans sa direction. Caché dans les buissons, le tireur ne parvint pas à atteindre sa cible. Pax comprit qu'il s'agissait là d'un avertissement, car un tueur d'expérience ne l'aurait pas manqué. Il doutait que ces agressions aient pu avoir les *boys* comme commanditaires. Ces gens étaient trop intelligents pour risquer d'ameuter la population et de se la mettre à dos en abattant un policier dans l'exercice de ses fonctions. Il s'agissait probablement d'initiatives personnelles d'individus isolés ou, ce qui était plus inquiétant et plus probable, d'hommes de main engagés par des personnes importantes de l'hôtel de ville !

La corruption se cachait en effet dans les endroits les moins probables. Pax me raconta comment, au cours de ce fameux été 1947, il subissait de fortes pressions politiques, voire des menaces catégoriques, plus subtiles et nuancées. On lui laissait entendre, par exemple, qu'il n'en aurait plus pour longtemps, qu'il perdrait prochainement son emploi en se faisant trop d'ennemis. Il fit donc appel à l'une des rares personnes en qui il avait confiance à l'hôtel de ville, le conseiller Pierre DesMarais, pour lui demander s'il pouvait lui recommander au sein de l'administration municipale un personnage suffisamment important pour l'aider à lutter contre la horde de corrompus qui le menaçaient ou l'empêchaient d'agir.

« En toute sincérité, je crois que la seule personne que je puis te recommander est Monsieur X, un membre influent du Comité exécutif. Je l'ai toujours connu comme le plus respectable du groupe et je n'ai jamais entendu dire qu'il ait été mêlé à quoi que ce soit de louche, lui affirma M. Desmarais. Si tu veux, je vais t'arranger un rendez-vous avec lui. N'oublie pas que c'est un homme sérieux, nanti d'une excellente formation juridique. Il faut que tu arrives chez lui bien préparé, avec quelque chose de substantiel… »

Pax se conditionnait comme un étudiant préparant un concours et rassemblait ses preuves. Le jour venu, il traversa le quartier général de la police situé dans l'annexe de l'hôtel de ville et passa par le tunnel qui la reliait au bâtiment principal de la mairie. Monsieur X, le commissaire à qui il avait été recommandé, le reçut avec bienveillance et discuta chaleureusement de choses et d'autres. Pax coupa court aux mondanités. Il en vint rapidement aux faits, résuma pour son interlocuteur l'état de corruption incroyable contre lequel il devait lutter et sollicita son appui. L'air très étonné, le commissaire changea de ton.

— Avez-vous quelque preuve de ce que vous avancez ? Ce sont des accusations extrêmement graves, mon ami… lui dit-il d'un air dubitatif.

— Certainement, Monsieur le Commissaire, je ne me serais pas permis de vous déranger pour des accusations portant sur de simples rumeurs ou des ragots, répondit Pax en déposant fièrement sur le bureau de son hôte une liasse de documents provenant des services de la police.

Le commissaire en prit connaissance. Après avoir écouté les explications de Me Plante, il devint blême comme quelqu'un près de s'évanouir. Pax se réjouit en son for intérieur en se disant qu'il avait trouvé quelqu'un qui réagissait sainement et serait pour lui un puissant allié. Reprenant ses esprits, l'air surpris et indigné, le fonctionnaire regarda Pax dans les yeux et d'un ton inquisiteur lui demanda sèchement :

— D'où venez-vous avec ces documents ?

— Du quartier général de la police, bien sûr. Je suis passé par le tunnel…

Toute bienveillance avait disparu chez cet homme, L'air outré comme si on l'avait insulté grossièrement, il reprit de manière agressive :

— Monsieur Plante, réalisez-vous que les documents que vous placez devant moi sont extrêmement compromettants ?

— C'est justement pourquoi je…

— Vous ne devriez jamais sortir de votre bureau avec des pièces de cette nature, coupa-t-il. Imaginez-vous les conséquences s'il vous arrivait un accident et que de tels documents soient rendus publics ?

Faisant fi des tentatives d'explication de Pax, ne voulant rien savoir, le commissaire conclut sur un ton de sergent instructeur admonestant une recrue peu dégourdie : « Retournez immédiatement à votre bureau avec ces papiers ! »

Il se leva et accompagna celui qu'il considérait maintenant comme un intrus à la porte. L'entrevue était terminée. Pax n'entendit plus jamais parler de Monsieur X, sinon que ce fonctionnaire parvint plus tard à un très haut poste dans l'administration politique québécoise. La collaboration inavouée avec l'innommable avait une fois de plus été rentable pour quelqu'un…

Pacifique Plante estimait que ce type d'homme lui donnait davantage la nausée que les malfaiteurs avoués, fiers de leurs mauvais coups et les revendiquant sans complexes. «Je me refuse à reconnaître que cet homme public avait droit à la bonne réputation dont il jouissait, même si par la suite il parvint à atteindre les hauts sommets de la politique québécoise, m'expliqua-t-il. Selon moi, un minimum de décence aurait exigé, en la circonstance, qu'il porte ces faits à la connaissance de ses collègues, même s'il avait des raisons de penser que ceux-ci étaient déjà au courant de telles révélations. De deux choses l'une : ou bien ses collègues auraient décidé d'agir et m'auraient convoqué afin de soutenir mes allégations ou alors, face à l'indifférence complice de ses collègues, il aurait démissionné pour se dissocier d'un tel milieu. »

Il y avait évidemment de quoi rêver. Monsieur X, une personne de bonne réputation, n'allait pas mettre sa carrière en jeu pour faire éclater la vérité. Se rendant coupable par omission, il préférait lâchement enterrer un dossier qui aurait pu lui causer quelque retard de promotion en renvoyant Pacifique Plante à sa cuisine comme un gâte-sauce impertinent, puis en faisant le mort. Cette forme d'omerta, particulièrement méprisable à son niveau, se révéla payante pour le lâche calculateur dont le comportement révélait la pourriture qui rongeait alors les institutions municipales.

Sans s'exposer, ce genre d'administrateur muet se rendait complice de ceux qui influençaient, voire forçaient, la police ou des fonctionnaires à protéger le vice organisé. Pax se souvenait que, lorsqu'il était entré au service de la ville de Montréal, la façon connue et acceptée de devenir membre de la force dite «constabulaire» était de rendre visite à son conseiller municipal et de lui apporter la somme de 300$, le tarif standard. Un grand nombre de policiers et de conseillers ne s'étaient pas gênés pour lui avouer cette initiation semi-officielle des aspirants policiers à la corruption institutionnalisée. On se doute aussi que les conseillers municipaux n'étaient que rarement experts en recrutement et qu'ils n'étaient guère regardants sur les qualifications des candidats tant que ceux-ci les soudoyaient.

Pax soutint toujours que cette forme de corruption grossière avait fini par se raffiner pour ne s'exercer que presque exclusivement sur le plan des promotions. De son temps, dès la sélection des recrues, certains supérieurs vendus les classaient dans trois catégories: les «purs», les «malcommodes» ou emmerdeurs et les *in-between* , c'est-à-dire les nageurs entre deux eaux. Pour l'administration et les tout-puissants *boys*, les recrues de la troisième catégorie étaient évidemment les plus avantageuses. On disait d'elles qu'elles faisaient preuve de *flexibilité* – de «souplesse» –, qu'elles entendaient «la voix de la raison».

Après quelques années, ces policiers «compréhensifs» prenaient de la valeur s'ils devaient cacher, selon l'expression anglo-saxonne, quelque « squelette dans le placard ». Ainsi s'ils commettaient des écarts, prenaient un verre de trop ou consommaient des stupéfiants, s'ils avaient une maîtresse dans le milieu interlope, bref s'il était possible de les faire chanter le cas échéant, ils représentaient des candidats rêvés. En effet, ce n'est pas eux qui feraient du zèle dans les cas mal balisés ; ils seraient plutôt fréquemment enclins à interpréter avec des excès de prudence la loi au bénéfice de ceux qui la transgressent dans l'espoir d'en tirer quelque avantage, de ne pas faire de vagues et, surtout, de ne pas inquiéter leurs supérieurs vendus aux *boys*.

Aux heures de son « grand nettoyage » des tripots et des maisons de débauche, alors que dans les journaux on évoquait la possibilité que Pacifique Plante devienne directeur de la police, l'un des pontes du Comité exécutif lui laissa entendre qu'à ce jour aucune administration n'avait jamais nommé un directeur de police qu'elle ne pouvait « contrôler » d'une manière ou d'une autre. Dans ce contexte, Pax était donc irrécupérable.

Chapitre 8

Il existait maints moyens subtils de distribuer et de répartir les prébendes au Comité exécutif de la ville de Montréal. Un membre important de ce dernier l'avait expliqué à Pacifique Plante en essayant de le rallier à sa façon de penser et de le faire adhérer à cette souplesse d'attitude qui faisait si bien l'affaire de l'administration.

Dès les premières réunions du nouveau comité exécutif, on se répartissait le gâteau des influences, un arrangement que l'on surnommait la *gamique*. Le morceau le plus généreux était constitué par le refinancement et les emprunts de la Ville. Cette portion de choix allait sans la moindre protestation au président du Comité exécutif. *Quia nominor leo* – Parce que je m'appelle lion –, disaient les Romains. En second lieu venaient les travaux publics, les changements de zonage, le service des eaux, les permis et privilèges, les pompiers, les expropriations, la police. Ce membre de l'exécutif, d'une franchise non exempte de candeur, avait expliqué le processus à Pax Plante : «Je suis le dernier arrivé, le plus faible. Alors moi, j'ai hérité des rackets… Pensez-vous que j'aime cela ?

Certainement pas, mais, si je ferme ma gueule, j'ai de bonnes chances de monter en grade et qui sait si un jour je ne deviendrai pas à mon tour président… » Sur la fin de ses jours, Pax Plante ferait remarquer que cet humble « Monsieur Racket » ne décrocha pas de poste au sommet, mais qu'il parvint, pour parler en termes d'alpinisme, à atteindre un camp de base avancé.

Cette corruption s'étendait à plusieurs fonctionnaires de moindre importance qui se débrouillaient pour organiser leurs rackets personnels. On sait que des centaines de « maisons de désordre », un terme générique employé par le code pénal pour désigner les maisons de jeu, de pari et de débauche, opéraient nuit et jour et offraient à leur clientèle l'assurance de ne pas se faire appréhender lors de rafles et de descentes policières. Presque tous ces établissements, particulièrement les maisons de pari et de jeu, possédaient un permis de restaurant portant les signatures des directeurs de la police et des services de santé. Cela signifiait qu'au moins une fois par an ces accueillants commerces étaient visités par un inspecteur des services sanitaires et, nul n'échappant théoriquement à la fiscalité municipale, par un vérificateur des services financiers.

Avant de dénoncer les fonctionnaires, disons que ces personnes s'apercevaient très rapidement que ces maisons étaient prohibées par la loi et que ces restaurants ne se trouvaient pas sur ces lieux pour remporter des étoiles dans les guides gastronomiques internationaux, mais pour dépanner une clientèle de joueurs fébriles avec une cuisine de roulottes à frites, afin de conserver les parieurs sur place. Aussi bien informés que leurs patrons, ces employés publics étaient au courant des dénonciations portées dans les journaux et par des membres du Conseil municipal lui-même. On serait tenté de dire que, témoins directs de la corruption, ils bénéficiaient de circonstances atténuantes.

Ils en profitaient donc pour faire chanter tenanciers et tenancières en s'appropriant les reliquats du gâteau. Ils devaient toutefois se montrer prudents. Les exploitants de maisons aux activités illicites se faisaient déjà lourdement ponctionner par certains membres de l'Exécutif et de la haute fonction publique. Il ne fallait donc pas que les subordonnés de ces derniers aient l'outrecuidance de tirer trop fort sur la corde et d'étrangler ainsi la poule aux œufs d'or en sollicitant leur part du gâteau. Les maisons devaient demeurer rentables. Toute exagération de la part de ces visiteurs officiels aurait été réglée sur-le-champ par l'Administration sur un simple coup de fil. Comme dans toute mafia, tant que le *soldat* prend une bouchée de soldat, tout va bien. S'il s'approprie une bouchée de *capo* (de chef), rien ne va plus et le contrevenant est traité de manière impitoyable. Dans l'administration municipale, on ne le liquidera pas, mais on pourra le congédier ou, pour des raisons politiques, le placer sur une voie de garage, un poste cul-de-sac où il n'aura jamais d'avancement.

Pacifique Plante expliquait volontiers comment certains inspecteurs corrompus se consolaient de ne pouvoir passer à la caisse des établissements illicites pour se rattraper sur des commerces plus prosaïques comme les hôtels, les maisons de chambres, les salles de billard ou de bowling, les petits bureaux installés dans des maisons de rapport ou des domiciles privés afin de faire acquitter par les commerçants leur taxe d'affaires et s'assurer de leur respect des règles de sécurité et de santé publiques. Beaucoup de ces établissements n'étant pas conformes aux normes, les visiteurs expliquaient aux commerçants qu'il fallait entreprendre des travaux – estimés souvent à des dizaines de milliers de dollars – afin de se mettre en règle. Devant l'air accablé de certains petits propriétaires, tirant souvent le diable par la queue, l'inspecteur leur expliquait être prêt à oublier l'irrégularité à condition que le contrevenant accepte de lui verser, par exemple, 25 $ par année pour encourager son amnésie ou sa vue déficiente…

Beaucoup de délinquants acceptaient cet économique compromis, mais il y eut des exceptions. Pax signala le cas d'un propriétaire, outré et têtu, ayant refusé d'acquitter ce genre de taxation officieuse. Il se vit obligé d'entreprendre des travaux considérables par un inspecteur revanchard, soudainement saisi d'un zèle et d'un esprit civique exemplaires. Cela était d'autant plus stupide que le « fautif » – assureur de son état – avait son microscopique siège social dans la maison où il vivait. Son bureau, occupé par un unique employé à temps partiel ne recevant que très rarement des clients, se trouvait au deuxième étage de l'édifice. On força le proprio récalcitrant à installer une série d'extincteurs, un dispositif d'alerte, des « sorties de secours » supplémentaires, dont l'une passait par la penderie de la chambre à coucher puis par un autre placard débouchant dans… la salle de bains. On dut donc percer des cloisons et installer une deuxième porte dans le mur de cette dernière. Cette issue menait à un escalier métallique aboutissant… dans le carré de sable des enfants. On n'osa pas ordonner au proprio d'installer des gicleurs industriels dans les plafonds de cet édifice familial, mais jamais on ne vit une si modeste entreprise nantie d'un dispositif sécuritaire aussi compliqué, alors qu'il suffisait, en cas d'urgence, d'emprunter le large couloir desservant l'étage de la maison au lieu de sortir par les placards. Qui aurait osé critiquer cet inspecteur à l'intégrité apparemment indiscutable ? Malgré le dégoût que l'on aurait pu éprouver envers ce fonctionnaire sournois, on aurait été tenté de le disculper, car le mauvais exemple, le plus pernicieux, venait d'en haut. Sa réaction était des plus humaines et il avait la satisfaction d'exercer son micro-pouvoir en passant son humeur sur le malheureux assureur.

Quant à la victime, obstinée ou non, elle devait secrètement regretter ses quelques dollars de taxation annuelle « volontaire » suggérée par l'inspecteur qui lui auraient évité tracas et dépenses… De quoi encourager le vice. Un vieux proverbe américain affirme que l'« on ne peut battre l'Hôtel de ville », ce qui signifie que confronté à une administration municipale, même pervertie, le contribuable aura rarement le dernier mot.

Au fur et à mesure de ses confidences, Pax Plante m'expliqua comment on tenta de le disqualifier par le biais de son hobby favori, qui était la construction de bateaux de plaisance. En effet, selon une boutade chère a plusieurs plaisanciers, yachts et *cruisers* sont « des trous dans l'eau qu'il faut constamment combler en y jetant beaucoup d'argent », ce qui sous-entend que la propriété de tels moyens de transport est réservée aux bien nantis. Nul ne contestera ce fait, mais il existe des exceptions : ce sont les personnes de classe moyenne possédant des qualités de bricoleurs assez exceptionnelles leur permettant aussi bien de se construire leur maison, leur bateau ou leur aéronef que de rénover des voitures anciennes. Pax appartenait à ce groupe de passionnés.

Après avoir suivi des cours de menuiserie, il s'était fabriqué un *cruiser* de la taille d'un honnête *Chris Craft* à cabine, ce qui lui avait pris plusieurs années. Il avait circulé sur les canaux, sur les Grands lacs et s'était même rendu à New York, jusqu'à la Statue de la Liberté, des abords de laquelle il s'était fait chasser par des gardes hystériques qui l'arrêtèrent à la suite de ses protestations. Ils craignaient que son embarcation ne contienne des explosifs pour faire sauter l'historique monument ! Les choses s'arrangèrent lorsque les gardiens vérifièrent, après avoir appelé à Montréal, l'identité du *yachtman*. La nouvelle passa sous forme de brefs articles assassins dans une feuille de chou montréalaise. On laissait entendre que Pax avait les moyens de se pavaner en *cruiser* aux États-Unis, ce qui sous-entendait qu'il avait des revenus occultes. Comment cet avocat-fonctionnaire pouvait-il se payer un tel jouet ? Des potiniers bienveillants envers les racketteurs lui posèrent maintes questions à ce propos, mais ils durent vite déchanter en constatant que l'homme était suffisamment habile pour se construire une embarcation de plaisance. On décida tout de même de l'embarrasser en l'attaquant une fois de plus sur son cher passe-temps.

Alors qu'il n'était avocat spécial de la police pour l'escouade de la Moralité que depuis quelques semaines, le temps des vacances arriva. Pax s'apprêtait à prendre un congé à bord de son bateau lorsque Ken Johnstone, un journaliste à l'hebdomadaire illustré *The Montreal Standard*, et son épouse Elizabeth Leese, une ancienne étoile de ballet, propriétaire d'une école de danse réputée, lui demandèrent, puisqu'il partait seul, s'il n'y aurait pas moyen de faire un bout de route fluviale avec lui. Pax accepta avec plaisir, car il connaissait ces deux personnes. Madame Leese avait notamment dirigé des ballets dans les spectacles de l'homme de théâtre Gratien Gélinas, dont Pacifique Plante était l'ami et le conseiller. Elle jouait aussi au Montreal Repertory Theatre et collaborait au succès des revues annuelles des universités McGill et de Montréal.

Suivant le cours du Richelieu, Pax et le couple atteignirent Burlington, au Vermont, lorsque M. Johnstone téléphona à son journal pour avoir des nouvelles, comme il le faisait fréquemment pour voir s'il n'y avait pas d'urgence. C'est alors qu'un certain M. Glen Gilbert, le secrétaire exécutif du propriétaire du Standard, demanda à parler à Pax Plante.

— Dites-moi, Monsieur, commença-t-il, selon ce que Ken vient de me raconter, votre petite croisière a l'air d'être vraiment très sympathique. Elle mériterait certainement de faire l'objet d'un photoreportage touristique intéressant pour la section en rotogravure de notre journal. Qu'en pensez-vous ?

— Je vous remercie, l'idée n'est pas mauvaise, en effet, mais je ne vous ferai pas l'affront de vous signaler que, vu la situation que j'occupe, nous devons faire preuve de la plus grande prudence, répondit Pax.

— Bien sûr. Vous aurez toutes les garanties. Je vous envoie le plus rapidement possible Glay Sperling, notre photographe, qui vous rejoindra par avion. Le rédacteur sera Ken Johnstone lui-même et tous ses textes me seront soumis avant publication. Qu'en dites-vous ?

— Cela me semble raisonnable. Et quand ce reportage devrait-il paraître ?

— Oh ! pas avant l'automne, comme un rappel nostalgique des vacances, reprit Glen Gilbert.

Tranquillisé, dans l'intervalle Pax accueillit à bord la sœur d'Elizabeth Leese, Ingeborg, une dessinatrice de mode de New York, venue rejoindre le groupe. Cinq plaisanciers naviguaient dorénavant sur l'embarcation, dans la bonne humeur et la camaraderie. Glay Sperling mitraillait. Il prit quelque 300 photos. Tout le monde anticipait joyeusement les résultats de ce sympathique photoreportage de voyage, car il avait été traité de manière professionnelle et ne pouvait que mettre en valeur les figurants, mais ce fut Pax qui fut le plus surpris à la parution de l'article.

Tout d'abord, ce reportage, qui s'étalait sur plusieurs pages et en 23 photos, parut très peu de temps après l'événement et sans avoir été soumis au principal intéressé, tel que promis. On put le voir le week-end du 17 août et non plus tard en automne. Il mettait en vedette Pax Plante en maillot de bain, bronzé comme un dieu grec, en divers endroits de son bateau, accompagné exclusivement de deux jeunes femmes charmantes, souvent en tenue de plage et proches de lui. C'était toutefois le texte qui était le plus tendancieux. Il se lisait comme suit :

« (…) Le *yachtman* Pacifique Plante, qui dans la vie est avocat de la Couronne pour la ville de Montréal, a embarqué deux sœurs à Burlington, Vermont. Il s'agissait d'Elizabeth Leese, une danseuse montréalaise, et d'Ingeborg Leese, une dessinatrice en textiles newyorkaise. (…) » Suivait une description des endroits touristiques visités par les voyageurs sur le chemin du retour, jusqu'à leur arrivée au port d'attache, c'est-à-dire Boucherville.

La dernière photo montrait les deux dames mettant pied à terre. Le bas de vignette, égrillard, se lisait ainsi : « (…) Nos marinières d'expérience transbordent leurs bagages. Cette croisière sur les voies fluviales historiques les a laissées frémissantes d'émotion, fatiguées mais assouvies… »

Il était inutile de commenter cette dernière phrase, mais la plus assassine se trouvait au début et contenait l'un de ces verbes ambigus dont l'anglais raffole, le verbe *to pick-up* – « ramasser, embarquer ». Dans le contexte, on pouvait en effet dire : *(Pax) picked up two sisters*, ce qui signifiait en termes anodins qu'il avait fait monter deux sœurs à bord, comme des auto-stoppeuses, mais *pick up* a un double sens et voulait également dire « lever », dans le sens de séduire ou de « draguer ». Le qualificatif « danseuse montréalaise » était suffisamment vague pour ajouter une touche coquine non exempte de préjugés, tandis que la « dessinatrice en textiles » évoquait une série de clichés sur la vie trépidante et décontractée des artistes, notamment des peintres. Autrement dit, le *yachtman* solitaire n'avait pas embarqué de sourcilleuses dames de charité mais de pétulantes jeunes personnes censées faire fi des conventions généralement admises.

Ce photoreportage sur la vie d'une personnalité pas précisément riche mais néanmoins célèbre fit rêver les lecteurs de fin de semaine qui auraient bien aimé parcourir nos cours d'eau sur un joli bateau en compagnie de marinières aussi décontractées, mais il enragea Pax. Il comprit instantanément que quelqu'un au journal avait agi avec un professionnalisme diabolique pour le berner. Par exemple, à un certain endroit du texte, on avait précisé que le *cruiser* de Pax pouvait accommoder quatre personnes, ce qui pouvait laisser entendre que si l'on ne mentionnait pas la présence de M. Johnstone, la place de ce dernier était néanmoins prévue. On pouvait également alléguer que son absence sur les photos était motivée par sa modestie d'auteur discret voulant passer inaperçu. Si l'on avait l'esprit tordu, on pouvait interpréter le texte de bien d'autres façons.

Toutefois, de tels détails échappaient au grand public qui, on ne saurait le blâmer, ne se souvenait que d'une chose après avoir vu ce reportage, soit que Pax Plante, l'austère ennemi des loisirs en marge des lois, passait ses temps libres à faire du yachting avec non pas une, mais deux jeunes femmes apparemment décomplexées. Par ailleurs, de toute évidence on avait tripoté le texte de M. Johnstone avec l'habileté d'un artiste du verbe. Hypocritement, Pax devenait aux yeux de la foule un joyeux gaillard, une sorte de *playboy* sulfureux – une situation incompatible avec son état. C'est comme si la pègre montréalaise avait mobilisé la direction d'un honnête magazine contre lui. Il fut abasourdi de constater l'influence que le crime organisé pouvait avoir.

Le lundi matin, Pax rendit visite à son directeur, Me Dufresne, qui le reçut avec un sourire narquois. « Hé ! hé ! Je connais l'objet de votre visite. Vous n'avez pas d'explication à me donner. C'est simple, il s'agit d'un autre chantage monté contre vous. Dès le début je vous ai suffisamment averti pour que ça ne vous surprenne point… » Il n'y avait donc aucun appui à attendre de ce côté-là.

Pax demanda également l'avis d'un juge de ses amis sur l'opportunité d'exiger de la part du journal une mise au point complète dans son édition suivante. Ce juge estima qu'il valait mieux laisser tomber l'affaire, car les journaux n'acceptent que rarement les demandes de rectification à moins de faire face à de lourdes menaces judiciaires. Des amis firent également remarquer à Pax que, selon un dicton populaire, mieux valait éviter de jouer à se rouler dans la fange avec un cochon, car l'animal ne souhaite que cela et l'on se retrouve finalement plus souillé qu'au départ. Ils évoquèrent également un autre dicton comparant les calomnies et les insinuations malveillantes à un oreiller de plumes éventré en haut d'un clocher un jour de grand vent : bien malin sera celui ou celle qui les rattrapera toutes !

L'archevêché ayant été prévenu, Mgr Charbonneau ordonna que l'on mène une enquête rapide, ce qui fut fait. Le prélat mentionna à Pax avoir appris de quelles sources malveillantes ces manœuvres provenaient mais ne les divulgua pas. Il se contenta de lui recommander de se tenir sur ses gardes.

Ce reportage tendancieux fit d'autres mécontents : Mesdames Elizabeth et Ingeborg Leese étaient furieuses de lire dans l'article qu'elles s'étaient faites « lever » (*picked up*) par le *yachtman* Plante comme des créatures délurées en quête d'aventures galantes. À une certaine époque, Elizabeth Leese pensa même se séparer de son mari, M. Johnstone, dont le texte avait pourtant été trafiqué par un tiers. L'affaire ne s'arrêta pas là. Un avocat ami de l'Union nationale et du Premier ministre Duplessis se servit de cet incident pour causer des torts irréparables à la vie privée de Pax. Le travail de sape de la pègre avait fait, comme le dit l'expression populaire, « beaucoup de millage ».

Près d'une décennie s'écoula avant que Pax puisse connaître le véritable responsable de cette ignoble manigance. Il faut dire que je m'étais intéressé à cette affaire, y voyant là l'occasion d'une passionnante histoire près de sept ans après le fait. On se sentait un peu archéologue dans ce milieu. Les scribes se fichaient pas mal des actes douteux de vieux journalistes et des croisières historiques de Pax sur le Richelieu. C'était une autre décennie. Cependant Pax revenait sur la sellette et les langues se déliaient au hasard des scotches.

Ma fréquentation assidue du bar du *Montreal Men's Press Club*, dans l'hôtel Mont-Royal, me permit de découvrir que le coupable était un des cadres du *Standard* ayant emprunté une assez forte somme à un membre de la pègre pour se construire une maison. Le journaliste débiteur avait simplement échangé sa dette contre cette mise en scène et ce répugnant chantage. Il avait profité de l'absence de M. Glen Gilbert et d'autres gestionnaires honnêtes pour réaliser son plan. Il ne fut jamais inquiété. Alors que le *Standard* disparaissait en 1951 pour prendre la forme du *Weekend Magazine*, cet individu se glissa dans la nouvelle structure et atteignit la retraite, profitant d'une maison payée avec les deniers des *boys*. Il ne jouit pas longtemps de ce royal pourboire du monde interlope, car il quitta ce monde quelques mois plus tard, terrassé par un accident cardiovasculaire, alors que j'obtenais enfin des témoignages de sa malhonnêteté et que je m'apprêtais à divulguer ce scandale oublié. Les moralisateurs verront là l'œuvre de quelque justice immanente. Une chose était certaine : il était trop tard. Par égard pour la famille de cet individu, je décidais d'ensevelir son cadavre dans le cimetière de la mémoire municipale, d'où l'on pourrait toujours l'exhumer plus tard. En attendant, la pègre exerçait sa dictature.

Je me pris alors à penser à la réflexion de ce grand philosophe des foules qu'était le Dr Gustave Le Bon. Il disait que l'idée de dictateur n'était qu'une sorte de fiction, car le pouvoir de la puissance dictatoriale se dissémine en réalité entre de nombreux sous-traitants anonymes et irresponsables, dont la tyrannie et la corruption deviennent bientôt insupportables.

Cette dictature, qui se voulait bienveillante, jouait sur l'attirance de l'interdit chez le public et l'appât du gain dans la pègre. Avec l'affaire de la croisière à Burlington, lorsque l'on constate la perversité qu'un cadre d'entreprise était capable de déployer pour embarrasser un simple homme de loi, et ce, pour le plus grand profit du monde interlope – et le sien –, on reste abasourdi. C'étaient mille opérations du genre, dont certaines étaient de moindre importance, d'autres sans lustre mais néanmoins lucratives, qui se déroulaient avec régularité sous les yeux de policiers vendus, souvent avec l'assentiment des politiciens. « Nous n'avons pas les lois nécessaires ! On ne peut venir à bout des contrevenants ! » « Nous devons faire des compromis pour préserver la loi et l'ordre… », disaient ceux qui étaient censés être responsables. Pourtant, Pax Plante avait réussi à bloquer une foule d'affaires louches en se contentant d'appliquer les bonnes vieilles lois du Pays.

En choisissant de diriger les projecteurs sur la pègre, Pax Plante les avait immanquablement dirigés aussi sur lui et il en avait subi les brûlures. On discuta longtemps du besoin qu'il avait eu d'accepter un photographe à bord de son bateau alors que chacun de ses gestes était épié par ses ennemis. D'abord, on s'était servi de ses amis pour l'embarrasser et on avait joué sur la tentation, narcissique mais bien humaine, de se montrer sous un jour plus personnel que celui concernant ses occupations professionnelles. C'était le piège pernicieux pour coincer un fonctionnaire vivant dans l'obscurité et désireux de prouver à ses supérieurs qu'il était dorénavant un personnage public avec lequel on devait compter. Ce fut peut-être sa seule erreur, mais ses ennemis n'attendirent pas que la poussière retombe pour frapper une fois de plus sur le clou à l'occasion d'une autre aventure « nautique » de Pax.

Les membres des yacht clubs étant rarement propriétaires de coquilles de noix, l'année suivante, Pax fut invité comme pilote pour le voyage inaugural du luxueux yacht d'un important homme d'affaires, un monsieur apparemment sans histoires et sans accointances douteuses. Ce plaisancier était accompagné de sa famille, de Pax ainsi que de trois hommes d'équipage. Le voyage, qui promettait d'être fort agréable, vira au drame humain et faillit, une fois de plus, avoir des conséquences désastreuses pour la carrière de Me Plante. Le propriétaire du yacht se retrouva en effet en plein imbroglio matrimonial, une situation qui aboutit au retour à une demande de divorce. Cet incident de nature strictement privée n'aurait présenté aucun intérêt si Pax n'avait pas été sommé à comparaître comme témoin devant le Comité des divorces à Ottawa.

Des gens bien intentionnés s'arrangèrent pour que son nom paraisse dans les journaux. Il se retrouvait donc, comme l'année précédente, emberlificoté dans une histoire de croisière apparemment croustillante, cette fois-ci en compagnie de gens riches et connus. Les apologistes de la pègre demandèrent publiquement comment il se faisait que Plante, ce justicier si zélé, qui empêchait les gagne-petit de jouer à la barbotte, de parier aux courses et de prendre une malheureuse bière dans un *blind pig* après les heures d'ouverture des bars, pouvait se pavaner sur des yachts en compagnie de gens du gratin aux vies sentimentales peu exemplaires! « N'était-ce pas de trop, cette fois-ci ? » demandait la presse ordurière. N'ayant rien à voir avec les mésaventures conjugales de son ami, Pax fut innocenté en fournissant au tribunal un nombre imposant de photos qu'il avait prises durant la croisière. Elles prouvaient de manière irréfutable que sa présence dans ce qui aurait pu être une mauvaise comédie de boulevard était purement fortuite.

Cependant, le mal était fait et l'oreiller plein de plumes avait, une fois de plus, été éventré du haut du clocher.

En allant trouver Albert Langlois, le nouveau directeur de police à l'air ahuri, Pax savait que son patron cherchait un moyen de se débarrasser de lui. Langlois avait appris par cœur toutes les coupures de presse et les documents relatifs aux deux funestes croisières et s'était empressé de faire le porte-panier chez l'archevêque pour, avait-il dit, «le plus grand bien de la morale chrétienne». Fort heureusement, Mgr Joseph Charbonneau, qui défendait les idées de Pax Plante, fit savoir à ce dernier qu'il n'était pas dupe des lâches dénonciations de ses détracteurs, qu'il appréciait son travail et l'encourageait à le poursuivre. Il s'engagea aussi à le défendre. Malheureusement, coincé lui-même par l'opposition politique du Premier ministre Duplessis, qui n'aimait guère ce défenseur des travailleurs opprimés, et tracassé par de sournoises divergences d'ordre clérical par ses pairs, le prélat se trouva dans l'impossibilité de donner suite à ses promesses.

Chapitre 9

En juillet 1947, deux concurrents se firent face. D'un côté Pax Plante, l'ancien greffier de la Cour du recorder, genre de procureur de la poursuite, responsable de l'escouade de la Moralité ; de l'autre, Albert Langlois, qui avait remporté la course au poste de directeur de la police. Tout séparait les deux hommes. La distinction et l'érudition un peu trop ostensibles de Pax Plante, son esprit de justicier, sa recherche de publicité, probablement animée par l'ambition de voir ses rêves réalisés après plusieurs années dans un poste relativement obscur, se heurtaient à la personnalité plutôt fruste de Langlois. Cet ancien militaire, qui avait servi dans l'ARC – l'Aviation royale canadienne –, était déterminé à ne pas changer grand-chose dans l'administration de la police et, en attendant, jouait peut-être davantage le jeu de l'attentisme et de la tolérance complice que celui de policier systématiquement corrompu.

Pax Plante se retrouvait directeur adjoint et conservait l'escouade de la Moralité, mais, plutôt que de vivre en état de guerre larvée permanente, Langlois trouva un bon prétexte pour activer le siège éjectable sur lequel se trouvait son assistant en mars 1948. Jaloux de sa notoriété, il l'accusa de n'avoir pas sévi contre une maison de jeu en n'y faisant pas une descente, une accusation ridicule et arbitraire, qui fut reconnue plus tard par le juge Caron comme un prétexte préfabriqué. Langlois accusa également Pax Plante de ne pas avoir réprimandé son assistant, l'intègre lieutenant Courval, qui avait excusé deux policiers de l'escouade ayant un peu trop fraternisé avec des prostituées en prenant un verre avec elles. On ne savait pas jusqu'où avaient été ces libations, mais il était certain que cela ne faisait guère sérieux. Le petit personnel trinquait une fois de plus, tandis que plusieurs de leurs chefs jouaient les aveugles ou les amnésiques dans le cas de fautes et de crimes autrement plus graves.

Le 8 mai 1948, Pax se fit officiellement renvoyer, non sans avoir ameuté la presse. Car il était pugnace, l'ex-procureur de la Cour du recorder ! En guise de testament, il laissa à la police une copie d'un rapport impressionnant qui accablait une kyrielle de policiers et d'administrateurs ayant fermé les yeux sur les agissements de la pègre montréalaise au cours de la décennie passée pour en tirer profit. Ce rapport servirait de bloc de départ à la fameuse Enquête Caron, dont les vedettes seraient Mes Pacifique Plante et Jean Drapeau, candidat malchanceux à quatre élections (deux fédérales et deux provinciales), aussi avide que son confrère de pouvoir dorer enfin son blason et sortir de l'ombre. Détail humiliant : à l'issue de l'une de ces élections, Jean Drapeau aurait même la malchance de se faire battre par Fred Rose, l'unique élu communiste dans l'histoire de la Chambre des Communes canadienne, finalement reconnu coupable d'espionnage au profit de l'Union soviétique puis incarcéré au Canada six ans.

La première partie de la traversée du désert de Pax Plante dura de mai 1948 à novembre 1949. Écœuré par le traitement injuste qu'il avait subi, il pensa à aller refaire sa vie ailleurs, en Australie par exemple. La *Common Law* britannique formant la base de notre jurisprudence criminelle, l'avocat se dit qu'avec quelques cours de mise à niveau il pourrait devenir un bon *attorney* australien, puisque dans ce pays du Commonwealth, mis à part notre Code civil du Québec, les lois s'inspiraient des mêmes origines que les nôtres. Il se ravisa toutefois et décida de ne pas abandonner sa lutte. Et puis, de formation classique française, il se demanda s'il pourrait se passer de la culture de ses ancêtres. Enfin, pour qui et quoi se mortifier au fond ? Pour avouer implicitement au crime organisé que la racaille a gagné en faisant de lui un exilé ?

En novembre, il décida alors de publier dans *Le Devoir*, avec l'aide du journaliste Gérard Pelletier, une série d'articles dévastateurs pour le milieu des tenanciers et de la pègre, présumée « incontrôlable » par manque de lois et de personnel, selon les autorités. Il y fournissait les adresses et dévoilait des détails accablants pour étayer ses preuves. Ce déballage dura jusqu'en février 1950. On se demandait pourquoi, même si le Code criminel canadien prohibait la commercialisation du jeu et des paris depuis 1892, l'existence de ces commerces semblait si abominable à Me Plante, qui, aux yeux de certaines personnes passait pour un genre de sinistre bigot rabat-joie. Même la presse américaine saluait la mise au rancart de Pax Plante comme un retour à ce qu'elle appelait « la joyeuse effervescence de Montréal, ce petit Paris des Amériques ».

Effervescent, peut-être, pour les fêtards étrangers, mais ces viveurs ne payaient pas la facture sociale au bout du compte. Pax, malgré son goût pour la publicité et sa propension à volontiers poser devant tout appareil photo, avait un raisonnement qui n'était pas celui d'un simple dévot faisant du prêchi-prêcha. S'il dénonçait les jeux clandestins comme une cause d'appauvrissement des gagne-petit, car il avait été témoin de tragédies humaines au cours de sa carrière d'avocat, il avait surtout compris que les patrons de salles de jeu et de pari, les *bookmakers* – appelés également « preneurs au livre » et *bookies* – n'étaient pas d'innocents amateurs de courses hippiques militant pour l'amélioration de la race chevaline ou de simples parieurs de taverne. Les colossales sommes d'argent qu'ils brassaient leur permettaient de régner sur d'autres activités illégales – stupéfiants, prostitution – et de se protéger grâce à leurs puissantes relations parmi les autorités, vendues à la pègre. Ils disposaient de bureaux bien organisés et certains *bookmakers* avaient même des employés chargés d'encaisser l'argent des mises à bord d'automobiles. De 1930 à 1950, ces racketteurs avaient prospéré et, cela fut prouvé, finançaient même le déficit de la Ville. Des caïds comme Harry Ship déclaraient dans leur rapport d'impôt leurs « cadeaux » à Concordia comme étant déductibles de leurs revenus !

Les policiers de base avaient donc la bonne excuse de ne pas se montrer trop curieux, surtout que les tenanciers de paille donnaient souvent de faux noms aux autorités, ne subissaient pratiquement pas de contrôles anthropométriques et ne payaient qu'une caution sans faire de prison. On sait également comment ces derniers pouvaient récidiver des dizaines de fois sans problème. Ces situations troubles faisaient l'affaire des grandes sociétés de télécommunications comme Bell ou encore CN / CP, qui fournissaient un service téléphonique, des téléscripteurs et des tableaux Trans-Lux aux rois du jeu. Ces honorables sociétés étaient cependant excusables. Elle n'avaient pas le mandat de se substituer à la justice en déclarant le commerce d'un de leurs clients contraire à la loi. Par exemple, de quel droit Bell pouvait-elle refuser de fournir un service public aux propriétaires des maisons de pari et aux *bookmakers* sous prétexte que leurs activités étaient suspectes ?

Tout avocat débutant défendant des maisons de jeu aurait embarrassé les cadres de la compagnie de téléphone en leur demandant devant les tribunaux s'ils étaient experts en jeux de hasard, s'ils avaient reçu un mandat des autorités judiciaires et de quelle manière ils avaient obtenu leurs preuves. Prudemment, la compagnie se contentait de prendre des garanties en exigeant de la part des *bookies* des dépôts représentant souvent des milliers de dollars afin de couvrir leurs considérables frais d'appels interurbains.

Les *bookmakers* et autres joueurs ne se cachaient même pas. Les démarcheurs de Bell Telephone ne pouvaient guère faire de commentaires lorsque, après avoir demandé la profession du tenancier de maison de jeu afin d'établir une fiche d'abonné, celui-ci lui répondait parfois *Professional Gambler* (joueur professionnel), non sans ajouter : *Any objection ?* (« Ça vous dérange ? ») Le représentant n'avait d'autre choix que de répondre : « Aucunement, mais, dans ces conditions, la compagnie vous prie de lui verser une avance de X dollars pour couvrir les frais de vos appels téléphoniques interurbains. » Ce dépôt pouvait atteindre plusieurs milliers de dollars, souvent en argent comptant, et devait être remis à niveau à dates variables selon la fréquence des appels, une opération surveillée au central téléphonique. Dès que l'on s'apercevait dans les services de Bell que le montant de la caution baissait par rapport à l'accumulation des interurbains, on appelait le *bookie*, qui, généralement, payait sans broncher.

Certains démarcheurs ramenaient en tremblant des liasses de billets à leur bureau dans la crainte de se les faire reprendre dans un coin noir ou dans une ruelle par les *bookies*, qui n'étaient pas des enfants de chœur. Quelques agents commerciaux de Bell avaient été en effet pris en filature par d'inquiétants colosses. On n'eut cependant jamais d'incident à déplorer, car le système fonctionnait selon l'un des corollaires de la loi de l'offre et de la demande voulant que, pour vendre, il faut d'abord acheter. S'attaquer à un représentant d'une compagnie d'utilité publique se serait révélé désastreux à plus d'un titre pour les tenanciers. Ces craintes disparurent lorsque l'on apprit que, parfois, plusieurs caïds du jeu, après avoir versé une substantielle avance de fonds et obtenu un reçu de l'employé de Bell, le faisaient discrètement suivre par un garde du corps pour s'assurer qu'il ne lui arrive rien. « Ah ! la belle vie ! » se disaient les *boys*.

Fin janvier 1950, *Le Devoir* consacra ses premières pages à une expression que maints journalistes et commentateurs s'approprieraient et reprendraient bientôt *ad nauseam* : « Montréal, ville ouverte ». Les ligues comme celle du Sacré-Cœur s'en prenaient au président du Comité exécutif, J. O. Asselin, et le sommaient de « faire quelque chose ». La presse américaine saluait la « tolérance revenue » à Montréal depuis que Plante s'était vu expulser. On pensait aux maisons du même nom qui, si elles n'avaient pas ouvertement réapparu, avaient su adapter leurs activités aux circonstances en prenant d'autres formes. Pour les Yankees, à cause de sa nature intrinsèquement française, la ville de Montréal ne pouvait, bien sûr, que fermer les yeux sur les faiblesses humaines. À en croire nos voisins, Concordia était une sorte de lieu de perdition fréquentable, mais que l'on ne voudrait pas avoir chez soi. Pour calmer les protestations, Asselin jeta une tête en pâture aux ligues et notamment au Comité diocésain d'Action catholique ; ce fut celle d'Ernest

Pleau, le directeur de l'escouade de la Moralité, qui, loin d'être le plus compromis, fit office d'agneau sacrificiel. Il n'était pas le premier.

À la fin du mois de février 1950, la Ligue d'action nationale publia un livre qui ressemblait davantage à une grosse plaquette de style pamphlétaire rassemblant les articles de Pax Plante et de son corédacteur, Gérard Pelletier. Elle s'intitulait *Montréal sous le règne de la pègre*. Il s'agissait des textes parus dans *Le Devoir*, regroupés à l'intention des lecteurs et des personnes peu familières avec ce quotidien. On y donnait les adresses des maisons de jeu et des bordels, encore ou non en opération. À la lueur de ces informations, des curieux s'organisèrent de petits « circuits du vice » en déambulant dans les parages des établissements incriminés dans l'espoir d'apercevoir quelque personnage interlope ou de pulpeuses créatures sur le seuil des maisons closes. Ces balades improvisées rappelaient ces « circuits de la misère pittoresque » que l'on organisait dans l'est de la métropole, comme ces visites à la Maison des nains, rue Rachel, où s'arrêtaient des autocars de touristes, ou encore ces *bar crawls* ou « tournées des trous », que certains promoteurs organisaient pour une clientèle américaine plutôt bas de gamme.

Les ventes de la plaquette dépassèrent les 15 000 exemplaires en deux semaines, des résultats remarquables. On réclama une enquête, mais auparavant il fallut rédiger une requête portant des accusations précises et trouver plus d'une cinquantaine d'électeurs au parcours irréprochable signant cette demande à titre de « requérants ». Ajoutons à cela un électeur digne de foi et répondant à toutes les exigences d'une paperasserie volontairement complexe. Cette perle rare fut le Dr Reuben Lévesque. Ces recherches représentèrent un travail gigantesque. De nombreuses personnalités se trouvaient parmi les requérants et leur rassemblement fut surnommé celui des « Cinquante braves ».

Cependant, Pax Plante avait besoin d'un avocat pour présenter sa preuve. Il ne pouvait en effet jouer les hommes-orchestres, car on l'aurait accusé d'être juge et partie. Rêvant d'un ténor du Barreau qu'il ne pouvait se payer, il sollicita plusieurs procureurs qui refusèrent cette tâche ingrate, même un jeune avocat de bonne réputation, Me Jean Drapeau, recommandé par le conseiller municipal Pierre DesMarais. Contrairement à ce que l'on prétendit, Jean Drapeau ne se précipita pas toutes affaires cessantes sur cette proposition pour des raisons politiques. À quatre reprises il s'était brûlé les ailes à ce jeu, il avait suffisamment de causes à défendre et déplorait de ne pas disposer de suffisamment de temps pour sa famille.

Après maintes exhortations du directeur du *Devoir*, Gérard Filion, et la promesse de Pax Plante, qui assura de s'occuper de la plus grande partie du travail juridique de son confrère et de ne pas accaparer tout le temps de celui-ci afin qu'il puisse continuer à s'occuper de ses dossiers habituels, Jean Drapeau finit par accepter. Le colossal faisceau de preuves apportées par Pax Plante l'avait convaincu. Dire que Me Drapeau ne discernait pas derrière cette croisade contre la corruption des possibilités politiciennes qui lui avaient échappées à quatre reprises serait hasardeux en parlant d'un homme avide de mettre en œuvre des projets et d'acquérir du pouvoir. Plus tard, devenu maire, il se fit remarquer par plusieurs activités autocratiques discutables qui firent dire aux humoristes que, lorsqu'il parlait de Montréal, il insistait sur la première syllabe du nom de la ville – « Mont » –, homophone de l'adjectif possessif « mon », pour bien faire sentir que la métropole était bien son fief et qu'il en occupait le terrain.

Les preuves devant servir à accabler les barons et les complices du crime organisé furent puisées dans les quelque 10 000 dossiers de la cour municipale qui s'étaient accumulés au cours des dix dernières années. Des membres du Comité exécutif affirmèrent que ces dossiers étaient de « vieilles affaires datant de l'an quarante », mais refusèrent néanmoins que les enquêteurs y aient accès. On assista alors à l'intervention d'avocats favorables à l'idée d'un grand nettoyage. Ceux-ci se manifestèrent discrètement, assurant aux défenseurs du *statu quo* que Mes Plante et Drapeau ne trouveraient effectivement rien dans ces documents et qu'il valait mieux les laisser fouiner, sous peine de susciter d'autres soupçons. Les amis actifs et passifs des *boys* baissèrent leur garde et on laissa le duo travailler. Pendant ce temps, Jean Drapeau contribua à découvrir non pas 50 mais 72 requérants et à colliger, faire corriger et imprimer l'énorme *factum* de 1 000 pages sur papier de format légal. L'imposant document contenant quelque 4 800 chefs d'accusation impliquant près de 70 personnes couvrant les années quarante. Il fut présenté le 11 mai 1950 au juge en chef adjoint de la Cour supérieure de Montréal, l'Honorable O. S. Tyndale. Ce dernier convoqua les parties, annonça qu'il n'avait d'autre choix que d'accepter la requête en son entier et choisit avec l'aide de ses collègues un magistrat d'expérience et de très bonne réputation, le juge François Caron.

Le duo Drapeau-Plante allait non seulement affronter des juristes de grand talent parmi les défenseurs de la partie adverse, mais aussi se retrouver face à des mesures dilatoires appliquées par un certain juge de la Cour supérieure qui avait déjà été maire d'une ville de l'Outaouais, où la pègre avait connu des jours prospères sous son administration. En effet, les brefs de prohibition, ordres donnés par une cour supérieure à un tribunal inférieur pour qu'il lui transmette le dossier d'une affaire dont elle est saisie afin de vérifier la légalité et même la compétence dudit tribunal, pleuvaient grâce à ce magistrat finassier qui profitait même du samedi pour les envoyer, alors que les tribunaux ne siégeaient même pas cette journée-là ! Ce genre de situation fut dénoncée par nulle autre que la Cour suprême, dont l'un des représentants déclara que ces brefs constituaient des « abus de l'appareil judiciaire » !

Dès la première séance de l'enquête, le 11 septembre 1950, le juge Caron désigna Mes Plante et Drapeau comme procureurs de celle-ci. Les séances se terminèrent le 2 avril 1953 et aucune d'entre elles ne fut secrète. Quelques jours plus tard, le juge prit l'affaire en délibéré. Il ne rendit sa sentence que le 8 octobre 1954, soit 17 mois plus tard, 20 jours à peine avant l'élection municipale à laquelle Jean Drapeau se présentait, ce qui tombait à point. Bien des observateurs – dont Pax Plante lui-même – furent d'avis que le juge Caron avait choisi ce moment crucial pour que les électeurs puissent exprimer leur opinion sur les membres du comité exécutif qui venaient d'être exonérés. On fit remarquer que si telle n'avait pas été son intention, il aurait reporté son jugement à une date postérieure à l'élection. En déduire, comme le firent quelques critiques, que le juge aurait tout fait pour soutenir la candidature de Jean Drapeau à la mairie de Montréal est plus discutable. Une chose est certaine : le jugement eut un retentissement extraordinaire. C'était le plus élaboré qui eut été jamais rendu à Montréal dans une enquête de ce type. Sa seule lecture dura quatre heures et demie.

Une vingtaine d'officiers de police, y compris le directeur Langlois, furent condamnés pour avoir toléré et favorisé le crime commercialisé. Langlois dut reconnaître que les accusations qu'il avait portées contre Pax Plante étaient fausses et calomnieuses. Le grand tort de M. Langlois fut d'avoir jalousé maladivement son adjoint, un homme ayant localement autant de prestige que MM. Dewey et Kefauver aux États-Unis. La procédure pointilleuse de Me Plante, son indéniable classe et sa recherche de publicité s'opposaient, selon les témoins de l'époque, au processus mental plutôt pondéreux de son directeur. Des policiers – principalement des gradés – écopèrent pour avoir toléré le désordre et surtout fauté par omission. On remarque toutefois que les politiciens et les membres du Comité exécutif s'en sortirent plutôt bien, même si le juge Caron eut pour eux des paroles sévères. La justice semblait avoir triomphé. Pour les partisans d'un grand nettoyage, il ne restait qu'à placer à l'hôtel de ville le «bon homme», en l'occurrence Jean Drapeau, pour que des jours lumineux s'annoncent pour Concordia, du moins théoriquement.

Les jeunes gens de ma génération y croyaient. Les plus vieux citaient les espoirs déçus qu'avaient suscité des investigations précédentes au fil des enquêtes Rainville, en 1894, Cannon, en 1909, et Coderre, en 1944. Pendant un demi-siècle des gens de bonne volonté, des citoyens outrés, pleins de bonnes intentions, et même des hypocrites avaient rêvé de nettoyer la sanie qui suintait de l'administration municipale, de la police, du milieu judiciaire. Quelques boucs émissaires avaient été offerts à la vindicte populaire, puis, lentement, sans tambour ni trompette, les vieux problèmes de collusion, les éternelles compromissions avaient resurgi de plus belle sous de nouvelles formes, avec de nouvelles astuces empêchant momentanément leur détection. Une fois découverts, les scandales provoquaient les mêmes colères et les mêmes indignations citoyennes et journalistiques, qui n'empêchaient pas le pillage des fonds publics par les profiteurs ni les mêmes alarmes de la part des ligues de salubrité publique ou des simples contribuables scandalisés.

Malgré tout, fallait-il se résoudre à adopter une attitude fataliste, se résigner de manière bovine, considérer ces enquêtes comme étant inutiles, comme beaucoup de bruit pour rien ? « Surtout pas ! répliquait Pacifique Plante. Lorsque nous nous lavons le matin, nous savons pertinemment qu'il faudra recommencer le lendemain ! Ne rien faire aggraverait la situation en institutionnalisant la chienlit et la corruption systématiques, en instaurant, comme cela arrive dans plusieurs parties du monde, une sorte de *dictature des véreux*, une soue totalitaire où un nombre très restreint de familles (parfois une seule), ou encore des politicards issus du milieu criminel ont la main haute sur une foule d'activités, illégales et légales dans la cité… »

Décidément, peu importe les motivations profondes et les ambitions de Pacifique Plante, son désir de faire valoir enfin son talent, on peut dire que cet homme pas facile à vivre tenait un autre langage que celui de nombre de nos édiles. Aussi, dès le jugement Caron, avais-je décidé de suivre les travaux de cet être qui avait traversé l'enfer d'une gouvernance pervertie, avait été évacué comme un étron, était parvenu à survivre à ces épreuves et revenait maintenant lavé de tout blâme pour poursuivre son œuvre. Les défenseurs anglo-saxons du *Mawn tree all Oh! là-là! Little Paris of America* et de la licence généralisée rirent d'un air entendu en tentant de tourner en dérision la lutte contre le crime organisé dans ce milieu *French Canadian* si accoutumé, selon l'optique de ces critiques, aux débordements. Ils recommandaient de se moquer des projets de Pax Plante en utilisant le verbe *to guffaw*, ce qui signifie « s'esclaffer », mais d'un rire gras, dans un gloussement obscène. Quelques Canadiens français pure laine ayant des intérêts dans les affaires illégales se joignirent à la meute des ricaneurs anglophones.

Chapitre 10

Maître Jean Drapeau remporta les élections et son adjoint, Me Pacifique Plante, récupéra à cette occasion son poste de directeur adjoint du service de la police pendant que le directeur Langlois était envoyé en congé en attendant que la Cour d'appel ait entendu sa cause. Le directeur intérimaire fut Tom Leggett, un policier d'excellente réputation. Il ne fallut pas remettre les compteurs zéro et recommencer le travail. Si les maisons closes et le *Red Light* avaient officiellement disparu, au plus haut niveau, ces bordels avaient été remplacés par des maisons de rendez-vous ou des agences de *call-girls* et, au plus bas, par des racoleuses de bar et de pauvres filles de rue offrant des passes dans des endroits publics. Ainsi, le soir, au début des années cinquante, aux alentours du magasin Dupuis Frères, rue Sainte-Catherine, ou encore de la place Jacques-Cartier, dans le Vieux Montréal, où l'on trouvait plusieurs hôtels et bars, on pouvait voir nombre de ces péripatéticiennes portant des robes et des fanfreluches en tulle de couleurs voyantes. D'autres semblaient toutefois avoir, en guise d'uniforme, des gabardines bleu marine, ce qui leur donnait un petit air de « gentille petite voisine de la porte d'à-côté », du genre de celles que l'on présente à sa mère. Ce vêtement, également à la mode chez les employées et ouvrières, semblait masquer temporairement la détresse des prostituées qui tentaient de donner brièvement le change aux clients potentiels et d'oublier un instant leur vie ingrate.

Il y avait aussi les salons de massage. On retrouvait les plus élégants non loin du centre-ville, avec massothérapeutes nordiques ou orientales qualifiées qui demandaient en guise de mot de passe si le client désirait un « massage léger ». S'il acquiesçait, il avait droit, en plus d'un traitement professionnel, à des tripotages érotiques savants et, bien sûr, à une majoration du tarif. Il y eut très peu d'arrestations dans ces établissements fonctionnant principalement sur recommandation d'une clientèle plutôt aisée. Les établissements du genre parmi les plus ordinaires se retrouvaient à Ville Saint-Michel et leurs noms apparaissaient souvent dans les colonnes croustillantes de *Montréal-Matin*, du *Herald* et des feuilles à potins. Si les praticiennes de ces maisons n'étaient pas expertes en kinésithérapie, elles l'étaient en taponnages préhistoriques et c'était tout ce que la clientèle exigeait.

Restait la question des tripots, ces banquiers du crime organisé. Ne pouvant plus fonctionner comme durant l'époque fructueuse qui avait suivi l'après guerre, ils avaient adopté un camouflage courant en Europe, celui des caïds, qui font fructifier leurs avoirs mal acquis dans des clubs dits à charte. Il suffisait de recruter des flambeurs et de les déclarer membres. Quelle est la police qui aurait interdit à un groupe de citoyens de jouer au gin-rummy dans le salon ou le club de l'un d'entre eux? Grâce à des subtilités juridiques, on se retrouvait dans le domaine privé et cela compliquait énormément les choses pour la justice. Pour les patrons, il suffisait de surveiller les velléités d'infiltration policière et les informateurs-mouchards et de filtrer la clientèle. Supprimer ces clubs était pratiquement impossible. Leur avantage était de réduire sensiblement les problèmes sociaux en tenant à l'écart un grand nombre de gagne-petit prêts à dilapider leurs quatre sous.

Pour la clientèle d'enragés du jeu peu fortunés, il y avait toujours les barbottes. Harcelés par la police, ces établissements avaient adopté une mobilité de guérilleros. On les appelait dorénavant «barbottes volantes». Elles se terraient dans des locaux à louer où il suffisait d'une table en contreplaqué montée sur des tréteaux pour être en affaires. Elles déménageaient dans une camionnette à la moindre alerte, mais surtout filaient vers le sud de la métropole, vers Longueuil-Est, où Pax Plante ne pouvait les atteindre. Elles y étaient accueillies à bras ouverts par des émules de mon ancien patron, Théo Robidas, le politicien influent du lieu. Avant mon exclusion de cette ville de la misère, à plusieurs reprises j'avais joué, gagné et perdu dans un de ces tripots du boulevard Taschereau.

Vivant près du milieu artistique en raison de son intérêt pour le théâtre, Pax Plante fréquentait de nombreux comédiens et comédiennes bien connus et j'étais ravi lorsqu'il me présentait quelque personnalité de la radio et de la télévision, qui prenait de plus en plus d'importance. L'une de ces comédiennes avait une petite sœur que je semblais intéresser. Cette dernière s'appelait Rémye Minier, et était du genre impulsive. Je fis sa connaissance dans une réception et, lui ayant communiqué ma surprise de rencontrer pour la première fois une personne portant un prénom d'homme rarement féminisé, elle me répondit : « Tout ça parce qu'au Parc Lafontaine, y'avait des canards… »

Cette réponse apparemment absurde faisait allusion à une chanson à succès qui tournait inlassablement de deux côtés de l'Atlantique et qu'interprétait un certain Pierre Destailles. Son refrain était : « Tout ça parce qu'au bois de Chaville, y'avait du muguet ». Il y était question d'une aventure amoureuse où deux jeunes gens, inspirés par le charme d'une balade dans un sous-bois, s'allongeaient sur l'herbe et, à la suite de ce que l'on devine, se retrouvaient parents. Au fil de la chanson, le futur père énumérait tous les inconvénients de la vie que son enfant à venir aurait à supporter.

Rémye ne cessa de chantonner sa version plutôt enfantine de cette rengaine tout au long de la soirée. J'en déduisis qu'elle avait certaines idées fixes. Elle commençait à me chauffer les oreilles avec ses canards et son parc Lafontaine. Au cours de la soirée, nous devions rendre visite à une demi-douzaine de comédiens, amis de sa grande sœur, qui fêtaient à leur manière la rentrée artistique et les nouvelles programmations radio-télévisuelles en organisant une petite fête chez eux. Après ces libations, nous finissions par être tous deux passablement éméchés et, lors de notre dernière escale chez une vedette de téléromans, arrivions à peine à nous supporter. Alors que je cherchais un moyen de nous séparer poliment avant de nous dire des choses désagréables, je décidai d'être néanmoins correct avec Rémye et lui fit appeler un taxi pour me débarrasser élégamment de la chipie, quitte à régler sa course. Le taxi arriva. Au moment de lui faire une chaste bise d'adieu, elle me dit : « Viens chez moi. Y a du feu ! » J'éclatais de rire à cette vieille boutade, mais, sérieusement gris et curieux comme un chat, je la suivis.

Elle habitait dans un demi sous-sol de la maison de rapport de sa célèbre sœur. En route, Rémye avait si bien réussi à m'exciter les sens que le chauffeur dut nous rappeler gentiment à l'ordre, non sans humour. Croyant personnellement parvenir enfin à l'aboutissement logique de ce flirt une fois arrivés chez elle, elle m'avoua n'avoir jamais eu de véritables rapports sexuels pour des raisons morales et pratiques et que, si elle chantait constamment sa version du Bois de Chaville au point d'en devenir lancinante, c'était pour se rappeler qu'elle ne tenait pas à se retrouver enceinte, comme dans la chanson. Il s'agissait pour elle d'une sorte de méthode mnémotechnique pour baliser ses transports. Prête à tout, sauf « à l'acte », qu'elle prononçait « ak », elle se révéla par ailleurs une véritable tigresse capable de satisfaire convenablement les désirs d'un célibataire en mal de bagatelle.

Nous nous revoyions souvent. Cette vierge folle recourait à des techniques surprenantes pour une ingénue au début de la vingtaine et s'affichait avec moi sous un jour de nymphomane un brin perverse.

Nous avions des discussions, parfois violentes, pour des questions souvent idiotes, mais ces altercations finissaient toujours par une réconciliation sur divan ou sur tout autre endroit approprié à nos ébats. Parfois, lorsque je lui disais en avoir assez de nos rapports superficiels qui ne menaient nulle part, de ses propos immatures et de son esprit tordu, elle me menaçait des pires représailles si d'aventure je la quittais.

Malgré tout, je poursuivais cette relation, peut-être par paresse, parce que le plaisir était au rendez-vous. Cela me suffisait largement. Je ne cherchais pas le grand amour. Je l'avais perdu avec celle que j'appelais Ophélie, une délicate étudiante en musique, exilée aux États-Unis par son tuteur, un caïd du milieu interlope de la Rive-Sud qui m'avait menacé des pires sévices si je songeais à la revoir.

La mode des vierges folles n'était pas nouvelle. On disait qu'elle nous venait d'Angleterre, selon les mauvaises langues, pays de toutes les retenues et faux-semblants. En tant que citoyennes du Commonwealth et sujettes de Sa Majesté, il semblait que, dans le Canada d'après-guerre, beaucoup de jeunes filles aient adopté ce genre de comportement. J'en doutais. Ne s'agissait-il pas plutôt d'une réaction liée aux exigences pratiques et aux lacunes d'une certaine époque ? Ce petit jeu amoureux avec Rémye aurait pu durer longtemps si Pax Plante, qui m'entretenait si volontiers de ses luttes et de ses espoirs de policier, ne m'avait demandé à brûle pourpoint devant un café :

— Mon amie Véronique Minier me dit que tu sors avec sa petite sœur, Rémye ?

— C'est vrai, répondis-je.

— Et où en es-tu avec elle ?

— Vous me gênez vraiment… Disons que nous sommes bons copains, que nous flirtons et que nous avons du fun, mais que nous n'entretenons pas de projets à long terme. J'ai plusieurs fois eu l'idée de m'en séparer, mais elle a un foutu caractère, hurle, me menace… À vrai dire, je ne sais quelle attitude adopter avec elle.

— Précisément. Je ne voudrais pas me mêler de tes affaires, mais je pense qu'il faut te prévenir. Quel est, selon toi, l'âge de Rémye ?

— Vingt-et-un, vingt-deux ans… hasardai-je.

— Ça, c'est ton âge à toi, qui est majeur, donc pleinement responsable de tes actes, reprit-il. Rémye, même si elle paraît plus âgée, n'a que quinze ans…

— Quoi ? Quinze ans ? Pas possible !

— Eh oui ! Elle paraît plus mûre que son âge, mais elle n'a pas sa majorité. Sa sœur m'a confié que sa cadette lui donne du fil à retordre, qu'elle est fantasque, imprévisible, démente à ses heures. Tu as remarqué son caractère, d'ailleurs. Si, d'aventure, par dépit ou par vengeance, Rémye mêlait la justice à vos affaires, tu pourrais être accusé d'agression sexuelle sur mineure… Permets-moi de te prévenir que la loi est claire à ce sujet. Tu passerais pour une sorte de vieux salaud s'amusant avec une fillette ; ce serait presque de la pédophilie. Pensez-donc, quinze ans ! L'incarcération mise à part, le châtiment pour ce genre de crime comporte un certain nombre de coups de fouet administrés à intervalles fixes pour que le condamné les reçoive en pleine conscience et non évanoui. Il y a dans les prisons provinciales du pays plusieurs individus qui attendent en tremblant que ce qu'ils appellent le « chat à neuf queues » leur lacère la peau du dos…

— Mais nous n'avons jamais véritablement vraiment couché ensemble ! Nous avons seulement flirté ! On peut le vérifier ! protestai-je.

— Ça, c'est comme la boutade de la fille que l'on veut épouser au plus vite, mais qui n'a qu'un seul petit défaut, celui d'être « un petit peu enceinte ». C'est ta parole contre la sienne. Et qu'est-ce que t'en sais au juste de sa présumée virginité ? Es-tu un expert médical ? Qui dit qu'elle n'a pas eu de rapports avant de te connaître et qu'elle n'ait pas décidé, par exemple, d'y mettre un terme pour des questions de sécurité ou à cause d'un problème psychologique ? Et qui dit que, pour aller au bout de sa vengeance et de ses fantasmes, elle ne serait pas capable de se déflorer elle-même ou de le faire-faire par un autre pour t'incriminer ? Crois-moi, et je ne me réjouis pas de te le dire : tu te trouves dans une situation délicate avec cette petite diablesse…

— Je pensais vraiment qu'elle était plus âgée…

— Peux-tu le prouver ? Lui as-tu demandé des pièces d'identité ? Non, évidemment. Tu étais trop heureux de ta bonne fortune…

— Que me conseilleriez-vous de faire pour éviter de tels ennuis ?

— Cesse le plus rapidement possible toutes relations avec elle, mais en douceur, conclut mon mentor. Cette personne, crois-moi, c'est un paquet de troubles pour toi…

J'étais abattu. Décidément, j'avais le don de me fourvoyer dans des histoires inextricables. Déjà, lorsque j'étais à Longueuil-Est, j'avais risqué d'être accusé d'agression sur une jeune fille en amenant ma chère Ophélie, la nièce de mon patron, dans une auberge pour une fin de semaine. Il ne s'était rien passé de sérieux, mais elle avait à peine plus de dix-huit ans et était donc mineure. Nous avions toutefois une énorme excuse : nous nous aimions à la folie et voulions nous marier le plus rapidement possible.

Il est certain que, avec les relations passagères et sans engagement sérieux que j'avais vécues auparavant, je n'avais jamais connu de problèmes. C'est pourquoi je me mis à regretter la grosse Patsy, une Anglaise peu fluette et très nature qui, après que je me fus éloigné d'elle pour vivre mon grand amour avec Ophélie, se consola en devenant la copine de mon ami Big Moose et en l'épousant quelques années plus tard. Elle était de la race de ces femmes de robuste constitution qui se distinguèrent par leur courage pendant le blitz allemand sur les villes anglaises au cours de la dernière guerre. Je regrettais également Coco, secrétaire dans une maison d'articles textiles. Son plaisir était de me faire de temps à autre un défilé de mannequin à domicile pour me montrer les derniers dessous et bikinis produits par son employeur. Après m'avoir chauffé à blanc et fait l'amour si bruyamment que les voisins tapaient dans les cloisons à coups de balai ou commentaient l'événement, elle me traitait de « maudit satyre et de frustré ne pensant qu'à ça ». Puis, elle remballait ses fripes et revenait la semaine d'après me faire son *show*, à ma plus grande joie… mais pas à celle des locataires de l'immeuble où je logeais.

Lorsque je fis savoir à Rémye qu'il valait mieux que nous nous séparions, elle me fit le coup de la mineure abandonnée par le méchant salopard.

— Mineure ? lui dis-je. Tu t'es bien gardée de me le dire le soir ou tu m'as invité chez toi… De toute façon, tu m'as souvent répété que tu ne voulais pas t'attacher, que tu étais une femme libre, pas « une de ces niaiseuses qui veulent à tout prix se marier ». Quel âge as-tu au fait ?

— Dix-neuf ans.

— Maudite menteuse par-dessus le marché ! J'ai appris récemment que tu avais quinze ans. C'est du joli !

— À quinze ans, il y en a qui se marient…

— Tu as vraiment l'air d'une fille qui veut se marier. Continue donc à t'amuser, mais fais attention sur qui tu tombes. C'est tout le bien que je te souhaite.

— Tout ça parce qu'au parc Lafontaine y'avait des mineures…

— La ferme, avec tes niaiseries ! Tu m'as raconté des histoires pendables et tu en es très fière. Te rends-tu compte des conséquences possibles ?

— Et c'est justement ce qui te fait peur, n'est-ce pas ? Eh bien ! Ma jeunesse, c'est justement le pouvoir que j'ai sur toi. Si tu me quittes, je te dénonce à la police et tu verras ce qui arrivera… Tu ne devrais pas mésestimer la puissance des femmes.

— Une femme, toi ? Plutôt une petite fille gâtée qui joue les affranchies et pratique des jeux très dangereux. C'est toi qui a engendré cette situation, ne l'oublie pas. Trouve donc un autre cave et passons à un autre appel.

— Mais, toi, tu as accepté et c'est toi qui est majeur. On verra ce que l'on verra…

Me sentant piégé, je jouais les personnes conciliantes. Cette jeune furie était sans nul doute un peu folle et s'amusait beaucoup à avoir un certain ascendant sur une bonne poire dans mon genre, qui avait d'autre soucis que d'être une sorte de dindon de la farce. Ne connaissant rien de la vie, protégée par sa grande sœurette, ne tenant à moi que pour se prouver son pouvoir juvénile sur les hommes, cette Lolita de Rosemont commençait à devenir envahissante. Au lieu d'importuner à nouveau Pax Plante, je décidais de me confier à un vieux copain taillé à coup de serpe, moins érudit que mon avocat mais plein de bon sens populaire.

Cet homme, Stede Bonnet, appartenait à un club de motocyclistes, les Black Devils de Verdun. Ce club avait repris le nom d'un groupe de commandos trompe-la-mort canado-américains de la dernière guerre, ainsi appelés parce qu'ils se maquillaient le visage d'enduit à camouflage noirâtre. Les membres du club portaient tous des blousons de cuir noir au dos desquels on pouvait voir une tête de pirate surmontant deux pistolets de flibustiers disposés en croix. Ces motocyclistes un peu canaille intriguaient les braves gens en se pavanant sur de rutilantes machines sans apparemment avoir à s'occuper d'autre chose que de les faire pétarader dans la ville. Malgré le fait qu'il ait reçu Ronald comme nom de baptême, Bonnet s'était affublé du prénom « Stede », en l'honneur du mythique *gentleman*-pirate Stede Bonnet, qui termina sa vie au bout d'une corde à Charleston, en Caroline du Sud, au début du XVIIIe siècle. Ce motard m'avait à la bonne. Ayant, comme nombre de jeunes, tâté de la moto, je m'étais défait quelques mois auparavant de mon historique Norton 1937 en la vendant à Bonnet à un prix dérisoire. Elle était en parfait état, mais j'avais besoin d'argent et Stede aurait fait n'importe quoi pour se la procurer. L'affaire conclue, il était si satisfait des facilités que je lui accordais et de son achat que nous demeurions bons amis. Nous prenions parfois un verre ensemble pour discuter de randonnées motorisées et de choses et d'autres, car il s'intéressait à une foule de domaines auxquels les motards classiques n'accordaient guère d'attention.

Le club de Stede n'était pas du genre « criminalisé ». Il ne se composait pas non plus de purs sportifs équilibrés ni de gentils garçons décorés d'un quelconque Ordre du mérite. On singeait chez eux les comportements des héros du film de l'heure, *The Wild One* (*L'Équipée sauvage*, mettant en vedette Marlon Brando et Lee Marvin) et les membres vivaient de petites combines et de trafics pas très légaux. On trouvait dans ce groupe des filles délurées, un peu guidounes sur les bords, la chevelure chargée de bigoudis et d'épingles à cheveux, sauf les jours de sortie où elles portaient des robes de tulle aux couleurs criardes, parfois des tenues de moto. On les voyait le plus souvent sur le siège arrière des machines, car un minimum de ces amazones pouvaient revendiquer le titre de véritable «motarde».

Les petits prétentieux aux coupes de cheveux dites à la Hollywood, en «queue de canard» ou en «trompe d'éléphant», qui ne les traitaient pas comme des dames ou avaient l'outrecuidance de les toiser ou de se moquer d'elles, risquaient de se faire saisir ou cogner vigoureusement les parties génitales. En cas de riposte, ces bagarreuses étaient non seulement capables de se défendre, mais avaient l'assurance de recevoir l'appui des Black Devils si du grabuge survenait. À Val-Saint-Michel, près de Québec, le club avait une filiale où les copines des membres allaient jusqu'à provoquer les automobilistes et motocyclistes dragueurs stoppant au magasin général ou à la pompe à essence. Si ces candidats aux problèmes se laissaient prendre au jeu des allumeuses, ils devaient, peu après, se dépêtrer tant bien que mal avec les *chums* de ces dames, sortis soudainement de nulle part. En effet, ces gars étaient trop heureux de trouver prétexte à une bagarre ou, dans les cas les plus bénins, de se faire payer la bière à l'hôtel le plus proche en guise de « compensation ».

Tout ça pour dire que, sans être des suppôts de Satan, les Black Devils n'étaient pas du genre choux à la crème. Plus âgé que moi, Bonnet avait beaucoup d'expérience avec les femmes et avait connu des démêlés avec la police. Je lui racontai donc mon aventure peu ordinaire avec Rémye et lui exposai le problème de chantage auquel me soumettait la petite peste pour le seul plaisir d'exercer une sorte de pouvoir. Je lui parlai des menaces qu'elle proférait, de sa perversité ingénue qui m'avait d'abord amusé mais qui maintenant me compliquait une existence et un avenir déjà aléatoires.

— Ouais… Quinze ans ! Elle promet ta pisseuse ! Est-ce que vous vous aimez ? me demanda-t-il.

— Pas du tout. D'ailleurs elle affirme que c'est « seulement pour le sport », qu'il s'agit d'une relation d'adultes, pas même une amourette.

— De quoi te plains-tu ?

— Seulement voilà, il s'agit d'une relation faussée au départ. Je ne me suis pas méfié. Elle paraissait beaucoup plus vieille que son âge. Lorsque quelqu'un m'a appris qu'elle avait quinze ans, j'ai voulu mettre un terme à tout ça, mais elle a refusé et maintenant, par orgueil, elle veut m'avoir au chantage à la minorité…

— Chez nous, on règle ces histoires-là avec une bonne claque sur la gueule, plus une deuxième si ça ne suffit pas, mais je pense que chez toi ça ne ferait qu'envenimer les choses. Ta pisseuse, qui se prend pour une dure à cuire et te menace de te *stooler* à la police pour s'amuser, devrait d'abord se renseigner auprès de gars et de filles dans notre genre, qui n'aiment pas beaucoup que l'on agace la police pour le fun. La police, on n'la dérange pas pour des niaiseries, Elle te cherche déjà suffisamment de poux dans la tête. Gnan, gnan, gnan… y a toujours que'q chose qui n'est pas à son goût, toujours que'q chose pour faire chier les citoyens un peu différents des autres et leur coller une amende ou une comparution en cour pour des niaiseries. Alors appeler les *bœufs* pour des maudites histoires de fesses et de cour d'école, on n'aime pas beaucoup ça. C'est jouer avec des armes qui peuvent partir toutes seules…

— Cela ne règle pas mon problème. À ton avis, que pourrais-je faire pour qu'elle change d'avis ?

— D'après ce que tu me dis, ta petite excitée a l'air pas mal aventurière et un peu vicieuse pour son âge. Amène-nous-la et nous lui apprendrons ce qu'est la vraie vie, me répondit-il le plus sérieusement du monde. Elle se croit forte parce qu'elle évolue dans un milieu protégé et – excuse ma franchise – qu'elle a trouvé chez toi un bon cave pour la ménager et prêter foi à ses menaces. Elle n'a aucune idée de ce que d'autres gens doivent faire pour survivre dans un monde agressif et dangereux. Elle mérite une leçon.

— Je vous vois venir, les gars. Vous prêchez la manière forte et la brutalité. Je ne saurais me résoudre à accepter cela.

— Et qui te parle de brutalité ? Non, ça se réglera au niveau des femmes. Je la confierai à Sybille. Elle lui parlera dans le cornet et lui remettra son cadran à l'heure. Ta pisseuse s'apercevra qu'il existe un autre monde que le sien et qu'il peut être dangereux d'y vivre lorsque l'on n'a pas le caractère qu'il faut pour ça.

— Et qui est Sybille ?

— Une ancienne auxiliaire du Canadian Women's Army Corps qui a roulé sa bosse. Elle fait partie du club. Ta petite bourgeoise de copine qui croit tout savoir pourra comparer son expérience à celle d'une femme qui a vu neiger et à qui l'existence n'a pas fait de cadeau. Sybille est un peu *bitch* à ses heures, mais elle a bon cœur au fond et ne se prend pas pour une autre.

— C'est peut-être une bonne idée, ce genre de rencontre, un contact avec les réalités du quotidien, mais je ne voudrais pas livrer Rémye à une sorte de *screw*, de gardienne de prison qui la maltraiterait. Cela finirait mal pour nous tous.

— Je veux bien te rendre service, mais il faut nous faire confiance. Sache que ni moi ni toi n'avons les moyens de chercher inutilement des problèmes. Présente-nous Rémye et sa curiosité fera le reste.

Je tins à rencontrer Sybille, qui me fit penser à « Rosie la riveteuse », cette ouvrière emblématique de la propagande militaire américaine du temps de la guerre, cette femme à la musculature impressionnante, en salopette, la tête recouverte d'un foulard, rivetant d'un air décidé les plaques de métal de la coque d'un Liberty Ship de la victoire. Je ne tardai pas à parler du groupe de motards de mon ami Stede Bonnet à Rémye et la convainquit sans peine de rencontrer Sybille, que je décrivis comme une fille «pas mal *au boutte*», une sportive décomplexée faisant de la moto, du parachutisme, une femme avec un vécu aventureux. Comme l'avait prévu Bonnet, la curiosité fit le reste et Rémye manifesta le désir d'être présentée à la bande. Bonnet et moi nous sommes entendus pour participer à une randonnée de fin de semaine à titre d'invités pendant laquelle je récupérais temporairement ma Norton. Étant de nature peu grégaire et n'aimant guère me retrouver encadré par un groupe ou une organisation de quelque nature que ce soit, j'appréciais plus ou moins ce genre de déplacement en horde, mais sacrifiais néanmoins au rituel sans faire de commentaires.

Après avoir dit à sa sœur qu'elle allait passer quelques jours chez une copine, Rémye voyagea avec moi, puis en compagnie de Sybille avec qui elle sympathisa apparemment si bien qu'à l'issue de cette balade elle accepta de prolonger la randonnée en allant passer quelques jours chez sa nouvelle amie.

Le jeudi suivant, de retour chez elle, Rémye m'appela. Tout d'abord, je ne reconnus pas sa voix qui, d'habitude, manifestait une excitation crispante comme sa maudite chansonnette. Je ne sais ce que

Sybille lui avait fait, mais, lorsque je lui demandai comment elle avait trouvé son séjour, je ne pus obtenir de réponse catégorique. Elle me précisa cependant que l'expérience l'avait dessillée en lui permettant de voir comment vivait une autre partie du monde qui ne bénéficiait pas des mêmes avantages qu'elle.

— Certains de ces motards vivent d'expédients et ne parlent que de leur moto, qui est pour eux un symbole de liberté, m'expliqua-t-elle. Ils se nourrissent mal et, lorsqu'ils ne travaillent pas, s'alimenter et se loger sont parfois des activités qui prennent pour eux des proportions incroyables. D'autres boivent et se droguent malgré leur dénuement. Je croyais que ces gens ne pensaient qu'à s'amuser, mais ce sont surtout des travailleurs, lorsqu'ils ont la chance d'avoir du travail. S'ils doivent recourir à des expédients, ils deviennent parfois des voyous pas parlables. Il y a toutes sortes de moineaux parmi ces gars et ces filles, mais certains d'entre eux peuvent nous donner des leçons. Tu avais tout arrangé avec Bonnet et Sybille pour me donner une leçon, n'est-ce pas ?

Intelligente, Rémye avait tout compris.

— D'une certaine façon. La meilleure leçon que l'on puisse tirer de cette expérience est qu'il faut toujours regarder au-delà des apparences et ne rien tenir pour acquis. T'es-tu bien entendue avec Sybille ? lui demandai-je.

— Oui et non. C'est une femme taillée à coups de serpe, qui a connu de drôles d'expériences outre-mer pendant la guerre. Elle était à l'arrière mais a subi des bombardements. Elle m'a dit que j'étais une petite *bitcheuse* gâtée, pourrie, qui ne savait pas où elle en était au juste. Nous avons discuté longtemps. Je lui ai expliqué ma relation avec toi. Elle m'a répondu que je perdais mon temps car nous ne nous aimons pas vraiment. Elle a ajouté qu'elle me courtiserait peut-être si j'étais plus âgée, car elle est bisexuelle, mais qu'elle ne veut pas d'histoires avec des gamines. Elle a vite remarqué que j'étais plus jeune que j'en ai l'air. Je lui ai dit qu'essayer les femmes serait pour moi une expérience intéressante, mais elle a refusé pour une question de principes. Il est vrai que je ne serais pas portée sur les filles, sauf pour le plaisir de transgresser les coutumes bourgeoises. Elle est honnête et psychologue avec ça, même si elle n'a pas fait de longues études.

— Sybille a probablement un solide bon sens, même si elle n'a fait que te confirmer ce que je t'avais déjà suggéré et que tu n'acceptais pas par orgueil.

— Je vais dorénavant m'occuper de ma carrière et de mon avenir. Terminer mon cours secondaire et faire comme ma sœur. Devenir comédienne. Autant profiter de mes relations familiales.

— Tu feras certainement une bonne femme de théâtre, mais tu devras beaucoup travailler. Je te souhaite toutes les chances possibles et resterai ton ami en tout bien tout honneur.

Cette amitié fut surtout virtuelle, par le truchement du téléphone et de quelques lettres. Je ne la revis personnellement qu'une fois, bien des années plus tard. Rémye avait tenu des rôles dans des feuilletons télévisés pour jeunes, puis dans des pièces plus sérieuses. Elle avait prêté sa voix à des textes hors-champ et joué dans des dramatiques radiophoniques. Bref, elle avait fait gentiment carrière, était devenue une autre personne et en avait oublié ses canards et Sybille en s'investissant dans ses rôles. De manière inattendue, elle n'avait pu s'empêcher de me déclamer au téléphone, d'un air désabusé, la célèbre tirade de l'acte V du *Macbeth* d'un certain barde élisabéthain :

La vie n'est qu'une ombre en mouvement, un histrion qui se pavane et s'agite sur scène le temps d'un spectacle, puis qui retombe dans le silence ; c'est un récit narré par un idiot, parmi le bruit et la fureur, sans signification aucune.

La petite pisseuse était devenue tragédienne.

Chapitre 11

Je talonnais de plus en plus Pax Plante, revenu de sa traversée du désert. Il y avait toujours des histoires passionnantes à relater sur ses exploits et mes petits articles, comme ceux des autres chroniqueurs, servaient en quelque sorte à édifier sa légende. Une aubaine pour un jeune reporter. Avec la vague du jugement Caron, je me trouvais libéré de ma présence quasi quotidienne en cour municipale, où je ne récoltais que des potins juridiques, et n'avais plus à me retrouver infesté de puces dans les *flop houses* ou asiles de nuits payants du secteur Craig et Saint-Laurent pour rapporter comment vivaient certains marginaux, que j'appelais mes « sentinelles de la rue ».

J'avais obtenu ce que l'on appelait alors un badge, délivré par la Ville de Montréal aux journalistes couvrant les activités policières et juridiques, un genre de broche en métal brillant où étaient inscrits les mots « Police reporter ». Ce sésame permettait théoriquement de franchir les cordons établis par les flics. Une chose était certaine : agrafé dans un portefeuille et exhibé prestement devant une foule, ce morceau de métal vous ouvrait le passage comme Moïse séparant les flots de la mer Rouge.

J'en étais rendu à suivre Pax dans sa lutte contre les établissements licenciés de la Commission des liqueurs, c'est-à-dire les cabarets, bars et même restaurants, dont un grand nombre d'entre eux violaient la loi en restant ouverts jusqu'aux petites heures du matin. Leur conduite, compréhensible pour des raisons purement économiques, pouvait sembler relativement anodine. Les amateurs de foutoir généralisé, éternels défenseurs des rois de la pègre, accusèrent de nouveau Me Plante d'être un puritain rétrograde et de porter atteinte à la liberté de s'amuser « gentiment » à Montréal.

Ces heures d'ouverture très prolongées engraissaient certes les tenanciers, mais coûtaient cher en services publics, et donc aux contribuables, car elles créaient pour la police un surcroît de travail onéreux auquel les administrateurs municipaux avaient beaucoup de mal à faire face en raison du manque de personnel adéquat pour exercer un minimum de surveillance aux petites heures du matin. C'était le moment où les bars dégorgeaient des hordes de soûlons titubants qui, parfois, se disputaient, se battaient et réveillaient le quartier avec leurs jurons, leurs obscénités et leurs claquements de portières.

Certains videurs, d'anciens hommes de main, tabassaient dans la rue des ivrognes sans défense, tandis que d'autres abrutis, réglaient leurs comptes à l'arme blanche ou au revolver. La «radio-police» envoyait ses voitures de patrouille dans un charivari digne des vieux films des Keystone Cops, ponctué du hurlement sinistre des sirènes et des crissements de pneus. Les habitants des quartiers visés par ces débordements, des gens de condition généralement modeste qui devaient souvent se lever de bonne heure pour aller travailler, en avaient le sommeil écourté. La liberté de s'amuser de manière peu civique des uns empiétait sur le repos des autres et, devant le nombre croissant de plaintes, Pax s'engagea résolument à refuser le renouvellement du permis de ceux qui violaient les lois de la Commission des liqueurs en n'observant pas les heures légales de fermeture; d'autant plus que les établissements fautifs hébergeaient dans leurs murs d'imprévisibles prostituées jouant les électrons libres. Ces dangers publics y pratiquaient une promotion périlleuse, ce qui ajoutait au pandémonium.

« Non seulement ces tenanciers n'en ont rien à foutre de la paix publique, mais ils encouragent un genre de prostitution sauvage et dévastatrice en permettant à de pauvres filles n'ayant pas les moyens d'être suivies médicalement de disséminer dans la population leurs gonocoques et autres microbes… », déplorait Pax, qui m'invita à le suivre de près avec des collègues dans ses expéditions de vérification d'identités. On découvrit alors que nombre d'artisans de notre *Gay Montreal*, si bien célébré par les étrangers à coups de clins d'œil vicelards et de bourrades dans les côtes, possédaient de lourds casiers judiciaires. Avec l'aide des services d'anthropométrie, il exigea que les tenanciers et membres de leur personnel aient des casiers judiciaires vierges, ce qui leur compliqua l'existence.

Les laudateurs de la pègre sortirent la grosse artillerie en vomissant à gros bouillons leurs insinuations contre Pax, de qui relevait l'octroi des permis municipaux de restaurants, bars et hôtels, et en mobilisant la presse à scandales, notamment celle de Lebourg, l'amateur de sujets lascifs qu'il appelait *prurient* en bavant de délice. Cet imprimeur de napperons de restaurants, qui voulait concurrencer les magazines masculins américains avec d'antiques presses et de l'obscénité au premier degré et demi, faisait son beurre.

Une délégation de tenanciers insista si fort pour obtenir un rendez-vous auprès de Pax qu'il consentit à les rencontrer. Ils étaient une vingtaine, dont la moitié d'entre eux environ avaient des trognes de jeu de massacre et des manières agressives, accompagnés de leur procureur, un petit avocat rouquin à l'air vindicatif.

— Hey ! Plante ! On vient te dire que la surveillance des heures de fermeture des clubs de nuit ne dépend pas de toé mais de la police de la Commission des liqueurs. Alors, ce n'est pas légal tes affaires et on va te le démontrer, déclara le porte-parole du groupe, un certain Elphège Dubeau.

— Tout d'abord, Monsieur, je ne me souviens pas avoir gardé les cochons avec vous à la campagne. Alors je ne vois pas en vertu de quel principe vous me tutoyez ou m'interpelez de cette façon… lui répondit sèchement Pax. Sachez que je ne tolère aucune familiarité.

— Tu es ben snob, Môssieur l'assistant-directeur. Dans mon livre à moi, entre Canadiens français, on se tutoie, tu le sais bien.

— Certes mais, « dans mon livre à moi », comme vous dites, cela dépend. Il est vrai que l'on se tutoie souvent entre gens de la même famille, entre amis, entre collègues. Et encore, on demande à l'occasion l'approbation des personnes en cause. Je ne vous interpelle pas en utilisant, par exemple, le terme « Hé ! Bonhomme », car je tiens à vous respecter. Je représente la loi pour tous les contribuables montréalais, vous comme les autres. En tant que fonctionnaire de la Ville, je suis à votre service, mais sans être pour autant votre domestique. Alors, dans un souci de neutralité, je vous saurais gré de ne pas faire preuve de familiarité envers moi ? Compris ?

— Wow ! Wow ! Wow ! *Môssieur l'à six temps* directeur de la police, ironisa Dubeau en croyant faire de l'esprit en rappelant à sa manière la qualité de second de Pax. J'ai des nouvelles pour vous. En sortant d'ici, étant donné le peu de collaboration de votre part, nous allons nous rendre, dré là, à l'archevêché avec 25 000 $ pour les bonnes œuvres. Vous en entendrez parler et allez bientôt devenir un assistant… sans aucun temps du tout, comme la dernière fois ! poursuivit-il en riant lourdement de ses jeux de mots boiteux.

La bande de contestataires était-elle à peine sortie que Pax décrocha le téléphone pour appeler l'archevêché afin d'informer Mgr Valois de la « manne céleste » que les tenanciers revendicateurs étaient prêts à donner aux œuvres du prélat. Dûment prévenues, les autorités ecclésiastiques firent clairement comprendre aux verseurs de bière qu'elles n'intervenaient pas dans les affaires de bars, sinon pour dénoncer les abus de leurs propriétaires. Afin de ne pas perdre la face et de justifier leur intervention, les tenanciers laissèrent tout de même quelques dollars aux représentants de l'Église en affichant une face de carême. On ne connut jamais exactement la somme du chèque si généreusement déposé pour soulager les misères du pauvre monde, mais, selon des sources bien informées, elle ne représentait qu'une portion infinitésimale des 25 000 $ dont Dubeau parlait. Une chose était certaine : Pax s'était fait d'autres ennemis mortels.

En effet, il avait toujours du fil à retordre avec les débits de boissons, licenciés comme clandestins, appelés *blind pigs*. Contre ceux qui violaient la loi, il décida d'employer le règlement municipal dit « du cadenas » qui, tel que je l'ai expliqué, constituait généralement une comédie au cours des décennies passées. Avec Pax Plante, tout établissement trouvé coupable d'une deuxième infraction à la Loi des liqueurs se voyait cadenassé pour de bon, sans porte de décor de théâtre ou de condamnation de placard à balais. Vu que les causes de la Commission des liqueurs étaient toujours entendues par la Cour des sessions de la paix et non par la Cour municipale, afin de pouvoir se conformer aux exigences que la loi lui imposait, Pax Plante demanda au greffier en chef de lui transmettre les copies des sentences couvrant ces cas.

Bien que ce fonctionnaire soit exemplaire, Pax s'aperçut au bout de quelques semaines qu'il n'en était pas de même au sommet de la hiérarchie. En effet, des patrons de la Commission des liqueurs se gardaient bien de lui communiquer l'intégralité des dossiers des endroits condamnés. Surprise ! Il s'agissait d'importants débits de boisson, dont les propriétaires étaient particulièrement généreux envers la caisse électorale. Après avoir écrit à deux reprises au greffier et n'ayant obtenu aucun résultat, car cet homme, intègre mais frileux, ne reçut jamais l'autorisation nécessaire du Procureur général, Pax et le président du Comité exécutif, Pierre DesMarais, se rendirent accompagnés du maire et du directeur intérimaire de la police, Tom Leggett, à Québec rencontrer le substitut du procureur général, Me Antoine Rivard.

Ce dernier promit de parler incessamment de ce problème à son supérieur et de leur transmettre la réponse. Le procureur général n'étant nul autre que le Premier ministre Duplessis, ils n'entendirent plus jamais parler de cette affaire. Cela n'empêcha pas Pax Plante de poser ses cadenas, au grand dam des tenanciers qui cessèrent de beugler seulement le jour du retour du directeur Albert Langlois, après que la Cour d'appel en la personne du juge Rinfret ait exonéré celui-ci en tenant compte, selon les propres termes du magistrat, de la « lenteur de son processus mental ».

Que d'histoires, cocasses ou non, me réserva la Commission des liqueurs ou CLQ ! Ses sinistres magasins comprenaient un comptoir grillagé comme celui d'un greffe de prison, animé par des commis peu motivés et d'humeur maussade, venant des coins les plus reculés du Québec. Ils étaient fréquemment recommandés pour l'emploi par quelque député local en reconnaissance des services rendus au politicien par la famille du postulant. Dans ces tristes boutiques, différentes boissons étaient proposées sur une liste affichée au mur, sans explication et suivies d'un numéro de code que l'on fournissait au préposé. D'un air conspirateur, l'homme allait chercher vos bouteilles dans la réserve et les amenait en avant comme de honteux objets dans d'anonymes sacs de papier brun ou de vieilles caisses en carton. Mieux valait savoir d'avance ce que l'on voulait et donner le bon numéro, car les commis, à de rares exceptions près, ne connaissaient rien à l'œnologie ou aux spiritueux. Ils engueulaient même parfois le client en lui recommandant de faire «comme tout le monde» et d'acheter les produits X ou Y, souvent à l'incitation des représentants des distillateurs et négociants, qui ne les oubliaient pas dans leurs prières en les récompensant, on s'en doute.

Malgré l'atmosphère de vice qui pesait sur ces lieux, malgré les airs émerveillés que prenaient les clients qui, les jours de grande demande précédant les fêtes, finissaient après une interminable attente par sortir leurs bouteilles du magasin, malgré l'air obtus des vigiles de la «Pépée» (PP) ou Police provinciale, postés aux abords des lieux pour éviter les querelles et protéger les caisses débordantes d'argent, le Québec pouvait s'estimer heureux par rapport au reste du Canada. Dans les autres provinces, facilement abstèmes, du moins de nom, se procurer des boissons alcoolisées relevait du parcours du combattant puisqu'elles avaient opté pour une prohibition ressemblant en partie à celle qui avait cours aux États-Unis. La CLQ possédait même sa Police des liqueurs, de bien braves gens souvent tentés par la corruption pour arrondir leurs fins de mois. Plusieurs de leurs collègues de la PP, les avaient devancés d'ailleurs dans la pratique du pot-de-vin. Les deux corps de police finirent par fusionner.

La PP était un poème dans les années cinquante. Dirigée par un gros propriétaire de fabrique de croustilles nommé Hilaire Beauregard, elle avait une réputation de brutalité bien établie et se distingua particulièrement à ce chapitre lors de la Grève de l'amiante à Asbestos et à Thetford-Mines, en 1949. On ne tarda guère à la considérer comme la garde prétorienne – sinon la Garde noire – du Premier ministre Duplessis. Elle matraqua à plaisir les grévistes du très catholique syndicat qui les représentait et suscita une série de protestations de la part de l'intelligentsia politique, médiatique et religieuse de l'époque. Cette grève prosaïque pour un meilleur salaire et des conditions de travail plus saines dans l'industrie de l'amiante devint mythique. Comme quoi un service public pouvait faire œuvre utile malgré ses imperfections au chapitre de l'éthique.

Certains membres de la PP arrondissaient leurs fins de mois en rançonnant les automobilistes pour des infractions réelles ou imaginaires dont les plus bénignes pouvaient se régler à l'amiable contre un billet de dix dollars. Dans les cas plus sérieux, de manière très directe, d'autres utilisaient une sorte de mot de passe en disant aux délinquants qu'ils appréhendaient : « Vous êtes le *boss*… » voulant dire par là que l'automobiliste devait lui faire une proposition pour éviter de comparaître. Avec mon tas de ferraille très fatigué, à l'éclairage peu réglementaire et aux freins à tiges constamment déréglés, je dus ainsi lâcher de nombreux billets au profit de ces agents combinards. Ces manières dignes des polices de républiques bananières devaient presque entièrement disparaître avec la fin du régime Duplessis. Une nouvelle génération d'agents plus scolarisés et mieux payés se distança de ces pratiques.

Lorsque je parlai des gestes indélicats des policiers corrompus à Me Pax Plante, il éclata d'un rire homérique en mettant mon étonnement sur le compte de ma jeunesse.

— Cela devrait te permettre d'apprécier le problème des policiers, des édiles et des magistrats vendus que je dois résoudre à mon niveau… mais, en tant que citoyen, chaque fois que tu glisses dix piastres à un « bœuf » qui te les réclame de manière implicite, tu te rends complice du système, me fit-il remarquer d'un air narquois. Alors que fais-tu pour lutter contre cette situation au lieu de moraliser ?

— Vous n'allez pas me dire que je devrais refuser de me rendre au désir de ce policier malhonnête, la main sur le cœur ? Ce serait le comble !

— Et pourquoi pas ? poursuivit Pax. Tu hésites parce que tu sais que ça te coûtera finalement plus cher en refusant, que tu perdras peut-être du temps en cour pour répondre à des accusations, parfois légitimes, parfois non fondées. Tu sais que si tu dénonces ce « bœuf » – qui ne mérite pas de s'appeler policier – tu risques d'être entraîné encore plus loin. C'est la parole d'un fonctionnaire assermenté contre celle d'un jeune homme de peu de poids et sans relations politiques. Alors tu te dis « que le diable le berce » et tu te débarrasses du problème au meilleur compte possible en lui garrochant un billet. N'ai-je pas raison ? Nous ne sommes pas d'aussi bons garçons que nous le pensons. Oui, nous devrions réagir et nous opposer à ce genre de comportement. J'en conviens, ce n'est pas facile, surtout lorsque l'on n'en a pas les moyens et qu'être honnête exige un gros sacrifice.

Je dus admettre qu'il avait raison, mais l'enfer est pavé de bonnes intentions.

Lors de son « retour », Pax garda plusieurs fers au feu, car il sentait que les vieilles forces réactionnaires, protectrices du crime organisé, le guettaient dans l'ombre. La victoire de Jean Drapeau avait été facilitée par le retrait de la vie publique du maire Camillien Houde, qui n'avait été qu'égratigné par le rapport du juge Caron, mais dont la santé périclitait. Les forces de l'ombre surveillaient la nouvelle administration. Ces forces représentaient un « bizness » de grande envergure. Les chroniqueurs rapportaient qu'avant l'époque Drapeau-Plante plus de trois millions huit cent mille clients fréquentaient des établissements illégaux qu'étaient les salles de jeu, *bookmakers*, *blind pigs* et bordels. Ce chiffre représentait trois fois la population de Montréal !

Lorsque l'on apprit que les établissements de jeu et les tripots généraient à eux seuls un chiffre d'affaires de plus de cent millions de dollars par année à la fin des années 1940, personne ne contesta ce montant, qui rivalisait avec celui de plusieurs industries d'importance, dont celle du *rag business* – le prêt à porter ainsi que le « sur mesures ». Il fallait faire preuve d'angélisme pour s'imaginer que les *boys* allaient sagement mettre un terme à leurs activités, surtout qu'une bande de nouveaux riches, issus des milieux du marché noir du temps de guerre, possédaient des réserves d'argent gagné facilement. Ces personnes ne demandaient pas mieux que de le flamber.

— Regarde-moi ça… Encore des sornettes pour nous mettre des bâtons dans les roues ! me fit remarquer Pax Plante en me montrant la manchette du

Herald annonçant que l'un de ses reporters avait aperçu un autocar Greyhound rempli de dames de petite vertu quittant Montréal pour aller exercer leur activité à New York.

— Et comment savent-ils qu'il s'agit de professionnelles ? lui demandai-je.

— Ce quotidien populacier de langue anglaise fait semblant d'approuver nos travaux de nettoyage, mais, subtilement, signale la pénurie appréhendée de prostituées qui menacera bientôt la ville et fera regretter le temps de la grande licence du *Red Light*. Une bonne partie du public affectionne de telles hypocrisies. Que l'histoire soit vraie ou non, c'est peu important. En effet, le reporter du *Herald* n'a certainement pas demandé aux passagères de l'autocar en question quel était leur métier. Peut-être se trouvait-il deux ou trois racoleuses connues dans le véhicule et ils ont transformé cela en exode.

— Bien malins ceux qui peuvent se vanter d'éliminer totalement la prostitution…

— Une chose est certaine, reprit-il, elle est aussi vieille que le monde et ne sera jamais éradiquée à titre privé, car la demande est constante ; c'est lorsqu'elle prend des proportions industrielles au profit du crime organisé avec l'assentiment des autorités abondamment graissées par la pègre qu'il faut intervenir.

— Mais où veut en venir au juste ce journal ?

— Cette feuille laisse entendre que depuis que nous sommes à l'hôtel de ville plus rien ne va dans les cabarets et que la clientèle en moyens qui laissait de gros pourboires a été remplacée par celles des dames patronnesses et des quidams au budget restreint qui consomment un unique cocktail ou une petite bière et donnent quinze sous de *tip* aux serveurs alors que les riches étrangers leur font cadeau de gros billets. Bref, si l'on en croit le *Herald*, la raréfaction des bordels risque de ruiner l'économie montréalaise et surtout sa réputation de ville *Oh là-là ! So French, you know*… Pas très flatteur pour nous, n'est-ce pas ? D'autant plus qu'il reste les réseaux de *call-girls*…

— Mais ces réseaux ne sont-ils pas marginaux et se trouvent-ils vraiment sous l'influence du crime organisé ? lui demandai-je.

— Sans aucun doute. À part quelques courtisanes autonomes, des demi-mondaines comme les appelaient les Français au début du siècle, les malheureuses qui font partie d'une organisation de vice commercialisé sont des marionnettes de la pègre. Elles engraissent les mères maquerelles et les proxénètes de la même manière que le font les péripatéticiennes de base, sur le trottoir et dans les bordels, mais de manière moins sordide, m'expliqua-t-il. Tout comme les maisons de jeu, de pari et de débauche ordinaires, pour réussir ces commerces doivent se faire connaître. Dès qu'ils s'annoncent suffisamment pour que les clients se présentent, comment peut-on s'imaginer que la police, avec ses informateurs et les plaintes qu'elle reçoit de la part du public, ne soit pas la première à être informée ?

— N'est-il complexe de monter une cause bien étayée avec ces réseaux ? lui demandai-je.

— Cela requiert beaucoup de temps et d'observation, répondit-il, car il s'agit d'un travail de simple police. C'est ainsi que j'ai pu découvrir la « centrale » de Madame Anita, qui avait pignon sur rue dans l'avenue du Parc, près de Milton. Il avait suffi d'observer les lieux, le va-et-vient du personnel et des clients. Parmi ceux-ci, se trouvaient des représentants de maisons de commerce venant acquitter leur facture pour « services rendus » et « distractions artistiques ». À la suite de notre descente, nous avons découvert un stock de boissons alcooliques et même des stupéfiants.

Le plus intéressant a été un ensemble de documents et de carnets d'adresses contenant les noms et coordonnées non seulement de «pensionnaires», mais ceux de personnalités des mondes financier et politique, pratiquement intouchables. Nous avons également trouvé une espèce de catalogue des courtisanes avec leur description physique et leur origine ethnique, pour les amateurs d'exotisme. L'endroit était connu de plusieurs reporters laudatifs du monde interlope qui gagnaient leur vie en vantant les avantages des cabarets les plus luxueux comme les plus minables, à condition que les tenanciers se montrent généreux sur les consommations gratuites et les services en nature.

Il me raconta alors comment certaines de ces jeunes et moins jeunes personnes n'étaient ni des courtisanes ni des cocottes professionnelles mais des femmes de bonne réputation qui avaient été attirées subtilement par Madame Anita dans ce commerce. Lorsque Pax s'était mis à vérifier l'identité des femmes offertes à la convoitise des clients de la tenancière, il s'était aperçu avec stupeur que si certaines d'entre elles étaient des racoleuses haut de gamme connues de ses services ou quelques rares créatures nymphomanes ou carrément vicieuses profitant de l'occasion pour consolider leur compte en banque, d'autres étaient de prosaïques employées de commerce, des jeunes femmes aventureuses et même des dames mariées recrutées par la patronne pour des occasions spéciales. Ces personnes, apparemment sans propension à la prostitution, avaient été attirées généralement par une amie à la suite d'une réception dans un grand hôtel, donnée à l'occasion d'une assemblée politique ou commerciale ou de quelque congrès. Elles avaient flirté ou dansé avec des messieurs de bonne compagnie qui, à la fin d'une soirée de danse, les avaient invitées à « se reposer dans leur chambre ».

Ce prétexte ne donnant pas toujours de résultats, lorsque ces dames ne succombaient pas le premier soir, il y avait toujours une prétendue amie pour les relancer ultérieurement en leur faisant savoir qu'elles étaient tombées dans l'œil d'un tel *gentleman* précédemment rencontré, qui avait demandé à Madame Anita de tout faire pour les revoir. Certaines voyaient là l'attrait de l'interdit, la possibilité d'une aventure pouvant pimenter leur vie amoureuse ; d'autres échaudaient des rêves de prince charmant ; d'autres enfin, simplement vénales, se réjouissaient d'avance de l'argent qu'elles pouvaient récolter sans trop d'efforts.

Selon des témoignages que j'avais recueillis, j'avais découvert qu'une fois engagées dans cette voie il était très difficile pour ces femmes d'en sortir. Un vieux principe du petit monde de l'illégalité veut que lorsque l'on accepte des faveurs du milieu interlope, on ne puisse « quitter le navire » et refuser l'argent ou les cadeaux qui, hier encore, faisaient si bien votre affaire. Les protestataires ou celles qui voulaient laisser tomber leurs activités illégales se faisaient menacer de chantage.

Par exemple, on demandait à la gentille secrétaire de réfléchir à ce que penserait sa famille, ses amis et son fiancé en apprenant qu'elle faisait la retape sous couvert d'heures supplémentaires. Ou encore à la fidèle épouse présumée ce que dirait son cocu de mari lorsqu'il apprendrait que sa femme faisait la pute dans les grands hôtels ? Le registre de Madame Anita comptait plus de trois cents noms de praticiennes d'amour tarifé et était tenu avec une rigueur actuarielle, mais, si l'on poussait un peu la recherche dans les intéressants petits carnets qui l'accompagnaient, on pouvait se rendre à plus de deux mille noms ! Une telle abondance de recrues exigeait donc une administration de moyenne entreprise que seule une organisation comme celle des *boys* et Compagnie pouvait gérer avec efficacité.

Ces listes, qui avaient été épluchées par Pax Plante, lequel considérait les 300 principales « pensionnaires » de Madame Anita davantage comme des victimes que comme des coupables, suscitèrent le questionnement d'un certain Jacques Sauriol dans l'hebdo *Nouvelles et Potins*, une feuille que l'on appelait volontiers « Poubelles et Crottin » ; sans prétendre être la publication canadienne la plus scandaleuse, elle ne cessait de critiquer l'administration Drapeau. Elle titrait dans un style populaire : « La liste des 300 *call-girls* de Pacifique Plante : un *fake* (du bidon) ! » On aurait pu ajouter un beau blasphème au bout, une éructation prolongée et cela aurait donné une manchette encore plus commerciale. L'éditeur de *L'Écornifleur*, Adélard Lebourg, le Hugh Hefner du pauvre, qui ambitionnait toujours faire la nique au magazine américain *Playboy*, exprima son assentiment sur cette question dans sa feuille de chou en noir et blanc aux caractères d'imprimerie mâchurés.

Il n'était pas le seul. Même *The Gazette*, le très conservateur quotidien anglophone, donna la parole au commissaire Lucien Croteau, qui demandait à ce que Pax Plante fournisse « un rapport complet » sur l'affaire des *call-girls* et qu'il soit censuré ! C'était le comble. Et pourquoi censurer un directeur adjoint à la police ? « Pour avoir jeté du discrédit sur les employées de bureau », expliquait le journal. *Dimanche-Matin* tartina dans le même sens. Il était curieux de voir que, si l'on exigeait la censure du porte-dossier, on n'en exigeait pas moins le dépôt d'un rapport. Les plus enragés exigeaient des noms, des noms ! On s'en pourléchait d'avance les babines. « Ah ! les petites *vlimeuses*… On va les connaître, ces filles démoniaques qui ébranlent les remparts de la moralité publique ! » On voulait leur voir la face, le reste et, pourquoi pas, obtenir leur adresse et leur numéro de téléphone… afin de les ramener dans le droit chemin, bien sûr. La chasse aux « chèvres-émissaires » était ouverte sous couvert de défense de la vertu.

Pax Plante n'avait pas l'intention de tomber dans ce piège grossier ni d'accabler les malheureuses femmes, surtout les « occasionnelles », tombées dans les griffes d'une vulgaire mère maquerelle, aussi emperlée et aussi copine ait-elle pu être avec des personnes haut placées. Le commissaire Croteau aboyait que ces 300 noms n'existaient pas. Le 19 septembre 1955, il obtint du Comité exécutif que l'on exige un rapport de Pax Plante sur la déclaration. Pax prouva à Pierre DesMarais que la liste était des plus conservatrices, car, si le registre des charmantes et moins charmantes travailleuses d'alcôves de dame Anita mentionnait quelque trois cents adhérentes, on savait qu'en ajoutant celles des petits carnets on dépassait deux mille *call-girls* aux apparences et aux talents divers pouvant satisfaire les fantasmes les plus débridés de la clientèle.

« Pourrais-tu passer me voir à mon bureau avec tes listes ? demanda Pierre DesMarais à Pax. Je veux les montrer à Croteau pour lui clore le bec… » Pax accepta. Peut-être émoustillé par la sulfureuse nomenclature, le commissaire Croteau devint apoplectique mais refusa néanmoins d'admettre que sa contestation n'avait aucun sens et que l'on ne visait pas davantage les employées de bureau que les embouteilleuses de bière. « Il a réagi comme ces animaux de compagnie qui se sont oubliés sur le tapis et à qui on met le nez dans leurs crottes pour les dresser… » remarqua Me Plante, qui trouvait constamment le commissaire sur sa route.

Nulle attaque n'était épargnée au tandem Drapeau-Plante. C'est ainsi que, après avoir retrouvé en 1954 le poste qu'il devait perdre en 1958, Me Pacifique Plante apprit qu'un pompier à la retraite qu'il ne connaissait ni d'Ève ni d'Adam demandait sa destitution par l'entremise de Lucien Croteau, toujours sur la brèche. En effet, un bref de *quo warranto* avait été émis contre lui. Il s'agit d'un recours exercé contre une personne occupant irrégulièrement une charge publique dans l'objectif de la lui faire perdre pour cause d'usurpation, puis de la confier à une personne réputée compétente.

J'eus la curiosité de m'enquérir de la personnalité de ce pompier soudainement devenu juriste par suite d'une vocation tardive. Il s'agissait d'un innocent grand-père que l'on avait manipulé pour servir d'homme de paille. L'avocat de la partie adverse, un ténor du Barreau, eut beau retourner cinquante ans en arrière dans la jurisprudence afin d'appuyer la prétendue opinion légale du pompier, il n'y parvint pas. Le vaudeville se poursuivait parmi les rangs des amis du friforolle et des défenseurs des *boys* et devait se poursuivre jusqu'au remplacement de l'administration Drapeau par le passage du clownesque sénateur Sarto Fournier à l'hôtel de ville de Montréal – une période que l'on devait très vite oublier.

Chapitre 12

Le retour de Pacifique Plante, ce chevalier blanc et mentor à figure de père, m'ouvrait certaines portes dans le milieu faisandé des activités illicites. J'appris à me méfier des «confidences» de citoyens bien intentionnés, qui ne sont souvent que des bombes à retardement pour faire avancer des causes politiques ou servir des intérêts personnels. J'appris aussi à désamorcer ces pièges à feu que sont les rumeurs et les on-dit. Mon passage dans les asiles de nuit m'avait déjà mis en garde. Toute erreur pouvait mal finir pour le chroniqueur juvénile que j'étais, surtout lorsque je sus que nos malfrats locaux fricotaient allègrement avec la mafia italo américaine. Mon expérience avec les magouilleurs de Longueuil-Est m'avait bien préparé à toute éventualité. Je découvris toutefois que mes organisateurs d'élections de la Rive-Sud n'étaient que du menu fretin.

Le gérant d'une prétendue société d'import-export, portant le nom prétentiard de Fantabulous Imports mais qui n'était qu'une officine de vente téléphonique à pression de titres boursiers bons à tapisser les murs, m'avait confié que Carmine Galante, dit Mister

Lillo, c'est-à-dire « Le cigare », *consigliere* du chef de la famille new-yorkaise dirigée par Joe Bonanno, était arrivé à Montréal en 1953 afin de faire le point et de diversifier les investissements de son *boss*. Quoique de petite taille, Galante avait une réputation de teigneux dans le milieu. On lui imputait quelque 80 règlements de compte dont celui, en 1943, d'un journaliste italo-américain de gauche, Carlo Tresca, qui avait osé critiquer dans son hebdomadaire *Il Martello* (le Marteau) l'admiration que Joe Bonanno portait au dictateur italien Benito Mussolini. Ce meurtre avait, dit-on, été ordonné à distance par le caïd Vito Genovese, réfugié alors en Italie et grand ami du Duce. Même en pleine Deuxième Guerre mondiale, la Cosa Nostra frappait au-delà des océans.

Aidé des *boys* montréalais, Vic « The Egg » Cotroni et Luigi Greco, Galante s'assura une prise certaine de son organisation sur les activités régionales. Parmi ses comparses au Canada, il convient de noter un autre mafioso ambitieux, John « Pops » Papalia, qui faisait la loi en Ontario, notamment à Hamilton, et qui devint l'un des artisans canadiens de la fameuse *French Connection* – la « Filière française ».

Comme il se doit, toute organisation mafieuse doit avoir ses commerces légitimes. Associé à Luigi Greco et à d'autres caïds, Carmine Galante possédait entre autres, l'élégant restaurant *Bonfire*, boulevard Décarie. Il ne fallait jamais attendre bien longtemps avant d'apercevoir dans le stationnement de cet établissement quelque grosse Cadillac noire transportant des personnages sortis tout droit d'un film, avec leur petit chapeau canaille à la Frank Sinatra, leurs lunettes noires et leur costume sombre. Au *Bonfire*, on discutait beaucoup « bitziness », comme disaient certains vieux Calabrais, mais, à part ces conciliabules qui ne le concernaient pas, le grand public pouvait compter sur un service courtois et une cuisine honnête. Je traînais assez souvent mes bottes dans ce lieu électrisant pour me mettre dans l'ambiance, mais il convenait, on s'en doute, de ne poser des questions qu'avec la plus grande prudence et en choisissant bien son interlocuteur.

En flânant un peu plus longtemps, on risquait de croiser au *Bonfire* Vic Cotroni, que les journalistes complaisants désignaient servilement comme « l'homme d'affaires favorablement connu », Luigi Greco ou tout autre *big shot* ayant des intérêts dans la compagnie financière Alpha Investment Corporation, une société que Pax Plante n'aurait pas recommandé aux petits retraités et à qui je n'aurai pas voulu devoir de l'argent que j'aurais été incapable de rembourser.

Mais la plus grande réussite de Galante se révéla être l'établissement de la *French Connection*. En 1954, en compagnie de Frank Pretula, surnommé plus tard Be-bop Pretula (pour rappeler la chanson rock popularisée par Gene Vincent et Elvis Presley, *Be-bop-a-Lulla*), Carmine Galante se rendit en Italie pour discuter de la mise en œuvre de la filière en compagnie de Lucky Luciano, à Naples. Ce dernier avait été déporté par les États-Unis en 1946. L'opium, provenant d'Extrême Orient et de Turquie, devait être traité à Marseille sous la supervision du célèbre clan corse des Guérini, pour être transformé en héroïne. On estime que, vers 1956, soixante pour cent de l'héroïne consommée aux États-Unis transitait par Montréal. Les *boys* montréalais, avec notamment Vic Cotroni en guise de «parrain», jouaient maintenant dans les Ligues majeures du crime organisé, aux enjeux encore plus violents que ceux des paris, de la prostitution ou du trafic d'alcool. Pour son retour, Pax avait là un singulier cadeau.

Il faut dire que Pretula connut le prélude à son Waterloo lorsqu'il flanqua une raclée à un indicateur et essaya même de l'écraser avec sa voiture. La police, notamment la Gendarmerie royale, qui attendait que ce personnage montant du milieu commette ce genre d'erreur, effectua une descente dans sa luxueuse propriété de Beaconsfield où, faute de stocks d'armes ou de drogues, on découvrit un petit coffre fort bien dissimulé contenant la somme de 18 000 $ ainsi que des documents compromettants pour certains politiciens, fonctionnaires en vue et même par des journalistes. Il s'agissait notamment d'une *Ice list*, ou « liste de corruption », indiquant les personnes ayant reçu certaines sommes pour faire baisser la pression exercée par les autorités sur les activités des *boys*. Le mot *ice*, soit « glace » en anglais, faisait allusion à celle que l'on applique pour diminuer l'enflure sur un membre. En d'autres termes, lorsque la pression était trop forte, il y avait toujours moyen de la faire baisser en glissant des poignées de dollars aux endroits stratégiques des machineries administrative, politique et journalistique. On rapporta que Pretula aurait offert aux policiers les 18 000 $ qui se trouvaient dans son coffre, une somme rondelette, pour qu'ils oublient la liste plutôt accablante pour le milieu interlope. Malheureusement pour lui, il était tombé sur des représentants de la loi parfaitement intègres.

Cette documentation, un cadeau pour tout bon flic, répertoriait non seulement les adresses et les numéros de téléphone des rois de la pègre, mais aussi une belle brochette de malfrats locaux et de la Cosa Nostra américaine. On retrouvait aussi dans cette liste deux officiers pourris de la Sûreté du Québec, qui ne furent jamais inquiétés (l'un d'entre eux finit même sa carrière à la tête d'une agence de sécurité), ainsi que plusieurs membres du Comité exécutif pratiquant l'obstruction systématique la plus acharnée. Il faut préciser que, bien que Pierre DesMarais dirige le Comité, celui-ci ne comptait guère plus de 28 membres de la Ligue d'Action civique du maire Drapeau pour soutenir la nouvelle administration. Enfin, dans la liste de corruption de Pretula apparaissaient les noms de neuf journalistes ayant toujours un bon mot à dire sur les *boys*. Pour le bénéfice des incorruptibles limiers, on obtenait en prime une liste de jolies filles, amies de ces Messieurs. Certaines étaient propriétaires de salons de massage et d'instituts de beauté, dont l'un devint une fabrique de cosmétiques, après que sa patronne eut ruiné avec l'aide de la pègre son fondateur, un négociant en produits naturopathiques de renom.

Ce qui était le plus intéressant, c'était le montant des sommes distribuées à ces personnages compromis allant du cadre municipal ou de l'officier de police à la brute anté-néandertalienne. On y apprenait combien étaient rémunérés les « organisateurs d'élections » répartis en bandes qui votaient plusieurs fois ou bourraient les urnes, combien on défrayait leur matériel roulant et même combien avaient coûté les sandwichs. Si les babouins de base étaient rétribués 15 ou 20 $, les gros bonnets, qui étaient au nombre de 13, empochaient entre 1 500 et 16 000 $.

Ce bottin du demi-monde du Tout-Montréal aurait suffi à attirer sur Pretula une mitraille nourrie pour avoir eu l'imprudence de mal dissimuler ces papiers compromettants pour le milieu et ses petits amis. Pour rajouter des ampoules sur les ulcères d'estomac du caïd, en mars 1956, celui qui portait fièrement le titre de « *boss* de la Bande de l'Ouest », fut soupçonné de fraude fiscale pour une somme de plus de 220 000 $ par le ministère du Revenu du Canada. Mais, si les « Feds » ne parvinrent pas à le neutraliser, d'autres s'en chargèrent. Pretula s'évapora comme du camphre le 24 juin 1958, avant de pouvoir rencontrer le procureur de la Couronne afin de s'expliquer. On croit qu'il finit avec des brodequins de ciment quelque part au fond du Saint-Laurent ou d'un lac isolé des Laurentides, car on ne retrouva jamais son corps.

Pour Pax Plante, il était trop tard pour se réjouir. Congédié pour la deuxième fois comme un domestique lors de l'accession à la mairie de Sarto Fournier en 1957, le directeur adjoint de la police ne déplora pas la disparition de Pretula, que j'avais pu croiser à plusieurs reprises au *Bonfire*. Personnellement, j'aimais bien Be-bop Pretula, surtout pour son décorum mafieux. Il me faisait penser à l'acteur Paul Muni dans *Scarface*. Il assumait courageusement son rôle de *tough guy*, de gangster, et ne jouait pas les vertueux, contrairement à certains faux dévots qui hantaient l'administration municipale et avaient le don de se reproduire à toutes les générations. Le regard torve, toujours bien mis, souvent accompagné d'un porte-flingue, l'homme perpétuait la grande tradition du *hoodlum* nord-américain. Les autorités ne furent donc pas surprises qu'il finisse selon les règles implacables qui régissent le milieu.

J'appris davantage de Me Pacifique Plante que de mes professeurs, car il se révéla un mentor pour moi, un maître sévère, peut-être un peu trop traditionnaliste et vieux jeu mais un maître. Il avait de la Loi un point de vue rigoriste à l'ancienne et méprisait les juges aux yeux mi-clos que les avocats de la pègre choisissaient pour assurer le jeu de chaises musicales favorable aux tenanciers de paille, qui s'en tiraient avec un léger cautionnement et pouvaient être condamnés des dizaines de fois sans se retrouver en prison. Depuis son retour de sa traversée du désert et au cours des années où le régime Duplessis le laissa travailler en lui mettant constamment des bâtons dans les roues, je le vis vieillir de dix ans. Après s'être étiolé dans les années trente et quarante dans les obscurs bureaux du contentieux de la ville et avoir observé la chienlit qui régnait dans l'administration et la police, on pouvait peut-être reprocher à Me Plante une soif de reconnaissance qui le poussait à faire parler de lui et à rechercher le scintillement des flashes et l'œil de cyclope des caméras. La tentation était bien humaine. Il avait toutefois réussi à réhabiliter quelque peu une justice bien malmenée à Montréal au fil du demi-siècle passé.

La première ère Drapeau tombait mal pour le crime organisé. La ville grandissait et le graissage de pattes allait bon train dans le changement de zonage des territoires agricoles ou résidentiels en territoires industriels, car les spéculateurs se procuraient tous les terrains qu'ils pouvaient. Si ce genre de collusion ne cessa pas, elle devint plus complexe à pratiquer. Pendant que le nouveau maire s'attirait la sympathie des Montréalais en planifiant de grands travaux comme le boulevard Métropolitain, en s'ingéniant à faciliter la circulation urbaine et en encourageant dans la population la vaccination antipoliomyélitique du Dr Salk, il affirmait son caractère autoritaire. Entre autres il licencia sans remords 200 éboueurs de la municipalité pour les remplacer par des opérateurs du secteur privé et refusa de faire financer par la Ville près de 700 000 $ de subventions à des organismes d'aide aux nécessiteux sous prétexte que ces œuvres relevaient du gouvernement québécois et non de Concordia. Son projet de voies rapides faisant du Mont Royal une piste d'accélération bruyante et polluée annonçait son amour des grands projets. Il devait répondre ultérieurement à ses critiques et aux citoyens protestataires que, cinquante années plus tard, leurs descendants oublieraient les sommes dépensées pour ces travaux pharaoniques – même ceux d'une utilité discutable – et qu'ils se souviendraient de son administration comme on se souvient des empereurs qui, à Rome, ont édifié la Colonne Trajane ou le Colisée. Fort heureusement, les voies rapides du Mont-Royal que le maire Drapeau avait projetées suscitèrent un tel tollé de protestations qu'elles ne prirent que l'allure d'un boulevard à la vitesse contrôlée franchissant la montagne.

Malgré ces bémols, tel un petit coq de combat, le maire Drapeau secondé par son équipe, dont Pacifique Plante, avaient abattu beaucoup de travail en trois ans et asséné de solides coups de semonce à la pègre, qui afficha pendant tout ce temps un profil surbaissé. Le maire, qui faisait parler beaucoup de lui dans la province, commençait à agacer l'autocratique Premier ministre Duplessis, qui ne tolérait pas la concurrence et n'appréciait pas la manière dont Drapeau s'opposait aux pots-de-vin électoraux et autres combines du genre. Pour accroître l'antipathie qui existait entre les deux politiciens, Jean Drapeau s'opposait à la mise en œuvre du Plan Dozois, qui proposait dans un quadrilatère défavorisé de l'Est montréalais la destruction de taudis et leur remplacement par des logements à loyer modique. Ce projet, qui avait pourtant l'appui de Duplessis et du gouvernement fédéral, ne semblait pas suffisamment prestigieux pour le maire, qui craignait que ces HLM ne deviennent une sorte de ghetto ou de Cour des miracles.

Le premier magistrat ne tarda pas à être décrit par la minorité d'anglophones soutenant Duplessis comme un être dénué de compassion et préférant la gloriole suscitée par les grands travaux plutôt que le bien-être des gens de peu de moyens. D'autres, partisans du sempiternel *Montreal-So-French Oh Là-là!* traitèrent Drapeau de rabat-joie. Monsieur le maire n'était pas trop souriant, mais il était partout et savait remuer les foules. Aussi, craignant que Drapeau ne le supplante, Duplessis fit donner la grosse artillerie aux élections municipales de 1957 afin de soutenir le sénateur Sarto Fournier. Sortis des tavernes de Montréal-Nord et des barbottes volantes de la Rive-Sud, les fiers-à-bras habituels saccagèrent les bureaux de Jean Drapeau et bourrèrent les urnes de «télégraphes», ces bulletins de vote obtenus de manière frauduleuse déjà marqués d'une croix ou d'un crochet en faveur de Sarto Fournier. On ridiculisa également Drapeau sur des affiches de propagande, le montrant sous un jour de mini-Hitler, l'air sinistre, avec un brassard à croix gammée. Il est vrai que le maire sortant était, dit-on, surnommé affectueusement par des personnes de son cercle d'intimes *Tite face de Criss* à cause de son air renfrogné et que plusieurs photos le montraient gesticulant et saluant, le bras droit levé, à la romaine.

Comme par miracle, Fournier, ce candidat anodin, ce quasi-homme de paille qui s'était déjà ramassé des vestes lors d'élections municipales précédentes, parvint avec son Ralliement du Grand Montréal à battre Drapeau par 4 300 petites voix. Et après ? C'était méconnaître la pugnacité du perdant qui, immédiatement, préparait déjà l'avenir en organisant des réunions d'information où il attaquait son adversaire. Grâce à Drapeau, on se souvient surtout des bouffonneries de Sarto Fournier comme la fois où, émoustillé par la visite officielle d'une starlette à l'hôtel de ville, le sénateur prit le Livre d'or des visiteurs célèbres et le posa par terre pour que le petit chien de la sémillante personne puisse y laisser l'empreinte de sa patte en compagnie de celles des importantes personnalités qui avaient honoré la métropole de leur présence.

Bref, Drapeau ne perdait pas de temps et préparait les prochaines élections qu'il devait remporter en 1960. Il délaissa la Ligue d'Action civique pour créer le Parti civique, consolida son emprise sur le Comité exécutif où ses hommes tinrent tête à leurs opposants fournieristes et s'engagea à remettre à leur place les caïds du crime organisé qui redressaient fièrement la tête après avoir été malmenés par Pax Plante. Ce dernier, épuisé, délaissé par son ami Drapeau, qu'il avait pourtant si bien aidé, ne retrouva d'ailleurs pas son poste. Pax avait beaucoup servi mais faisait de l'ombre à une administration dont il était une sorte de faire-valoir. En 1958, rassemblant ses biens de famille, il s'exila non point vers l'Australie, comme il en avait eu l'intention la première fois qu'il avait été évincé, mais vers le Mexique. « Que le diable les berce tous ! » déclara-t-il en guise d'oraison funèbre en faisant le bilan d'une carrière mouvementée qui ne lui avait apporté en fin de compte que des ennuis. Pour comble de malheur, la pègre vengeresse, qui pourtant ne menace que rarement les policiers honnêtes, lui faisait parvenir des messages ambigus et menaçants.

« Je ne veux plus rien savoir, mentionna-t-il lors de notre dernière rencontre. On m'offre là-bas un petit domaine pour le prix d'une cabane chez nous. Avec le français et le latin de mes jeunes années, je n'aurai pas de mal à apprendre l'espagnol. L'histoire et la mythologie aztèque me passionnent. Quetzalcóatl ou Tlatlauhqui Tezcatlipoca m'éviteront de ressasser le passé et de faire constamment revivre nos vieilles divinités maléfiques que j'appelle « Yavékapa et Torédondû ». Je suis fatigué. J'ai 51 ans et je suis las de me battre. *Adelante y Arriba México !* » conclut-il.

J'avais perdu comme un père. Je ne devais le revoir que quinze ans plus tard dans un bled mexicain, alors qu'il préparait un autre retour.

Je gardai de nos fréquentations des tuyaux chez les policiers honnêtes et chez les malfrats, mais je dus tout de même me rabattre sur une vieille source de nouvelles, la Cour municipale, qui me permit d'alimenter une chronique que j'intitulais « Les joyeusetés du prétoire », avec ses cas de gens « trouvés dans maison » (de débauche), « coupables avec explications » (avec circonstances atténuantes) ou incapables de comparaître pour raisons psychiatriques.

Les joyeusetés visaient les réparties naïves des accusés dont certains portaient des noms historiques ou prestigieux au point où l'on se demandait comment, par exemple, un Monsieur de Maisonneuve ou une Madame de Champlain pouvait se retrouver parmi les justiciables ou les victimes. Le travail des avocats pour neutraliser les preuves offrait souvent un spectacle cruel lorsque des témoins, peu instruits, étaient impressionnés par le décorum. Les procureurs de la défense mettaient en doute leurs moindres affirmations en leur posant des questions piégées et en les menaçant en des termes ambivalents de représailles juridiques en cas d'erreur. Le malheureux s'égarait, se dispersait, se faisait rappeler à l'ordre ou admonester par ces ténors du Barreau dont l'unique but était d'invalider le témoignage ou de laisser planer le doute. « Selon que vous serez puissant ou misérable, les jugements de cour vous rendront blanc ou noir », apprenait-on au collège parmi les Fables de La Fontaine. Mais les avocats recouraient également à des stratagèmes de leur cru capables de soulever l'hilarité sans porter préjudice à qui que ce soit, sinon à la faiblesse ou à la bêtise humaine.

Au palais de justice, je croisais dans la salle des pas perdus une vieille connaissance, Leilah Soutab, une Libanaise que j'avais un peu fréquentée au temps de mes splendeurs est-longueilloises et avec qui j'avais eu une aventure d'un soir alors que tous deux tentions d'oublier nos déboires réciproques. Moi après m'être fait expulser de la Rive-Sud par la mafia politique locale et elle en perdant son riche fiancé pour des questions religieuses. Elle connaissait alors son heure de gloire en apparaissant sur des affichettes un peu partout en ville – surtout dans les transports en commun. Lascivement étendue, elle faisait de la publicité pour les dessous féminins Moon Mart avec une sensualité toute orientale. Aux dernières nouvelles, elle tenait une boutique de frivolités, Sapho's Dream, rue de la Montagne. Je la trouvais un peu empâtée mais encore très attirante et consciente de son pouvoir sur les hommes.

— As-tu toujours ton magasin ? lui demandai-je.

— Non, j'ai dû m'en débarrasser pour aider mon frère Bob-el Qabadây qui avait des ennuis d'argent.

— La dernière fois où tu m'en a parlé, je pensais qu'il roulait sur l'or.

Bob Soutab, dit el Qabadây, était une légende en ville. Après s'être mis en cheville avec des maisons de prêt-à-porter françaises, il avait établi une chaîne de boutiques concurrençant celles des rois de la fripe montréalaise. Il avait d'abord connu un grand succès. Avec des envies de champagne mais un budget toute juste suffisant pour se procurer des boissons gazeuses, il élabora toute une technique reposant sur les apparences. Dès qu'il se crut arrivé, Bob loua une résidence princière à

Westmount ainsi qu'une Rolls Royce. Ce bonhomme courtaud, rondouillard, les cheveux brillantinés, qui avait commencé comme commis de magasin de mode, paradait volontiers dans les milieux artistiques, se débrouillait pour passer fréquemment à la télévision et faisait figure de prince oriental ayant ses entrées dans le milieu fermé du commerce de luxe parisien. Multilingue, c'était un genre de vendeur de tapis très efficace qui avait organisé une foule de montages financiers ainsi que des collectes de fonds pour toutes sortes de bonnes causes qui ne voyaient que rarement le jour, sinon pour garnir ses poches.

— Il y a eu des retours de flammes lorsqu'il a escroqué ses commanditaires, reprit-elle en riant, comme si les actes répréhensibles de son frère n'étaient que des farces de collégien.

— Et qu'est-il devenu ?

— La famille Soutab, dont moi-même, l'avons aidé à décamper vers le Sud. Il devait de l'argent à tout le monde ; alors il a ramassé ce qui lui restait et l'a fait parvenir à la Banco del Grano à Guatemala City. De là, il passera peut-être au Brésil. C'est le bon moment. Il y a des événements qui se préparent dans ces pays…

Je retrouvais la Leilah prédatrice et intéressée que j'avais connue à Longueuil-Est. Elle semblait se réjouir de l'instabilité endémique qui régnait dans les pays d'Amérique centrale et du Sud et qui permettrait à sa canaille de frère de rebondir une fois de plus.

— Et que fais-tu pour gagner ta vie, maintenant ? lui demandai-je.

— Je suis agente, répondit-elle. J'aide des jeunes femmes à démarrer dans les affaires.

— Je ne te connaissais pas ces talents de conseillère commerciale, lui fis-je remarquer. Et dans quel genre d'affaires ?

— Le commerce de mode et aussi des trucs comme des salons de beauté et des instituts de psychologie féminine, répondit-elle en demeurant volontairement vague. Ainsi j'emploie des enquêteuses et des rechercheuses en Public relations, en relations extérieures si tu préfères, pour de grands patrons. J'ai de nouveaux locaux. Je te les montrerai.

— Bonne idée ! Tu as certes établi là un redressement extraordinaire, lui dis-je, admiratif. As-tu fait des études en marketing et en gestion ?

— Certainement ! affirma-telle d'un air qui sonnait faux. Allez hop ! Je t'emmène pour te montrer tout ça, me dit-elle joyeusement.

Elle me fit monter dans une superbe décapotable Oldsmobile 98 d'un bleu dit « des Mers du Sud », dont le bas de la carrosserie était ceint d'une bande de chrome de plus d'un pied de largeur, probablement en option. Cette belle américaine, conduite par une orientale aux charmes certains, attirait des regards envieux et je dois avouer que je n'étais pas peu fier. Elle me passa le volant et je pus apprécier la puissance tranquille du gros moteur et la douceur crémeuse de la transmission automatique de cette voiture aux antipodes de ce qu'était mon pauvre tas de ferraille.

— Eh bien ! Leilah, lui fis-je remarquer, les affaires semblent bonnes… Tes nouvelles occupations me semblent plus rentables que tes activités de mannequin pour Moon Mart ou la vente de frivolités…

— Le tout est d'avoir la bonne touche et le sens du commerce, déclara-t-elle non sans emphase. J'aime être indépendante. J'ai trop longtemps travaillé pour les autres. Maintenant, c'est à mon tour de faire travailler des gens pour moi.

Nous sommes arrivés à ses bureaux, coquets mais exigus, situés dans le nord de la ville. Le central téléphonique se résumait à quatre lignes groupées sur deux appareils. Une réceptionniste aux manières et à la voix feutrées annonçait la maison par son numéro de téléphone et non par sa raison sociale, une pratique courante que j'avais entendue dans des établissements de pari et chez les *bookmakers*. Les murs étaient décorés de photos de jeunes filles ressemblant à des mannequins très chics, n'affichant cependant pas la froideur impersonnelle et le regard vide des modèles conventionnels.

Toutefois, ces créatures jolies, distinguées, à l'air intelligent, n'avaient pas le profil des femmes d'affaires. Je connaissais des directrices d'entreprise. La plupart d'entre elles étaient des veuves ayant repris la suite du commerce d'un conjoint ou d'un parent défunt. Cela allait de la propriétaire de flotte de camions quinquagénaire capable de mener ses chauffeurs à la baguette et de les apostropher en termes imagés à la dame soudainement gérante par héritage, qui avait si bien fait prospérer l'humble boutique de son mari disparu qu'elle avait réussi à la transformer en un magasin à rayons. Une nouvelle race de femmes indépendantes, gestionnaires rigoureuses mais demeurant néanmoins féminines, commençait sans nul doute à s'imposer dans le commerce et l'industrie. Dans un monde en pleine mutation ces jeunes personnes devaient en être l'illustration la plus évidente.

« Allons prendre un verre. Je t'invite ! » me lança Leilah. En moins de rien, elle suivit le boulevard Gouin et, résolument, après avoir passé le pont Lachapelle, prit la route du Nord en direction de Saint-Jérôme. Par cette fin de vendredi après-midi, le soleil brillait et la route qui conduisait vers les Laurentides commençait à être encombrée par les propriétaires de résidences secondaires qui s'apprêtaient à passer la fin de semaine à la campagne. Une halte fut faite à l'hôtel Lapointe, réputé pour son bar, ses spectacles et son restaurant.

Je n'ai que des souvenirs confus de cette soirée où un whisky suivit l'autre pour fêter nos retrouvailles, mais je me souviens d'un dîner fastueux et de la piste de danse où Leilah se collait lascivement contre moi. Ce contact avait fait ressurgir d'anciens souvenirs comme cette soirée de cafard où cette femme, que j'avais classée dans la catégorie des poules de luxe arrivistes, m'avait accueilli dans son lit pour me consoler, avec un total désintéressement. Je n'avais alors rangé cet épisode de notre relation qu'au rang de ces aventures noyées dans l'alcool, un peu irréelles, que les Anglo-Saxons appellent *quickies*. Trop ivre, je n'avais pas apprécié le geste de la Libanaise à sa juste valeur et me sentais un peu coupable, d'autant plus que l'on venait de m'arracher à celle que j'aimais, cette jeune musicienne sensible et délicate que sa famille avait exilée dans un lointain collège américain pour la soustraire à l'étudiant fauché que j'étais.

Chapitre 13

Et voilà que l'expérience se renouvela avec Leilah et que, ce samedi matin, la tête bourdonnante, je me réveillai une fois de plus auprès de l'opulente orientale dans la plus belle suite de l'hôtel Lapointe sans trop savoir ce qui m'était arrivé. Quel démon l'avait saisie ? Nous étions censés prendre un verre, peut-être nous arrêter dans un snack et revenir dans la soirée à Montréal. Ma première pensée fut pour mon tas de ferraille, mal stationné en plein quartier des affaires de Montréal. Il avait certainement été remorqué dans quelque fourrière et cela représentait des frais supplémentaires en perspective. Ne me souvenant plus de la nuit qui venait de s'écouler, je me hasardai à poser des questions à ma singulière partenaire pour savoir ce qui s'était passé.

— Si tu veux savoir si tu as été piteux, eh bien ! je te dirai que oui. Tu étais si ivre que tu t'es endormi sur « la job » ! déclara-t-elle en riant. Mais je sais que tu peux faire mieux et nous avons tout le week-end pour nous rattraper !

— Le week-end ! Voilà tout un programme…

Je pensais alors à un célèbre film de Billy Wilder datant de 1945, *Lost Week-End* – « Le Week-end perdu » –, dont le héros est un alcoolique repenti qui retombe dans son vice au cours d'une fin de semaine de quatre jours à la campagne et ressasse les regrets d'une existence gâchée. Vivais-je vraiment un « week-end perdu » ? N'étais-je pas sur la pente facile des buveurs impénitents ? Où allait me mener cette aventure réchauffée avec Leilah ? Que recherchait-elle au juste ? Je ne me faisais pas d'illusions. Démuni comme je l'étais, je ne pouvais rien lui apporter sur le plan matériel. Des centaines de soupirants énamourés, le portefeuille matelassé de billets de cent dollars et les yeux dans le sirop d'érable, auraient sûrement été en mesure de lui fournir sur un plateau doré tout ce qu'elle désirait. Elle avait été fiancée à l'héritier de l'entreprise Moon Mart et conservait la nostalgie de cette relation où l'amour se mêlait dans une heureuse perspective à la sécurité du lendemain. Et puis, elle semblait se débrouiller fort bien toute seule, très bien même.

Alors quoi ? Où voulait-elle en venir ? Je ne sais quel genre de sentiment l'animait, mais au cours de ce week-end, après avoir essayé avec elle le confort de plusieurs chambres d'auberges laurentiennes, elle épuisa mes possibilités en déclenchant chez moi une fureur que je ne devais jamais oublier. Avec l'assurance d'une femme ayant beaucoup vécu, elle s'évertua pour transmettre ses connaissances amoureuses au jeune homme plutôt naïf que j'étais et qui, au contraire de plusieurs amis, n'était pas obnubilé par une constante chasse aux filles. Je n'étais pas remis de mes peines d'amour, mais je dois avouer que le déchaînement de Leilah, cette beauté débordante et exotique dont l'affichette publicitaire où elle apparaissait donnait des érections aux hommes dans les autobus et les derniers tramways de Montréal, me satisfit au-delà des songes les plus érotiques que j'avais pu bercer dans mes temps libres. J'en oubliais Ophélie, la fiancée virtuelle et exemplaire que j'avais perdue dans des circonstances tragiques, et je m'en voulais.

Exténué, éreinté, l'esprit vide, je me laissais ramener lentement à Montréal, bercé par la silencieuse Oldsmobile dont le chuintement de pneus faisait un bruit discret de dollars froissés. Remerciant la vie pour ce week-end de fiesta où scotches et bouteilles de champagne se bousculaient et où cette tigresse de Leilah ne cessait de m'attirer à elle comme vers un puits d'extase, je ne pouvais cependant m'empêcher de me préoccuper de mon avenir précaire. Malgré une attitude que d'autres auraient qualifié de cynique, elle possédait suffisamment de sensibilité pour ressentir mon inquiétude et changea de sujet.

— Que fais-tu en ce moment ? me demanda-t-elle alors que nous approchions de la ville.

— Je cours toujours après mes articles et suis toujours pigiste. Je dois avouer qu'en ce moment, depuis le départ de Me Pacifique Plante du pays, il n'y a pas beaucoup de choses de neuf, sinon un certain retour des activités du crime organisé à Montréal…

— Tu devrais laisser tomber tout ça, me dit-elle. Ce que tu appelles le crime organisé n'est dans le fond que de l'activité sociale qui existe depuis la nuit des temps. Qui donc peut empêcher les gens de jouer, de boire ou de faire l'amour ? Tant que l'on ne tue personne… Bien sûr que c'est illégal ! Pourquoi ? Parce que les gouvernements veulent récupérer à leur profit les bénéfices allant de pair avec ces activités et ne pas les laisser aux organisateurs débrouillards qui s'arrangent pour ne pas payer d'impôts ou de taxes et ne s'emmerdent pas avec les règlements inventés par une foule de fonctionnaires dont l'objectif est de se rendre indispensables.

— N'exagérons rien. Tu n'as pas tout à fait tort, mais je crois surtout que les gouvernements veulent pouvoir exercer un contrôle sur des activités non encadrées. Sans ces contrôles, n'importe quel malfrat pourrait édicter ses propres lois, exploiter les gens et régler ses problèmes de manière violente. Il y a les jeux et le pari, souvent truqués, qui dépouillent les ouvriers de leur salaire et servent à financer d'autres commerces beaucoup plus dangereux comme celui des stupéfiants. Il y a les débits de boisson clandestins où l'on vend de l'alcool frelaté dont les effets bousillent le cerveau des buveurs ou les rendent aveugles…

— Ces trafics ont toujours existé, mais il ne faut pas s'en faire. La police continuera à les combattre, avec ou sans les journalistes, car la rumeur publique réclamera épisodiquement une protection contre les excès des trafiquants de drogue. Si ceux-ci n'avaient que de bons clients sans histoires, comme dans les milieux artistiques ou chez les personnes en moyens, on n'en entendrait pratiquement pas parler. Mais il y a également de petits idiots d'imitateurs sans le sou qui se font refiler des cochonneries de mauvaise qualité et qui en crèvent dans la rue. Évidemment, ces pauvres gens n'ont pas de recours et encore moins les moyens de se payer des cliniques de désintoxication aux États-Unis ou en Suisse…

— Et qui encourage, crois-tu, ceux que tu appelles les petits idiots à consommer ? Certainement pas les toxicomanes de la haute gomme qui peuvent effectivement se payer des cliniques de luxe pour se faire soigner. Le chiffre d'affaires de la pègre se trouve principalement chez les désargentés, car, si ceux-ci n'ont guère de moyens, ils compensent leur pauvreté par leur nombre et on peut les tondre à loisir et avec violence lorsqu'ils s'acquittent mal de leurs dettes ; on peut également les pousser à voler pour alimenter leur saloperie d'habitude, répliquai-je. C'est un cercle infernal.

— Évidemment, si l'on envisage tout ça sous cet angle… Il y a des incidents regrettables, concéda-t-elle. J'admire ton idéalisme. Cependant tu as été trop longtemps à l'école de ton monsieur Plante, de sa stricte adhérence aux lois et de l'horreur du péché qu'il semble manifester. Cela me rappelle les bonnes sœurs et leurs cours de religion quand j'étais enfant au Liban, sans compter ici, où le peuple subit la forte influence du clergé.

— Je doute fort que Pax Plante soit un dévot. Selon ce que j'ai compris, il s'agit seulement d'un homme de loi révolté par tout ce qu'il a vu au tribunal. Et puis, clergé ou pas, il y a aussi une question de morale et de civisme. Et que dire de la prostitution, qui détruit tant de jeunes filles, repris-je. Tu me diras aussi que ce n'est pas grave ?

— En tant que femme, je peux dire que cela peut être abominable et que nous, les représentantes du sexe dit faible, payons toujours la note en fin de compte. Cependant, la prostitution n'existe-t-elle pas dans les mariages d'argent, dans ceux qui sont arrangés par les familles bourgeoises ? Et qui osera dire que, pratiqué dans dc bonnes conditions, ce métier que d'aucuns désignent comme étant le plus vieux du monde n'a pas un aspect que je qualifierais de « sportif », une convention de service honnête et dénuée d'illusions ?

— Décidément, tu es indéfectiblement amorale... lui dis-je en riant. De toute façon, l'être humain est gouverné par des lois invariables et d'autres qu'il établit lui-même. Comme il ne cesse de les violer, les religions lui rappellent ses devoirs, les philosophes les lois de la morale et les législateurs les lois politiques et civiles. Ce n'est tout de même pas rien...

— Oh ! Oh ! Le petit monsieur se croit moraliste en plus... Je ne suis hélas ! que réaliste, seulement réaliste, me répondit-elle avec un sourire si triste et attendrissant qu'il me désarma et me poussa à l'embrasser en plein trafic sous l'œil goguenard ou offusqué de plusieurs automobilistes.

Fatigués comme nous l'étions, cela valait mieux que de nous disputer sur des principes de civisme. Elle habitait rue Sherbrooke Ouest dans un immeuble victorien gardé par un portier galonné. Je remarquais sur le panneau des locataires que nombre d'entre eux figuraient probablement dans le Who's Who local. C'était la grande classe. Après avoir pris un bon dîner au *Chic-'n-Coop*, rue Sainte-Catherine, et alors que je m'apprêtais à réintégrer mon humble logement à Pointe Saint-Charles, Leilah me fit une étrange proposition.

— Je comprends que dans ta rue Mullins tu n'es pas très bien installé. Tu devrais trouver un meilleur logement.

— Oui, c'est un trou dans le mur pour un gars aussi démuni que les braves émigrants irlandais du siècle dernier qui s'étaient fixés dans ce quartier. Mais j'y suis chez moi et je n'ai pas les moyens de déménager.

— Je t'offre la possibilité de quitter ce coin que les Anglais appellent « The Point ». Viens t'installer dans mon appartement et change de vie ! Ça n'a pas de bon sens de végéter ainsi…

— Tu es gentille, mais j'ai ma fierté et ne tiens pas à vivre à tes crochets, répliquai-je.

— Et qui parle de te faire entretenir ? Holà ! Je n'en ai aucunement l'intention, crois moi. Ce n'est pas mon genre. Je suis trop indépendante. Hormis l'affection que je te porte, crois-moi, mon geste n'est pas entièrement désintéressé…

— J'ai cru remarquer combien tu pouvais avoir l'esprit pratique… lui dis-je non sans un brin d'ironie. Et en quoi pourrais-je t'être utile ?

— J'ai besoin d'une présence masculine dans mon commerce, d'un adjoint qui puisse me seconder, d'un garçon sérieux capable de gérer mes employées sans avoir toujours en tête l'idée de les séduire, d'un type de communications qui soit capable de transiger avec la clientèle selon les règles en cours dans les sociétés sérieuses. Ton expérience dans le milieu artistique et le journalisme pourra t'être utile. Tu auras du temps libre qui te permettra peut-être de suivre des cours et tu n'auras plus à courir les piges minables des éditeurs de feuilles sensationnalistes. Je te rémunèrerai largement. Alors lâche tes justiciers et tes gangsters. C'est tout un changement de vie que je t'offre. Qu'en penses-tu ?

— Pourquoi déménager chez toi? demandai-je, un peu soupçonneux.

— Parce que j'aurai besoin fréquemment de toi tard le soir et parfois tôt le matin et ce n'est pas pour ce que tu penses, répondit-elle en souriant d'un air entendu. Mes affaires sont accaparantes et je ne peux les confier à mes employées, qui doivent se concentrer sur leurs tâches et non sur la gestion. J'ai laissé dernièrement mon bureau à Joëlle et elle m'a perdu deux bons clients. Ce week-end, c'était le tour de garde de Gwendoline. Je ne veux pas présumer, mais j'ai hâte de voir… Ne crains rien, tu n'auras pas à intervenir tous les jours, mais il faut que l'on sente qu'un homme est copilote à la barre, car les préjugés sont encore nombreux sur les femmes d'affaires. Voilà comment tu pourras m'être utile. De plus, tu te feras des amis. Ma clientèle comprend des gens très bien, tu verras. Et si le travail ne te plaît pas, tu seras évidemment libre de t'en aller. Je ne peux dire mieux.

Cette offre alléchante arrivait à point nommé et l'idée de m'installer dans un bel appartement me souriait. Aussi, le lendemain, après avoir récupéré mon tas de ferraille au stationnement où la police l'avait fait remorquer et avoir payé l'amende, je me dirigeai vers l'appartement de Leilah, rue Sherbrooke.

J'eus une prise de bec avec le portier, qui refusait, selon ses termes, que «je dépare les lieux» en stationnant ma vieille Ford dans la cour de l'immeuble. Leilah dut intervenir au téléphone et on me réserva un coin du stationnement souterrain, près des bacs à poubelles, loin des autos de luxe aux ailerons immenses et aux chromes surabondants. Je m'étais fait un ennemi du portier galonné qui, pendant que je déménageais, regardait avec dédain mes pauvres biens de célibataire émergeant des boîtes en carton. Il commentait en anglais mes allées et venues dans l'ascenseur et faisait des remarques à mon sujet aux autres usagers. Ma patience déborda lorsqu'il m'appela *kiddo*, c'est-à-dire petit gamin. N'ayant qu'une tolérance limitée pour le petit personnel qui abuse de son once d'autorité ou de pouvoir, je l'approchai et explosai en lui déclarant que s'il commençait par fermer sa grande gueule, les choses iraient certainement beaucoup mieux. «Je parlerai de vous aux propriétaires!» brailla-t-il. Je rétorquai que je n'en avais rien à foutre, qu'il ne m'impressionnait pas et que cela tombait bien puisque, justement, j'avais également des griefs à formuler à ses patrons sur son comportement grotesque. Il se calma mais me jetait constamment un regard hargneux chaque fois que j'avais le déplaisir de le croiser.

Deux jours plus tard, Leilah me présenta sous un nom d'emprunt à Sylvia, sa réceptionniste, comme étant son « assistant exécutif ». Elle avait décidé que je m'appellerais dorénavant Rick Falco. Lorsque je lui demandai pourquoi, elle déclara que je devais me protéger par l'anonymat en me fondant dans la masse et que « Falco » faisait exotique. Sylvia devait m'expliquer la routine, me présenter aux employées, me montrer les livres et me fournir la liste des comptes à recevoir et à payer. Au besoin, je devais m'occuper des créances en rappelant les clients en défaut de paiement.

Pour les litiges sérieux avec les employées, il suffisait de référer les cas à la patronne, que l'on appelait dans la boîte « La Sultane », sans doute pour son aspect proche-oriental. Le personnel de bureau se résumait à deux ravissantes jeunes femmes, Joëlle et Gwendoline, dont Leilah m'avait parlé. Elles ne semblaient guère enchantées de mon arrivée et me faisaient grise mine puisqu'indirectement je les remplaçais dans un emploi intérimaire où elles n'avaient pas donné satisfaction. Je compris qu'elles faisaient également du mannequinat, comme la majorité du personnel.

N'étant pas là pour participer à un concours de popularité, je ne pris pas au sérieux cette sourde opposition que je ressentais constamment. Je remarquai que tous ces mannequins affichaient une apparence avantageuse et distinguée. Certaines avaient le regard inexpressif si fréquent dans ce métier, d'autres le visage plutôt triste. Plusieurs étaient d'origine étrangère. Elles venaient des pays de l'Est, d'Allemagne ou d'Italie et on sentait chez celles qui étaient dans la trentaine qu'elles avaient connu les misères de la guerre. On me prévint qu'il y avait parfois des accrochages entre les nationalités. Ainsi, une Tchécoslovaque avait pris en grippe une Allemande et la traitait constamment de « fasciste ». Plus de dix ans après le conflit mondial, ces personnes n'avaient rien oublié. Leilah tentait d'aplanir ces différends nationaux avec une rare diplomatie. « Au Liban, nous avons l'habitude des antagonismes, expliquait-elle. Dans notre pays, il y a toujours des accrochages entre les différents groupes ethniques ou religieux. Nous avons dû apprendre à vivre ensemble au cours des siècles, mais c'est toujours à recommencer. »

J'en vins à connaître la vingtaine de mannequins dont Leilah gérait la carrière. Je m'émerveillais du fait que ces filles pouvaient trouver si facilement du travail malgré le nombre anecdotique de grands couturiers canadiens. Il est vrai qu'il y avait toujours des représentations pour les maisons de confection ou des défilés de mode plus ou moins improvisés par les boutiques de vêtements dans les centres commerciaux, qui commençaient à sérieusement s'implanter autour de la ville.

En fouinant dans la comptabilité, je retrouvai parmi nos clients des sociétés de prêt-à-porter mais également des bureaux d'entrepreneurs en bâtiments et des entreprises aux activités énigmatiques. J'en parlai à Leilah qui m'expliqua que ses mannequins n'étaient pas seulement des «porte-manteaux» glorifiés mais également des hôtesses dont les chefs d'entreprises appréciaient la conversation et la compagnie.

— Un peu comme les geishas au Japon ? lui demandai-je.

— On pourrait dire ça. Comme tu l'as peut-être remarqué, mes filles ne manquent pas de classe et peuvent fort bien se comporter en société. Certaines d'entre elles ont poursuivi des études universitaires et accompagnent certains de nos clients lors de congrès. Elles n'ont pas qu'un rôle décoratif. Elles flattent l'égo de ces messieurs en provoquant la convoitise chez les autres hommes. Elles passent parfois pour leurs maîtresses ou leurs femmes. Ce ne sont pas de simples secrétaires ou employées de bureau qui peuvent jouer ce rôle. Nos filles doivent posséder des qualités de mannequin, de la conversation, du chic, de la classe, bref, des talents de société.

— Tu ne me diras pas qu'elles ne vendent pas leurs charmes par la même occasion…

— Cela ne me regarde pas. Nous sommes dans un pays libre et faisons affaire avec des adultes. Plusieurs de nos clients déclarent vouloir engager une personne de belle présentation et possédant de la personnalité, une dame de compagnie et non une Marie-Couche-toi-là. D'aucuns insistent sur le fait qu'ils n'ont aucunement l'intention d'avoir des rapports sexuels avec elle. Nos filles sont sérieuses et responsables. S'il y en a qui parviennent à plaire à un bonhomme, voire à décrocher la grosse galette en épousant ou en vivant parfois avec leur client, tant mieux. Ce qui compte pour elles, c'est la chance, c'est le piston… Elles en rêvent toutes d'ailleurs, et c'est bien humain.

— Je me suis laissé dire que pour supporter ce genre de vie, qui n'est pas toujours aussi idyllique que tu sembles le croire, plusieurs des femmes qui font ce genre de travail recourent à l'alcool, aux barbituriques ou à d'autres drogues pour tenir le coup…

— Pas plus que les citoyennes ordinaires et celles que tu qualifierais de «bonnes petites filles», répondit-elle d'un air agacé. Peut-être que ton ancienne flamme, celle que tu appelles Ophélie, ta regrettée organiste, timide et rose, se console en prenant un coup ou en avalant des pilules dans son collège yankee… Ne prends pas mes employées pour des guidounes.

J'eus envie de la gifler. Leilah avait touché là un sujet délicat. D'un autre côté, ayant mis en doute le comportement de son *staff*, j'avais en quelque sorte ouvert une boîte de Pandore et lui avais cherché querelle. C'était un peu notre première «scène de ménage». Je poursuivais sur la même lancée.

— Ne sommes-nous pas, au demeurant, des sortes d'entremetteurs?

— Merde alors! Je le répète: la vie privée de mes employées ne me regarde pas tant qu'elle ne cause pas de tort à notre entreprise, insista Leilah d'un air excédé. Si nous sommes des entremetteurs, alors les agences matrimoniales et de placement le sont aussi. Fous-moi donc la paix avec tes scrupules! Je vois que tu as un peu trop fréquenté ton cher maître Plante et sa lubie des bordels dans le *Red Light*, que tu as trop été influencé par les curés. La vie n'est pas aussi simple que tu l'imagines. Nous avons des clients très haut placés et ils n'ont pas besoin de nous pour engager de vulgaires putasses. Nous travaillons à un autre niveau. C'est du grand art, de la virtuosité, du Paganini comparé à de la musique de bastringue, de la peinture de maître comparée aux barbouillages. Nos filles sont de calibre professionnel et ont subi des tests pratiques aussi exigeants que ceux que l'on passe à l'université. Nous sommes une entreprise de services haut de gamme et, toi, qu'est-ce que tu as ingurgité pour être si chiant ?

La fureur avec laquelle elle défendait son personnel me poussa à m'enquérir davantage des réelles activités de la maison. En lisant attentivement les notes dans les registres de rendez-vous, je découvris près du nom d'une employée la mention S 90 cake (gâteau). Lorsque je demandais à la réceptionniste, celle-ci m'expliqua en riant que Solange, qui était de service ce jour-là, avait pour mission de surgir presque entièrement nue d'un immense gâteau creux à l'issue d'un dîner bien arrosé en faisant tourner des tresses fixées au bout de ses seins sur l'air de la marche militaire *Stars and Stripes Forever* de John Philip Sousa. Il s'agissait-là d'une lourde imitation des « tableaux vivants » que présentaient certains cabarets parisiens comme les Folies Bergères, mais tel avait été le souhait du client. Je pensais aux prétentions artistiques de Leilah. Nous étions loin de Paganini… Quant au code S 90, la réceptionniste bafouilla en prétextant que « la Sultane me l'expliquerait ».

La mention S 220 Plane 1, 2, 3 & + faisait allusion au rôle d'accompagnatrice que le mannequin jouait lors d'un voyage d'un ou de plusieurs jours en compagnie d'un distingué nabab de la fourrure vers des destinations d'affaires ou des lieux de villégiature en avion privé. Je ne pouvais me faire à l'idée que ces jolies filles ne se contentaient que de faire de la figuration et de minauder lorsqu'elles se trouvaient avec des hommes de pouvoir qui les rémunéraient royalement. J'étais naïf mais pas à ce point-là.

Alors que je tentais de décrypter lentement la signification des codes apparaissant près des noms des employées de ma singulière patronne et constatais qu'effectivement les codes dits S 90 Fashion (mode) revenaient le plus souvent, je fus ramené à la réalité par un coup de téléphone reçu un beau soir sur la ligne d'urgence, qui aboutissait chez Leilah. Il s'agissait d'un certain Joe K. Deschenes, dit Joka. Surpris d'entendre un homme au bout du fil, ce président d'une société d'édition de disques m'expliqua d'un ton péremptoire et grossier ne pas être satisfait des prestations d'une hôtesse nommée Hélène, censée lui fournir « certains services». Vu qu'elle n'avait pas respecté son contrat, non seulement n'acquitterait-il pas la facture, mais encore ferait-il de la mauvaise publicité à la maison avec tous les inconvénients allant de pair avec ses revendications.

Après avoir tenté de le calmer, je lui promis de me renseigner, de corriger si possible la situation, puis de le rappeler. «T'es mieux d'y voir, le thon! Car j'ai des relations à Québec, au gouvernement. Si tu ne fais rien, la plotte d'importée risque d'entendre parler de moi...», conclut-il d'un air menaçant. Je consultai le registre des prestations, dont nous gardions constamment avec nous un double mis quotidiennement à jour, vérifiai sous le nom de l'employée et vit la mention «S 270». Les explications de la téléphoniste étant hésitantes, je n'avais plus d'autre choix que de demander à Leilah de laisser tomber les masques et de me dévoiler la réalité des prestations qu'elle offrait ainsi que les mystères de sa codification.

— Il faut que tu me parles franchement, commençai-je. Je ne peux t'aider intelligemment si l'on me cache des choses... Je te pose la question avec un maximum de tact: aurais-tu le courage de m'avouer que tes employées ne sont pas des vierges effarouchées et qu'elles vendent parfois leurs charmes avec notre aide ?

— Bien sûr que non. Ce sont des femmes autonomes et entreprenantes qui font ce qu'elles veulent et à qui je laisse la bride sur le dos. Nous en avons déjà parlé voilà quelques jours. Vas-tu enfin cesser de m'importuner à ce propos ? me répondit-elle en pâlissant un peu et en haussant le ton.

— Dans ce cas, je voudrais en savoir davantage sur les codes qui figurent près du nom des clients sur les registres de rendez-vous et la facturation, car un client a contesté un certain service dont il était insatisfait.

— D'accord, mon chou, me déclara Leilah, je crois qu'il est temps de mettre cartes sur table et de ne plus te considérer comme un *boy-scout*, surtout si tu dois me donner un coup de main. Il faut cependant que tu adoptes une attitude adulte envers tout ça et ne pas commencer à me faire de prêche et à culpabiliser notre travail. Compris ?

— Alors explique-moi ça…

— En dépit du fait que les activités de notre agence soient principalement centrées sur le mannequinat, comme tu peux le constater, bien que nous n'employions pas de filles faciles, nous n'avons pas affaire non plus à des oies blanches.

— C'est ce que j'ai pu comprendre l'autre jour, malgré tes protestations véhémentes…

— Certaines d'entre elles ne veulent rien savoir des questions d'ordre sexuel et se bornent à jouer leur rôle de mannequin, d'hôtesse ou de présentatrice. Nous engageons même des lesbiennes. Nous respectons évidemment le choix des filles sans histoire, car cela fait notre affaire. Ces activités parfaitement légitimes ne procurent qu'un banal seuil de rentabilité à l'entreprise. Elles sont indispensables pour l'honorabilité de la maison. Nous les désignons sous l'appellation de « S 90 », c'est-à-dire « Services 90 degrés ».

— Ce qui veut dire ?

— Faut-il que je t'achète un rapporteur à la papeterie du coin pour te rappeler tes cours élémentaires de géométrie, toi, un gars prétendument instruit ?

— Non, je ne vois pas…

— Comment appelle-t-on la ligne verticale qui croise une ligne horizontale pour faire un angle de 90 degrés ?

— Une ligne perpendiculaire pardi !

— Et voilà. Les filles qui ne font que des défilés de mode, sont strictement présentatrices ou dames de compagnie travaillent principalement en position perpendiculaire, debout. Elles ne travaillent jamais…

— … à l'horizontale ? Je vois, dis-je en l'interrompant.

— Tu as tout compris. C'est simple et graphique.

— Assez amusant, en effet, repris-je. Alors une employée qui consent à s'allonger ferait donc partie de ces S 180 que j'ai cru remarquer dans les registres et ce sont celles qui rapportent le plus ? Cela illustre ce que nous appelions à l'école un angle plat. Il ne faut pas sortir de Bletchley Park, le centre de décryptage des services secrets britanniques, pour comprendre votre système. Et à quoi rime, par exemple, le S 270 ? À des acrobaties du Kama Soutra ?

— Je n'y avais pas pensé à celle-là ! s'esclaffa Leilah. Non, à partir de S 180 nous pouvons avoir, par exemple, S 195, qui indique que l'employée accepte de faire des fellations au client, ou encore le S 206 pour des intromissions anales…

— Alors je n'invente rien en devinant que le S 270 degrés doit être pas mal débridé comme angle et comporter quelques actes sortant de ce que l'on appelle par convention la « normalité » ?

— La normalité, la normalité, c'est vraiment relatif. Le S 270 est plutôt sauvage et… payant ! L'exercice comporte principalement du bondage et des coups. En effet, je comprends qu'Hélène ait pu reculer au dernier moment. On navigue là-dedans à la limite du sadomasochisme à risques… La belle Hélène aime épeler son nom H-E-L-L-H-A-I-N-E pour se donner un genre diabolique, mais, lorsqu'elle a eu pris un peu trop de coups de fouet ou subi des contraintes brutales, elle a dû finir par craquer.

— Je n'ose imaginer ce que peut représenter le jeu extrême, l'alpha et l'oméga de la question, le 360 degrés !

— Cet angle extrême n'existe pas chez nous et n'existera probablement jamais, car il représenterait le zénith de ce qu'avec ta morale bourgeoise tu appellerais la dépravation. Nous voulons nous borner à un érotisme sans rebondissements scandaleux et avons suffisamment de gradations pour pouvoir rajouter à notre liste plusieurs spécialités et raffinements. Il faut avoir de l'ambition mais ne pas prendre de risques inutiles. Il y a tant de détraqués en ce monde et je ne veux pas jouer dans ces équipes-là…

Je lui exposai les récriminations de Joe K. Deschenes.

— Et qu'allons-nous faire avec ce bonhomme grossier qui semble si menaçant ? demandai-je.

— Rappelle-le. Dis-lui que nous allons lui faire un *rain check*, ce qui veut dire que j'accepte de reporter tout ça sans aucuns frais. Je remplacerai Hellhaine par Huguette, qui ne s'en laissera pas imposer par ce vendeur de disques plus ou moins en faillite. Huguette a un mari violent, un gros cave qu'elle est parvenue à mater. Elle saura remettre Joka en place s'il charrie. Il faut parfois savoir faire des concessions. Deschenes est un sale type, un emmerdeur, mais il est influent.

Chapitre 14

Je rappelai sans plus tarder ce client mécontent en lui transmettant le message de Leilah. Il sembla se satisfaire de l'arrangement et me suggéra de « garantir » par écrit les performances de nos employées, ce qui était grotesque. Je réglai ainsi plusieurs litiges avec des hommes qui appréciaient notre travail d'intermédiaires. Grâce à nous ils avaient la possibilité d'avoir à leur service de belles femmes racées, intéressantes – et froidement intéressées –, qui ne leur faisaient pas la comédie du grand amour et ne jouaient pas les pauvrettes éplorées et abandonnées si, d'aventure, ils les renvoyaient chez elles sans ménagement. De plus, elles ne pouvaient faire de scandales, voire ameuter la presse spécialisée, car elles s'exposaient alors comme étant des filles à emmerdements, sabordant ainsi leur réputation et donc leur petit commerce.

— Je ne fais que recréer l'époque des demimondaines du début du siècle à Paris, à la différence près que ces grandes courtisanes géraient elles-mêmes leur business en se trouvant de riches amants qui les finançaient, m'expliqua Leila. Mais comme nous n'avons pas ici l'expérience des Vieux pays en la matière et que les temps ont changé, les filles doivent recourir à des intermédiaires comme moi. De plus, nous devons nous cacher avec tous ces *do-gooders*, ces apôtres de la bienveillance et de la moralité, tout en évoluant dans un monde de luxe assez inaccessible au commun du populo. C'est ce qui nous distingue des maisons de passe des dames Beauchamp et Bizanti des années quarante et même de l'usine à *call-girls* d'Anita, avenue du Parc.

— En somme, tu fais du commerce des femmes l'un des beaux-arts et tu refuses de te désigner comme une centrale de *call-girls* ? lui répondis-je sur un ton ironique. À t'en croire, si l'on enquêtait sur toi, tu dirais que les filles que tu vends à fort tarif ne se prostituent pas, la plupart des clients de tes chéries polyvalentes leur donnant de l'argent pour leurs beaux yeux ; ce ne sont que d'aimables garçons qui les fréquentent pour discuter avec elles de l'Art de la fugue de Bach, des peintres de la Renaissance italienne, de la poésie de Ronsard et des indices de rentabilité dans les grandes sociétés américaines. À l'occasion, clients et hôtesses rémunérées peuvent donc connaître une liaison comme cela peut arriver à n'importe qui et, dès que tout le monde est assouvi, salut les caves ! On remet le compteur à zéro et l'on s'embarque dans une nouvelle aventure comme si de rien n'était. Et ça n'est pas de l'amour tarifé, ça ? Permets-moi de demeurer perplexe…

— Ne sois pas si cynique. On a vu par ailleurs de belles histoires d'amour se développer entre hôtesses et clients.

— Allons, allons ! On n'a pas vu de ces histoires à faire rêver les serveuses de bar depuis Yvette Labrousse, la Miss France 1930 devenue la bégum du IIIe Aga Khan ou encore *Kid Sparrow*, Suzanne Dhotelle dite « la Môme Moineau », une chanteuse qui, de passage à Broadway, a épousé, toujours dans les années trente, un milliardaire portoricain. Tous les journaux à potins en ont parlé et ont raconté comment ces humbles filles du peuple se sont soudainement retrouvées vedettes.

— Cela prouve que tout est possible. C'étaient des filles du peuple comme les miennes.

— On ne les a pas prostituées par le truchement d'une agence. Oui, tout est possible. Les moutons à cinq pattes, les sœurs siamoises et les saintes personnes aussi.

— Nous ne faisons que mettre des gens en contact et assurer la qualité des services. Nous ne travaillons pas dans le domaine du commun des mortels. Notre clientèle comprend des hommes d'exception, qui nous protègent d'ailleurs.

— … en se protégeant eux-mêmes. Voilà qui est très habile ! En évoluant dans les sphères du pouvoir, avec ceux que tu appelles des hommes d'exception et qui ne sont la plupart du temps exceptionnels que par la grosseur de leur portefeuille et l'étendue de leurs combines, tu ne prends presque aucun risque.

— Et alors, petit niaiseux, à quel titre m'interdirais-tu de ne pas prendre avantage de la situation ? À quel titre aurais-tu l'audace de me défendre de ne pas vouloir patauger dans le sordide, comme les grosses madames ou les maquereaux des anciens bordels de la rue Berger ou de la rue Ontario ? Je te l'ai dit déjà. Notre organisation n'est pas plus immorale qu'une agence matrimoniale. Juste un peu plus coquine, c'est tout. Son fonctionnement non officiel est illégal, c'est certain, mais ces restrictions ne s'adressent qu'à la masse et, heureusement, nous ne perdons pas de temps à transiger avec des commis de magasin faisant la foire, mais avec des *gentlemen.*

Sa logique était implacable, méprisante, revendicatrice. Sa capacité à sentir où se trouvait l'argent me faisait penser au flair d'un chien reniflard et son jeu me fascinait. Partie d'une boutique de fanfreluches vendue à perte pour dépanner son frère, l'escroc Bob-el Qabadây, elle doublait pratiquement tous les mois son chiffre d'affaires et pensait éventuellement, une fois son capital acquis, se lancer dans les produits de beauté pour garantir ses vieux jours. Épuisé par celle qui était devenue une insatiable maîtresse, je n'avais plus l'énergie de me révolter. Je me laissais bercer par le douillet confort de l'appartement de Leilah, par sa voiture dont j'avais l'usage, par les avantages que me conférait le poste de petit *boss* dans sa singulière agence.

Ma faiblesse me rendait complice d'une entremetteuse de luxe, plus âgée que moi, mais je ne me culpabilisais pas. J'aurais dû, car j'appréciais Leilah pour sa générosité et sa spontanéité. Peut-être aussi pour son goût du transitoire et sa sexualité débordante. Une chose était certaine : je l'admirais secrètement pour ses idées avant-gardistes et son peu de curiosité du lendemain, du moins dans ses relations amoureuses.

Elle n'avait pas besoin d'invoquer les arguments féministes contenus dans les deux tomes du livre *Le Deuxième sexe* de Simone de Beauvoir, pour s'élancer, la poitrine faisant étrave, sur les mers des belles certitudes où voguaient les bien-pensants. Ainsi, lorsque je lui rapportais après l'incident Joka Deschenes que ce dernier l'avait traitée de «plote d'importée» au cours de notre conversation, elle me demanda de rappeler ce malotru quelques jours plus tard en lui disant que nous ne pouvions plus lui renvoyer de filles, car nous avions été prévenus que des malfrats de langue anglaise, membres de la Bande de l'Ouest, voulaient se servir de nos demoiselles comme appâts pour lui régler son compte. J'assurai au mal engueulé que les motifs des menaces dont il était l'objet étaient d'une certaine façon politiques, car tout le monde savait que Deschenes, un nationaliste jusqu'au-boutiste, détestait tout ce qui était anglais. Ébranlé, l'amateur de SM bredouilla et me remercia même sincèrement lorsque je lui assurai que notre personnel avait été mis en garde, que toutes traces de nos transactions seraient effacées de nos archives et que nous prendrions les précautions nécessaires pour essayer de le protéger. Leilah perdait un client mais avait la satisfaction de laver les termes injurieux de Joka en se distançant du grossier personnage. Elle se vengeait également en semant le doute sur la sécurité personnelle de son ancien client, dont la voix trahissait la peur. Cette femme d'affaires vénale ne perdait pas le nord en alliant l'utile à l'agréable.

Parmi les clients avec lesquels j'eus à transiger, je retrouvais par hasard une vieille connaissance de

Longueuil-Est, l'entrepreneur Giuseppe Astonghiglia, qui se déplaçait toujours dans une camionnette noire, accompagné de deux taupins peu souriants. Il avait reconnu ma voix et une rencontre en ville fut organisée. Il me demanda en riant bruyamment où j'avais été pêcher le nom de Rick Falco, alors que je n'étais pas un compatriote et encore moins un type du même patelin que lui. Je lui expliquai le contexte et il comprit. Giuseppe m'avait épargné probablement bien des problèmes en me mettant en garde de ne pas irriter mon patron, qu'il appelait mon *padrone*, alors que j'enquêtais sur certains contrats de construction douteux. Il avait la jovialité d'un brave campagnard italien mais, lorsqu'il se fâchait, une ombre inquiétante passait sur son visage et l'on sentait que, contredit de manière violente, il serait capable de saigner son adversaire comme il le ferait d'une chèvre ou d'un porc, à moins qu'il n'en charge ses volumineux accompagnateurs.

Dans les quartiers italiens d'Amérique du Nord, on affublait ces vieux *paesani*, influents dans la communauté et parfois détenteurs de lourds secrets, de surnoms affectueux. On les appelait notamment les *Pete mustache*, mais ces figures paternelles un peu folkloriques étaient en voie de disparition. Je ne sais pourquoi, mais Giuseppe m'aimait bien et me payait un verre lorsque j'avais l'occasion de le rencontrer. Il m'interrogeait sur mes occupations et me recommandait de ne pas m'immiscer ou poser trop de questions dans les affaires de construction. Ayant suivi ses conseils, j'avais réussi à conserver des rapports relativement civilisés avec Théo Robidas, mon ancien patron, malgré le fait que celui-ci m'ait joué un tour pendable en exilant sa pupille Suzal, que j'avais surnommée Ophélie, aux États-Unis pour la soustraire à l'amour fou du jeune homme impécunieux que j'étais. Ce redoutable organisateur d'élections et ancien homme de main était loin de me détester. La meilleure preuve était qu'il m'avait rappelé que pour 200 $ il aurait pu me faire «pluguer» et enfouir dans un des dépotoirs de déchets qu'il contrôlait.

Astonghiglia le connaissait, car il était promoteur.

— Théo a été dur avec toi, mais je vois que tu as trouvé un racket en devenant *toy boy* pour la *Madama* Leilah…

— Tu y vas un peu fort Giuseppe… Je donne actuellement un coup de main à Leilah et le terme de *toy boy*, ou de petit ami, d'étalon, ne correspond guère à la réalité. Elle peut se payer n'importe quel amant, ne crois-tu pas ?

— Allons, allons, je suis bien renseigné. *L'acqua fresca, il vino puro, la fica stretta, il cazzo duro !* (« De l'eau fraîche, du bon vin, une chatte étroite, un vit bien raide ») comme on dit chez nous. Nous avons tous été jeunes, plaisanta-t-il de bon cœur, et tu aurais tort de ne pas en profiter puisqu'elle te laisse t'occuper de son *bitziness*... dans tous les sens du terme !

Il eut un gros rire, puis me traduisit son dicton italien qui me rappelait de vieilles blagues de préadolescents. Je daignai néanmoins en rire afin de ne pas insulter mon interlocuteur par mon mutisme.

— Seulement, plus tard, lorsque tu auras consolidé tes affaires, reprit-il, tu devrais trouver une belle petite pour fonder une famille, ajouta Giuseppe sur le ton sentencieux d'un patriarche.

— Je sais. Leilah est gentille et me rend service, mais nous ne nous faisons pas d'illusions. Elle en a vu d'autres et nos rapports sont réalistes. Chacun reste libre et nous ne prétendons pas vivre un grand amour. Pour le moment, cela me convient. Le grand amour, je l'ai connu avec une jeune fille pure et sensible que j'étais prêt à épouser. Ton ami Théo m'en a brutalement empêché...

— Théo m'en a parlé, je te dis. Il avait ses raisons. Il était le tuteur de cette petite. Il avait dépensé une fortune pour qu'elle devienne une grande musicienne et voulait tout ce qu'il y a de mieux pour elle. Il jugeait que tu ne faisais pas le poids et qu'elle devrait finir par lier son destin à un homme plus mûr et en moyens, Alors, les décisions d'un père ou d'un tuteur, ça ne se discute pas. C'est la même chose dans nos Vieux pays…

— Dans les coins arriérés de l'Italie, peut-être, mais pas ici, tout de même !

— Pourquoi arriérés ? coupa-t-il, piqué au vif. Dans des coins où les hommes sont des hommes, pas des *froci*, des tapettes. Vous n'êtes pas si différents de nous, vous, les Canadiens français. Vous respectez votre père, même si c'est la Mamma qui fait marcher la maison ; vous demandez la bénédiction paternelle à la Noël ou à d'autres occasions, n'est-ce pas ? Les décisions d'un père ou d'un tuteur ne doivent pas être discutées…

— Ce sont d'anciennes coutumes, Giuseppe, mais elles ont tendance à disparaître. Et puisque tu me cites tes dictons italiens, permets-moi de t'en citer un, pas cochon, qui vient aussi de ton Vieux pays et même de plus loin. Ça date de près de vingt-cinq siècles : *Tempora mutantur et nos mutamur in illis*. Ça veut dire : « Les temps changent et nous avec »…

— Ho ! Ho ! Du latin ? Du jargon de curés ! C'est beau l'instruction ! répondit-il d'un air narquois.

— Pas précisément. Tout ça pour dire qu'il faut savoir s'adapter et que les Grecs et les Romains de l'Antiquité le savaient déjà.

— On peut faire dire tout et son contraire aux dictons. Romains ou pas Romains, nos traditions sont aussi anciennes qu'eux et ce ne sont pas les petits jeunes comme toi qui y changeront quelque chose. Les traditions peuvent légèrement se modifier avec le temps, mais elles demeurent. Les trahir, c'est rejeter sa responsabilité d'homme, voilà ce que j'ai à dire.

Par respect pour son air de vieux sage, je le laissais parler. Giuseppe appartenait à une autre époque. Il avait certes des idées que l'on pouvait trouver logiques. Elles reflétaient la sagesse des nations, mais servaient probablement des intérêts discutables. Je soupçonnais depuis longtemps ce vieil entrepreneur aux allures de conspirateur d'être un genre de conseiller de quelque famille de la Cosa Nostra locale – une possibilité que j'évitais, bien sûr, d'évoquer avec lui. Ayant perdu mes parents dans un accident d'auto alors que j'étais relativement jeune, je m'attachais facilement à ceux qui me semblaient être des pères de substitution. Cela avait été le cas du regretté vieil oncle qui m'avait recueilli, de Me Pacifique Plante et maintenant de Théo Robidas et de Giuseppe Astonghiglia. Il avait raison sur un point : je ne pouvais poursuivre la vie de barreau de chaise que je menais actuellement et qui, en dépit de son apparence de réussite, ne me satisfaisait guère.

Qu'étais-je en réalité ? L'intendant d'une entremetteuse de luxe et son porte-parole. Au début, j'avais bien cru à la façade commode du mannequinat et me disais que si les modèles se faisaient des extras en prenant pour amants de riches ou importants admirateurs, il n'y avait rien de nouveau sous le soleil et que leur vie privée ne regardait absolument personne. D'ailleurs, certaines des employées de Leilah menaient des vies guère plus agitées que celles des jeunes filles dites de bonne famille.

C'est lorsque je m'aperçus de la commercialisation systématique des charmes plus intimes de la plupart de ces dames que je me cabrais contre l'idée de jouer les intermédiaires des combines de ma patronne. De plus, je n'avais aucun intérêt pour les caprices de la mode et considérais que cette dernière nous forçait à admirer servilement des choses inintéressantes qui, demain même, seraient considérées comme moches ou ridicules. Alors, que faisais-je là ? Où cela allait-il me mener ?

L'agence, protégée par des clients influents, dont certains œuvraient à différents paliers gouvernementaux, ne risquait pas grand-chose, mais je n'en dissimulais pas moins ma véritable identité. Sous l'administration du nouveau maire, la chasse aux commerces que Pax Plante considérait illicites s'était atténuée et les caïds de ce que Pax appelait le crime organisé avaient redressé la tête en modifiant leur image. Nous ne risquions donc pas de tracasseries policières, mais une espèce de nausée m'envahissait. J'avais voulu être reporter et je finissais comme relationniste d'une agence où l'ambigüité régnait à tous les étages.

Pax, qui avait été un moment mon maître à penser, n'était plus là pour me conseiller. Aussi avais-je pris l'habitude de téléphoner souvent à Astonghiglia et nous nous rencontrions souvent comme de vieux amis. Il m'appelait aussi fréquemment. Un matin, il me demanda si j'étais heureux dans ma vie avec Leilah. Je lui décrivis ma curieuse association avec la « Sultane » et lui demandais à mon tour ce qu'il pensait de la situation dans laquelle je me trouvais.

— Mon garçon, me dit-il, je crois que tu n'es pas à l'aise dans ce rôle. Un guépard ne peut changer sa fourrure tachetée pour une rayée ou pas rayée du tout. Tu peux toujours te frotter aux *scafati*, aux petits malins, pour écrire tes articles, mais tu n'es pas fait pour la vie d'un type qui défie la loi. Tu dormirais trop mal si tu demeurais dans l'illégalité. Il faut avoir été élevé d'une certaine manière ou pas élevé du tout pour fréquenter la *malavita*, les gens que vous, les journalistes, appelez « le milieu interlope » et que je connais bien. Leilah est une équilibriste, une survivante dans des situations difficiles. Dans le milieu de la guenille, elle fréquentait des aventuriers de la petite finance, des *gamiqueux*, des importateurs clandestins, parfois de grandes gueules mais aussi des malins se faisant plein de foin. Elle a vite compris comment naviguer dans ces eaux-là et comment se défendre contre tous ceux qui ne voyaient en elle qu'un beau corps de femme et qui la prenaient pour une nounoune. Elle a un peu ramassé la poussière en se promenant en voiture décapotable, mais elle a encore de beaux restes et se débrouillera bien sans toi.

— Et que devrais-je faire, à ton avis ?

— Reprendre ton vrai métier et oublier l'agence de modèles. Reprendre une vie normale, te trouver une belle petite, te marier et élever une famille. Tu es le genre de gars pour ça. Cherche pas les complications.

— Je suis bien d'accord. J'ai failli faire ça. J'étais follement amoureux, mais je n'ai personne en vue, surtout en ce moment…

— Je peux probablement t'aider. Tiens, je connais une petite Italienne qui vient juste d'arriver des Vieux pays. Sa famille avait émigré avant la guerre en France, en Normandie. La pauvre a perdu ses deux parents dans les bombardements du Débarquement allié en 1944. Elle avait alors dix ans. Elle a été recueillie par des religieuses puis renvoyée chez des membres de sa famille à Agrigente, en Sicile, où elle a terminé ses études secondaires. Je suis devenu son parrain en 1934, à l'occasion d'une visite aux miens et à sa parenté, de vieux amis. Lorsque la petite a décidé d'émigrer, elle a pensé à moi et à ma femme pour servir de répondants auprès de l'Immigration canadienne. Elle a bien un cousin ici, mais il est trop occupé pour se charger d'elle. Il a accepté cependant de nous donner un peu d'argent pour les frais à condition que ça ne dure pas trop longtemps.

— En somme, le cousin a le cœur sur la main mais la main trouée…

— Pourtant le père de ce gars-là, Calogero Volpino, a une fabrique de fromages italiens qui lui rapporte beaucoup.

Intrigué, je priais Giuseppe de revenir à sa protégée.

— Ornella est une petite personne sérieuse. Elle parle le français. Elle l'a appris à l'école à Cherbourg. Elle est vaillante et mignonne. Si tu veux, je te la présenterai. Je te verrais très bien avec quelqu'un comme ça, d'autant plus qu'elle doit avoir ton âge. Mais attention ! Ce n'est pas comme les filles faciles de ton agence. Elle respecte les valeurs importantes qui nous sont chères à nous, qui venons de l'autre bord. C'est précieux une fille comme ça et moins exigeant que les petites Canadiennes un peu trop gâtées qui n'ont pas connu la guerre…

— Me ferais-tu l'article pour ta filleule ?

— À vrai dire, mes enfants sont élevés, je suis très occupé et ma femme est fatiguée. Être parents une seconde fois nous cause des soucis dont nous pourrions bien nous passer à notre âge. C'est vrai, je cherche à caser Ornella avant qu'elle ne fasse des bêtises. Tu es un brave garçon, Éric. Si tu veux, je te la présente.

— Ta filleule a l'air bien sympathique, mais rien ne dit que je lui plairai ni qu'elle me plaira et je suis un peu perdu en ce moment.

— Comme tu voudras, mais n'attends pas trop longtemps car il y a des *bulli*, des petits voyous, qui ne me plaisent pas et qui lui tournent autour. Heureusement, elle n'est pas intéressée et je veille…

— J'y penserai, Giuseppe, j'y penserai, mais je dois d'abord régler bien des affaires.

Le vieil entrepreneur me faisait penser à ces marieurs d'autrefois. J'étais très honoré de sa proposition, car, d'habitude, les Italiens de sa génération insistaient pour que, chez eux, les fréquentations entre jeunes se déroulent exclusivement entre personnes de leur communauté, de leur clan, voire de leur village. De plus, il savait bien je n'étais pas d'une blancheur immaculée puisque j'étais employé par une quasi matrone à la réputation discutable que je « connaissais », bibliquement parlant. D'après ce que je pouvais constater dans l'attitude de Giuseppe, c'est qu'il faisait passer mes frasques sur ma jeunesse et me félicitait de ma bonne fortune. Curieusement, il m'avait pris en sympathie. Peut-être parce qu'en dépit de son côté obscur il imposait le respect à une époque où l'influence des figures parentales commençait à s'effriter et qu'orphelin je ne manquais pas de lui témoigner une certaine déférence. Pax Plante m'aurait probablement recommandé de m'éloigner de cet homme chaleureux dont les activités de promoteur en dissimulaient d'autres, certainement plus inquiétantes. Toutefois, ma curiosité naturelle était la plus forte.

Le vieux avait raison. Il connaissait tous les avatars d'une vie se déroulant dans la *combinazione*, sinon dans l'illégalité et, curieusement, contrairement aux marginaux que j'avais rencontrés, ne prêchait pas pour sa paroisse et ne souhaitait pas que les autres soient semblables à lui. Je crois aussi qu'il voulait m'éviter des ennuis, car il avait perçu rapidement que je n'étais pas fait pour vivre le genre d'existence que je menais et que j'étais mal à l'aise avec les compromissions que je devais m'imposer.

Et puis, je ne tardais pas à être tanné de faire de belles façons à une bande de poupées fardées, dont les plus décourageantes étaient de purs mannequins au regard vitreux, au beau visage figé, n'ayant rien à dire.

Ces filles se maintenaient la plupart du temps dans la perpendicularité, méprisaient leurs collègues, qu'elles appelaient «polyvalentes», et affichaient souvent d'incroyables prétentions en attendant un bon parti bourré de dollars. Les «polyvalentes» avaient des conversations plus intéressantes, agissaient comme des êtres humains et non point comme des humanoïdes. Celles qui jouaient dans les angles de plus de 180 degrés avaient des sourires de commande et un air mi-agressif mi-tristounet qui laissait transparaître les humiliations qu'elles devaient supporter.

Mon malaise était aggravé par le comportement des deux jeunes employées dont j'avais pris le relais, Gwendoline et Joëlle. Elles m'en voulaient pour avoir, bien malgré moi, pris leur place. Au lieu de s'expliquer avec celles qu'elles appelaient La Sultane, elles me mettaient des bâtons dans les roues en me renseignant mal, en refusant d'effectuer certains travaux et en me perdant des dossiers. Elles jouaient les offusquées lorsque je leur faisais remarquer leurs vacheries. Et puis il y avait bien sûr Leilah, la «Babylonienne au grand cœur», comme la surnommait un client au langage imagé, qui aimait bien faire des références à l'histoire ancienne. Qu'étais-je au fond pour ma patronne ? Un *toy boy* ? Un homme à tout faire ? Un confident ou le simple objet d'une bienveillante attention de sa part ?

Nous nous chicanions presque journellement sur des questions portant sur la moralité de son agence, qu'elle m'avait assurée au début être impeccable. J'en étais rendu à considérer Leilah comme une simple entremetteuse et à m'estimer comme une sorte de proxénète à son service. Je n'avais même plus le temps de suivre de cours. N'avais-je fait des études, bourlingué et pris de l'expérience que pour en arriver à cette réussite frelatée ? Je ne pouvais plus me regarder dans la glace.

Un beau matin, j'annonçai à Leilah avec toutes les précautions souhaitables que j'étais insatisfait de ma situation et que Nick Falco songeait à changer de vie dans un proche avenir et à reprendre son vrai nom. Elle explosa.

— Tu n'es qu'un petit con logé, nourri, blanchi et bien payé qui fait son moraliste ! Comment penses-tu que je me paie ce bel appartement, ma grosse voiture et mon train de vie, qui est aussi le tien ? En prêchant, tel un prophète famélique, la moralité à tout vent et en passant le chapeau ? Dis-le-moi que je suis une mère maquerelle ! Ne te gène pas !

— Je n'ai jamais dis ça, répliquai-je

— Non, mais tu le penses. Eh bien ! non, mes filles ne sont pas plus putes que celles que l'on voit parader dans *Vogue* ou dans *l'Officiel de la couture*. Toutes sont à vendre. C'est une question de circonstances opportunes et de moyens. Certaines, après quelques années de mannequinat, négocient elles-mêmes leur prétendue vertu avec des soupirants bien nantis et on n'en entend plus parler. Il y en a même qui trouvent l'amour. D'autres, plus indépendantes et aventureuses, prennent des chemins de traverse pour tirer tant qu'il en est encore temps le maximum d'argent des types honorables et décorés qui recourent à leur services et elles se constituent un pécule. Est-ce tellement différent des promotions par coucheries dans les grandes sociétés et, je le pense sincèrement, des mariages de raison ? Je n'ai pas inventé ce jeu qui a été imposé aux bonnes femmes par vous, les hommes, si prompts à profiter de nos bontés puis à nous laisser choir après !

— Et c'est moi qui devrait me culpabiliser maintenant et qui suis le tortionnaire de ces dames ? J'ai eu suffisamment de scrupules à vaincre dans ce boulot. Remarque que c'est un arrangement auquel nous avions mutuellement consenti. J'ai apprécié grandement ton aide et t'en remercie, mais je constate que cette vie, que je devrais trouver agréable, ne me convient pas et que je veux descendre de ce train-là au prochain arrêt. Je ne suis plus capable de supporter mon implication dans ces compromissions. Tu m'avais pourtant bien dit que je serais libre de m'en aller si le travail ne me convenait pas…

— Es-tu conscient du fait que tu risques de te retrouver sans job dans ton gourbi de Pointe-Saint-Charles, en train de courir après tes petites histoires de malfrats pour les feuilles de choux ou pour la radio ?

— Mon verre sera petit, mais je serai le seul à y boire. Je n'aurai plus à ménager la chèvre et le chou avec les clients et à prendre en compte la susceptibilité maladive et le narcissisme de tes employées, que je comprends bien d'ailleurs. Je serai libre d'écrire, une fois de plus, et de chasser la nouvelle…

— Au volant de ton tacot pourri, qui tombe constamment en panne, en ressassant le souvenir des batailles de Pax Plante et de Jean Drapeau contre ce qu'ils appellent le crime organisé. On a vu comment leur croisade s'est terminée ! Par l'élection de Sarto Fournier, un maire moins obsédé par son image de Monsieur Net que son prédécesseur. Le duo de justiciers à la Zorro a levé le pied ! Tu vois que parler de tout ça dans les journaux ne sert à rien. Les caïds reviennent toujours à l'attaque en changeant de stratégie et se débrouillent pour s'infiltrer partout, car les enjeux sont énormes. Il faut apprendre à vivre avec eux et ce n'est pas un petit gars comme toi qui réinventera le monde.

— Peut-être que dénoncer le crime organisé et ameuter l'opinion publique permet de contenir les excès de ces tristes sires, ceux que Pax Plante appelait les *boys* ou « les gens qui fuient la lumière ». Si personne ne protestait, nous serions encore en pleine sauvagerie, en pleine jungle, dans un véritable âge des ténèbres. Pax faisait remarquer que les individus normaux se lavent tous les jours sans se demander si c'est utile puisqu'ils savent fort bien qu'ils devront recommencer le lendemain. Je crois à ce principe en apparence simpliste, même si j'ai perdu des illusions au fil des ans.

— Tu en perdras d'autres. C'est pas fini, p'tit gars, conclut-elle. Alors prends ta valise et dégage ! Moi qui pensais que tu avais de l'ambition, surtout avec mes projets de salons et ma propre gamme de produits de beauté.

— Une couverture pour des studios de masturbo-massages, je suppose ? Il risque d'y en avoir pour tous les goûts et tous les sexes… lui dis-je d'un ton narquois.

Elle me gifla puis m'ordonna :

— Ne sois pas grossier et ignoble en plus ! Dehors ! Fous-moi le camp !

— Je m'excuse, je plaisantais, mais il est certain que mon ambition est d'être heureux dans ce que je fais et, à ce que je vois, je ne pense pas m'épanouir dans ton genre d'occupation.

— Va-t-en, me dit-elle d'un air las et triste. Et ne reviens pas.

Je pense qu'elle était bien plus affectée qu'elle ne voulait le laisser paraître et elle ajouta à mon sentiment de culpabilité. Je pris ma valise, mon sac Gladstone et entrepris de récupérer ma Ford 36 dans le garage souterrain. Tous mes pneus étant à plat, je dus appeler une dépanneuse munie d'une pompe électrique pour reprendre la route. Même si je ne n'avais pas souvent utilisé mon bazou, il était curieux de constater que tous mes pneus semblaient s'être dégonflés en même temps très récemment. En effet, une semaine plus tôt, tout était normal. J'étais allé dans la voiture chercher des documents que je gardais dans la malle. Je pensais à un mauvais tour du maudit portier galonné qui me faisait toujours la gueule et avec qui j'avais eu une altercation voilà quelques jours. Je n'avais aucune preuve, bien sûr. Cela me donna l'occasion de penser combien des ennuis aussi triviaux peuvent embarrasser les gens sur le pavé, ce qui était à nouveau mon cas. Pour le désargenté, l'individu qui repart à zéro, la moindre panne, la moindre facture imprévue peuvent prendre l'importance d'une affaire d'État et souvent le porter à choisir un endettement non remboursable ou à simplement se passer de repas. Était-ce un premier avertissement de la fatalité qui semblait m'accabler ? Je sortis du stationnement souterrain en malmenant ma ruine d'auto bouffant plus d'huile que d'essence, tandis que je berçais des idées de meurtre contre les petits malfaisants qui ajoutent à vos misères.

Chapitre 15

Après avoir passé six mois chez Leilah et à l'agence, je me retrouvai à Pointe-Saint-Charles. Je me louai une chambre non loin de mon ancienne adresse, rue Mullins, et m'empressai d'aller prendre quelques petits verres de bière à la taverne Régal, rue du Centre. J'y retrouvai en fin de journée de vieilles connaissances comme le père Duquette, le père Piché, Dunberry dit Dumb Bell, de braves ouvriers de la fabrique de peinture Sherwin-Williams toute proche. Ils m'avaient souvent remonté le moral les jours sombres et furent heureux de me revoir. Je troquai les effluves des parfums parisiens hors de prix pour la senteur des graines de lin broyées dont ces travailleurs étaient imprégnés, mais je préférai être avec ceux que je considérai être « le vrai monde » plutôt qu'avec des gens vivant dans un univers frelaté dans le voisinage des classes qui, si elles ne pouvaient être qualifiées de supérieures, étaient du moins bien nanties.

Je repris donc « mon bâton, mes deuils, mes peines et mes guenilles », comme le chantait Félix Leclerc et repartis sur le chemin de mes anciens territoires à nouvelles : le milieu artistique, les rues chaudes de

Montréal, la cour municipale. Courant les piges pour payer avec difficulté ma chambre, mes aliments frugaux et l'entretien de ma ruine ambulante, je n'avais guère le temps pour conter fleurette à des jeunes personnes qui, de toute façon, auraient été peu attirées par mes signes extérieurs de richesse plutôt inexistants.

À peine installé, je donnai un coup de fil à mon vieux sage préféré, Giuseppe Astonghiglia. Je lui fis part de mon nouveau genre de vie et il me félicita d'avoir pris la bonne décision.

— Tu as fais ce que tu devais faire. Comment va ton travail ?

— Tout doux, tout doux. Il faut que je raccroche les wagons et que je retisse mon réseau de contacts, car on est vite oublié dans ce métier. Mais je me débrouillerai et finirai même par trouver un job plus lucratif. Je ne lâche pas.

— Et comment Leilah a-t-elle pris tout ça ?

— Plutôt négativement. Je crois que nous sommes fâchés.

— Elle finira par comprendre, car elle est intelligente. De nouveaux flirts, de nouvelles conquêtes ?

— Je n'ai pas de temps pour ça et puis, pour ce qui est du véritable amour, je suis toujours comme en deuil de Suzal, celle que j'appelais Ophélie. Je pense que cela durera longtemps. Je me demande si je ne devrais pas me renseigner, la retrouver aux États-Unis, l'enlever et mener notre vie…

— Es-tu fou, calice ! Massacrer l'avenir professionnel de la petite ? Et qu'as-tu à lui offrir ? Une vie de fuyard. Même si tu parles couramment l'anglais, il vous faudra des permis de séjour qui permettront aux autorités américaines de faire des recherches sur vos origines. Elles enquêteront, on vous retrouvera et je peux te dire que Théo sera prêt à mettre une « couple » de ses hommes sur votre piste. Je n'ai pas besoin de te faire un dessin…

— Il y a moyen de se cacher aux States…

— *Porca madosca* ! Tu te crois au siècle dernier ? Les Fédéraux américains sont paranoïaques, même avec les Canadiens. Il voient des communistes et des assassins de notables partout. D'ailleurs, dans les papiers destinés aux étrangers, ils demandent même aux touristes et aux émigrants de jurer ne pas être venus pour tuer leur Président. Bref, vous serez d'éternels fugitifs. Tout ce qui vous restera à faire sera de travailler clandestinement pour une misère dans des jobs de trou de cul avec la menace perpétuelle de vous faire pogner par les agents de l'Immigration des États et renvoyer chez vous. Bel avenir pour l'épanouissement d'un grand amour ! Et toi, je le répète : revenu ici, tu auras des comptes à rendre, peut-être pour la dernière fois... Tu auras été prévenu. Penses-y.

En effet, si nous voulions jouer les Roméo et Juliette, il nous suffisait de suivre ce projet romanesque mais désespéré. Giuseppe, ce vieux routier des combines de toutes sortes, me le confirmait. Le seul fait qu'il ait pu atteindre un âge respectable et une position enviable dans l'Alpha Costruttori Club du Grand Montréal indiquait que j'avais affaire à un survivant parmi une bande de concurrents aux dents longues et aux méthodes elliptiques.

— Écoute. Je pensais justement à toi et c'est pourquoi je t'appelle. Tu sais, Ornella, cette petite Italienne que ma femme et moi avons recueillie et dont je t'ai déjà parlé ? Elle ne fréquente toujours personne. Serais tu intéressé à ce que je te la présente ? Je lui ai parlé de toi et elle désirerait te connaître.

— C'est gentil, vieux pépé marieur, mais tu m'a dit que c'est une Européenne du Sud qui vient de Sicile. Un beau pays, mais vraiment une autre culture, et tu le sais.

— Tu as bien fréquenté notre amie Leilah. Elle aussi vient d'une autre culture.

— Oui, elle est Libanaise et de formation française. Nous savons tous que les Libanais sont de grands voyageurs, qu'ils sont ouverts sur l'internationalité et cela depuis la nuit des temps. Avoue que les Siciliens sont plutôt repliés sur eux-mêmes, sur leurs clans, leurs familles.

— C'est ça. Essaies-tu de me dire que les Siciliens sont des *ritardati*, des arriérés ? me dit-il, piqué au vif. Que font-ils de si original que ne font pas d'autres peuples ? Tu es plein de préjugés et nous prends tous pour des bandits à escopettes ! Je devrais être insulté par tes paroles.

— Je ne veux aucunement t'insulter, mais, même à l'extérieur de votre pays, vous avez des principes qui ne sont pas les nôtres et vous prenez la mouche au moindre prétexte. En Sicile, en Calabre, en Sardaigne, en Corse, beaucoup de gens transforment en affaires d'honneur les moindres chicanes de famille et ça se règle à coups de fusils ou autrement. Ta protégée a été élevée comme ça. Tu fais office de père et je me sentirais constamment surveillé si je me hasardais à sortir avec elle. Ne dis pas le contraire…

— Encore des préjugés ! Ne crois-tu pas que Théo Robidas n'a pas fait la même chose en envoyant Suzal aux States pour la soustraire à ton influence ? Mon cousin Volpino et moi avons les idées beaucoup plus larges en ce qui concerne Ornella. Il s'agit d'une orpheline sans fortune dont nous nous sentons responsables. Et si je te la recommande, c'est parce que je réponds de son honnêteté et de sa vertu et que je pense sérieusement qu'elle peut intéresser un gentil garçon, idéaliste dans ton genre et pour qui j'ai de l'amitié. Ce n'est pas rien, sais-tu ?

Giuseppe avait lu dans mes pensées. Une fille simple, peu influencée par la société moderne pourrait se révéler pour moi un retour aux valeurs simples de l'existence. Je pensais à une vieille connaissance croisée récemment. Il s'agissait de Campanule Villeblanche, une égérie autoproclamée des arts et des lettres, que j'avais rencontrée dans les studios de Radio-Canada. Elle avait eu tant d'amants et d'amantes qu'elle aurait été bien en peine d'en fournir une liste partielle.

Loin d'être inintéressante, elle n'en était pas moins une personne compliquée et blasée, tournant à vide, agaçante. Mes copains, qui pourtant profitaient de ses faveurs, l'appelaient « paquet de troubles ». Cette figure de la bohême locale s'opposait à celle de la fiancée virginale que me proposait mon ami Giuseppe.

— Et si votre Ornella avait de l'argent ? demandai-je non sans cynisme à ce dernier, ton cousin et toi seriez-vous aussi pressés de la marier, même avec un fauché comme moi au lieu de la négocier auprès d'un soupirant italien, riche et influent ?

— L'argent complique toujours les choses, mais puisqu'elle n'en a pas, d'un côté comme de l'autre de sa famille, on peut toujours remercier le ciel qui nous donne l'occasion de la lancer dans une nouvelle vie. Enfin, si une Sicilienne n'est pas assez bonne pour toi, tant pis ! Oublie ça, dit-il en manifestant son impatience.

Il est vrai que j'y étais allé un peu fort et que je lui avais chauffé les oreilles. Je m'empressai donc de lui réitérer mes excuses en lui expliquant que je voulais juste plaisanter. Après m'avoir fait remarquer que je devais surveiller mon sens de l'humour, peu susceptible d'être apprécié par tout le monde et un peu trop cinglant, il me proposa de passer chez lui à Ville-LaSalle pour prendre un verre et me présenter sa filleule.

Deux jours plus tard, un samedi, je me rendis chez Giuseppe qui me reçut chaleureusement dans sa vaste demeure, qu'il me fit visiter. Je remarquai en passant les nombreux systèmes d'alarme qui la parsemaient et un imposant râtelier à fusils cadenassé dans la salle de jeu. C'était sans doute un autre amateur de chasse, comme mon ancien patron, Théo Robidas, ou encore un collectionneur d'armes, pour le moins dissuasives. Son épouse, une petite dame effacée, nous servit des alcools et du café dans le salon. Puis Giuseppe lui demanda en italien d'aller chercher Ornella.

Deux minutes plus tard, Mme Astonghiglia revint avec une jeune fille un peu empruntée, aux superbes cheveux noirs et aux traits délicats mais volontaires. On devinait qu'elle était mal à l'aise dans sa robe assez austère et qu'elle jouait, tout comme moi, le jeu des présentations.

— Éric, je te présente ma filleule, Mademoiselle Ornella Volpino, une amie de notre famille. Ornella, je te présente Éric Sanscartier, dont je t'ai déjà parlé, commença Giuseppe.

— Enchanté, Monsieur, répondit-elle dans un français légèrement teinté d'accent italien. Je crois que vous êtes journaliste ?

— Oui, Mademoiselle, du moins j'essaie…

Elle me regarda de façon si charmante que le terme de « sourire de Madone » me vint à l'idée. Ce n'était qu'un autre cliché que je m'efforçai d'effacer de mon esprit pour revenir à la réalité. De toute évidence, elle ne ressemblait pas à nos Québécoises et ne paraissait pas encore américanisée. Elle semblait porter en elle tout le charme et la retenue de l'Ancien monde. Depuis la perte d'Ophélie, je n'avais jamais été touché par la présence d'une jeune fille comme à cet instant précis. Les rapports que j'entretenais avec Leilah Soutab, quoiqu'en partie amicaux, mais surtout mercantiles et charnels, auraient comblé beaucoup d'hommes, mais ce n'était pas mon cas. En face de cette étrangère, je retrouvais en moi une certaine sensibilité que je croyais disparue.

— Et vous, que comptez-vous faire dans la vie ? lui demandai-je.

— J'ai terminé mes études secondaires à Agrigente, mais je ne sais pas encore vers quoi me diriger. Tout dépendra de l'avenir. En attendant, j'ai passé mon permis de conduire.

— C'est toujours utile. Comment trouvez-vous notre vie ici ?

— Je ne sais pas encore. Beaucoup de choses semblent plus faciles qu'en Europe, mais il y a des choses qui me manquent. Le soleil, ma ville… Je suis *Agrigentina* dans l'âme.

— Tous les pays ont leurs particularités que, malheureusement, on ne peut importer avec soi. Il y a quelque deux cents mille Italiens à Montréal qui se sont bien habitués à notre genre de vie. Même si beaucoup d'entre eux ne parlent que l'anglais, car ils ont à l'époque choisi ce qu'ils appelaient « la langue du pain » pour trouver du travail, je crois que vos habitudes culturelles latines sont plus proches des nôtres que de celles des Anglo-Saxons.

— Mais j'ai aussi étudié l'anglais. Je dois juste le mettre en pratique et me faire l'oreille.

— Alors vous ferez une parfaite Canadienne ! Cela vous ouvrira des portes supplémentaires.

Devant ses hôtes, Ornella ne pouvait que parler de banalités. On sentait que leur présence la paralysait. Une chose était certaine : je désirais la rencontrer à nouveau dans de meilleures conditions, car elle m'intriguait. Était-ce de l'amour ou de la curiosité ? À la fin de l'après-midi, Giuseppe me raccompagna et, une fois sortis de sa maison, me demanda ce que je pensais d'Ornella. Je ne pus lui en dire que du bien.

— Je suis certain que tu es intéressé de la revoir… me dit-t-il d'un air complice.

— Oui, si possible, mais j'aimerais pouvoir m'entretenir avec elle en dehors de votre cercle familial. Je crois qu'elle se sent épiée.

— Cela pourra s'arranger, mais attention ! pas de folies ! Nous ne plaisantons pas avec l'honneur de nos filles et si tu faisais l'imbécile, tu le paierais très, très, cher… *Capito* ?

— Pour qui me prends-tu, Giuseppe ? Pour une brute ? Nous n'en sommes même pas aux fréquentations ! Comment peux-tu me faire un tel procès d'intention ?

— C'est vrai, mais je connais la nature humaine. D'accord, je te fais confiance, mais souviens-toi de ce que je t'ai dit, reprit-il, apparemment rassuré.

Le lendemain, j'appelai chez Giuseppe et demandai à parler à Ornella. L'épouse de Giuseppe me passa la jeune fille, que j'invitai au cinéma.

— Avez-vous vu *The Egyptian*, si vous préférez, « L'Égyptien » en français ?

— Vous savez, nous n'allons guère au cinéma chez mon oncle. Il préfère la télévision et arrive même à capter des canaux américains. Quel est le sujet de ce film ?

— On y évoque l'odyssée d'un médecin sous le règne du pharaon Akhenaton, plus de treize cents ans avant Jésus-Christ. Ce n'est pas une nouveauté, mais il paraît que les décors sont grandioses, avec des aventures fabuleuses et plein d'action. Au fait, aimez-vous les films que l'on appelle « péplums », ceux qui se déroulent dans l'Antiquité ?

— J'adore l'histoire ancienne. Je viens d'une ville qui possède parmi les plus beaux temples doriques. Nous avons même une « Vallée des temples » et maints vestiges du passage des conquérants grecs, carthaginois et romains qui sont passés chez nous. Avec l'école, nous visitions souvent ces lieux et ils me manquent.

— C'est le seul monde antique, recréé par les Américains, que je puis vous proposer, lui dis-je en riant. Cela vous intéresse-t-il ?

— D'accord. Allons-y pour l'Égypte !

C'est ainsi que je passai la chercher chez son parrain qui nous ordonna d'être de retour avant 23 heures. J'eus l'occasion de rencontrer aussi son cousin Lupo Volpino, qui me fit l'effet d'un fils à papa m'as-tu-vu et prétentiard. Il regarda d'un air méprisant ma Ford, plus brinquebalante et fumante que jamais. Je m'excusai auprès d'Ornella de l'état peu décoratif de mon bazou et lui expliquai que j'avais possédé des moyens de transport avec plus d'allure, mais que je les avais perdus à la suite de mauvais coups du sort. Contrairement à bien d'autres jeunes filles, elle se garda de se moquer de mon tas de ferraille et me fit remarquer que, pour elle, il s'agissait d'une grosse auto confortable si on la comparaît aux populaires mais minuscules Fiat « Topolino » de son pays, qui ne pouvaient transporter que deux passagers assez malmenés.

Il était rafraîchissant de constater qu'apparemment elle n'accordait que peu d'importance à ma situation financière et se proposait de chercher du travail. D'ailleurs, elle s'exerçait à conduire une Packard Patrician 1952, une imposante huit cylindres en ligne appartenant à Mme Astonghiglia. Son parrain, qui n'avait apparemment pas envie de lui payer des études universitaires, avait minimisé les frais avec quelques cours de conduite et en lui prêtant une auto. « Savoir conduire est toujours utile pour pouvoir travailler », avait-il précisé. Ornella ajouta qu'elle ne pouvait reprocher quoi que ce soit à son parrain, car il avait déjà beaucoup fait pour elle.

Elle apprécia le « péplum » et me surprit par ses connaissances de l'Antiquité. Comme je m'en émerveillais, elle me lança, piquée au vif :

— Pour qui nous prenez-nous, les Siciliens ? Pour des *terroni*, des bouseux ? Je suis de la ville, moi…

— Je ne porte aucun jugement réducteur sur qui que ce soit, lui répondis-je. Et seriez-vous de la campagne que cela ne ferait aucune différence. J'admire simplement vos connaissances peu communes sur le sujet.

— Lorsque l'on a baigné des années dans une culture ancienne, on s'en imprègne. C'est pourquoi j'aurais aimé poursuivre mes études pour devenir historienne ou archéologue, mais le destin en a décidé autrement.

— Bienvenue au club. Voyez-vous, moi-même, je n'ai pu finir ma maîtrise. Lorsque l'on n'a pas de famille pour vous aider et qu'il faut se lancer sur le marché du travail, il arrive un moment où l'on ne peut se dédoubler sans aide. Et les bourses ne sont pas faciles à obtenir pour les métiers non immédiatement rentables. Mais un jour peut-être, parviendrons-nous à poursuivre nos études.

— Un jour… répéta-t-elle d'un air soudainement très triste. Un jour…

C'est ainsi que nous avons fait durant quelques semaines la tournée de toutes les salles de cinéma de Montréal et de la région pour retrouver de vieux péplums et des films français, qu'elle appréciait particulièrement. Je me sentais bien auprès de cette fille grave et très belle, qui ne se laissa embrasser chastement qu'à la troisième sortie. Je n'éprouvais pas les mêmes sentiments qu'avec ma regrettée Ophélie, mais je mis cela sur le compte de la différence culturelle. Par contre, Ornella semblait s'attacher à moi non sans une certaine réserve. Le père Giuseppe n'imposa bientôt plus de limite horaire à nos sorties et semblait même s'amuser de nous voir rentrer après minuit.

Je racontais franchement à Ornella mes mésaventures avec Ophélie et l'intervention de Théo Robidas dans ma vie sentimentale. Elle ne sembla pas étonnée et me confia que cela était monnaie courante dans son pays. Elle me confia à son tour avoir été presque fiancée avec un garçon de sa ville, un certain Mauro. Il lui avait promis de l'épouser et avait fait, tout comme elle, une demande d'immigration pour le Canada, où les deux jeunes gens avaient l'intention de se marier et de s'établir. Ils avaient apparemment obtenu leurs visas. Au moment de partir, changeant d'idée mais n'ayant pas le courage de l'avouer, Mauro avait disparu, certains disaient en Allemagne, d'autres en Australie. Ornella avait décidé de poursuivre son projet d'émigration mais, seule et le cœur meurtri, avait échoué chez son parrain. Nous avions deux vies à reconstruire.

Je passai sous silence mon intermède avec Leilah, par crainte de la choquer et de passer pour un garçon pas très sérieux. C'était une affaire d'hommes que Giuseppe connaissait et avait certainement omis de mentionner à sa filleule, dont il défendait la vertu. De plus, en tant que client de l'agence de mannequins polyvalents de mon ancienne patronne, il avait intérêt à se taire pour la paix de son ménage. Mes rapports avec Ornella se bornèrent à des flirts à l'américaine, c'est-à-dire relativement sages, à l'exception d'une fois où elle faillit s'abandonner dans la forêt où nous avions stationné la Packard, qu'elle avait empruntée pour que nous puissions faire une virée avec style dans les Laurentides. Sa retenue ne m'étonna pas. Je respectai son choix, comme je l'avais fait avec Ophélie d'ailleurs. Ornella semblait d'ailleurs plus amoureuse que moi mais agissait comme bien des jeunes filles sérieuses qui, influencées par la religion et les conséquences possibles de leurs actes, se réservaient pour la grande occasion, le mariage, une possibilité que je n'envisageais pas dans l'immédiat avec cette personne un peu mystérieuse qui me faisait rêver mais dont le comportement me déroutait un peu.

À notre retour à Ville LaSalle, vers une heure et demi du matin, Giuseppe nous regarda d'un air gaillard, comme s'il avait deviné que nous avions joué avec le feu, mais ne sembla pas contrarié. Ornella essaya de dévier la conversation en lui déclarant qu'en soirée nous avions écouté sur l'excellent poste de radio de la voiture l'opéra *Rigoletto* de Verdi avant de prendre un snack aux petites heures de la nuit. Giuseppe rétorqua :

«Je vois… Rigoletto et couchés tard!» Je me contentai de rire du facile jeu de mots, fort approprié pour un Italien que je savais amateur d'opéra. Malgré mes connaissances limitées du *bel canto*, mon intérêt pour la musique classique m'avait fait néanmoins connaître les grands thèmes de cette œuvre, tournant autour du bouffon Rigoletto, de l'inconstance des femmes et de la vengeance. Sous couvert de plaisanterie, je me demandai quel message Giuseppe essayait de nous transmettre et ne me hasardai pas à le décrypter.

Je tentai d'appeler Ornella toute la semaine suivante, mais sans succès. Madame Astonghiglia m'apprit que ma nouvelle amie était malade, qu'elle était suivie par un médecin et se trouvait sous observation. Elle ajouta que, vu les possibilités de complications de la maladie, mieux valait prendre des précautions et me tenir éloigné. Elle me promit que Giuseppe me donnerait des nouvelles.

Je reçus un coup de fil de lui la semaine suivante. Giuseppe me donna rendez-vous le soir à son bureau après la fermeture. Il semblait jovial, sortit une bouteille de Chivas et m'offrit de trinquer, ce que j'acceptai de bonne grâce. L'atmosphère était décontractée.

— Et comment va Ornella ? lui demandai-je d'emblée.

— Le mieux du monde dans les circonstances, répondit-il. De petits malaises sans plus, mais ça passera vite. La vie est belle, au fond.

Rassuré, j'allais lui demander quand je pourrai la voir lorsqu'il me coupa d'un air amusé et me dit en souriant :

— Félicitations ! C'est pour quand le mariage ?

— Mariage ? Quel mariage ?

— Mais voyons, toi et Ornella !

— Ornella ? Mais nous venons juste de nous connaître ! Nous n'avons jamais discuté d'une telle éventualité. Je crois que nous nous aimons bien. Je ne dis pas qu'après quelque temps nous ne nous déciderons pas à nous marier, mais pour l'instant, c'est hors de question.

— Aïe ! Aïe ! Facile à dire… N'oublie pas que tu n'a pas affaire à *una madama* comme ta Libanaise. Ornella est une jeune fille innocente et pure, préservée par une tradition d'honneur.

— Je suis entièrement d'accord avec toi et j'ai toujours respecté ta filleule…

— … Sans doute en faisant du «parking», en jouant aux fesses dans notre voiture et en rentrant en pleine nuit! coupa-t-il en haussant le ton.

— Nous avons, au plus, flirté comme tous les amoureux, mais nous n'avons pas «joué aux fesses», comme tu dis. Je te défends de dire ça. Tu peux demander à Ornella. Elle te dira la même chose.

— Alors il y a là-dessous un mystère.

— Quel mystère, grand Dieu?

— Comment se fait-il alors qu'elle soit enceinte?

— Quoi, enceinte? hurlai-je abasourdi.

— Calme-toi, ce sont des choses qui arrivent dans les meilleures familles. Ça ne fera que précipiter un peu la date de votre mariage et tout le monde dira que le bébé est né avant terme, c'est aussi simple que ça.

— Mais je n'ai rien à voir dans cette histoire de grossesse. Et qui a dit que Ornella est enceinte?

— Le médecin est formel. Ça date à peu près du début de vos fréquentations.

— J'aimerais bien rencontrer ce médecin et savoir ce que cet « à peu près » peu scientifique signifie.

— Je serais à ta place, je ne discuterais pas et prendrais mes responsabilités. Vous avez tous deux fait les fous. Il faut réparer sans faire d'histoires.

— Mais, maudite marde ! Je te dis que je n'ai rien à voir dans cette histoire de grossesse ! Il suffit de faire venir Ornella et de lui demander devant moi si ces balivernes sont vraies. Tu verras bien ce qu'elle dira, répondis-je hors de moi.

— Justement, je lui ai demandé et elle m'a affirmé que vous aviez couché ensemble dès votre première rencontre. Elle s'est confessée et m'a confié être si amoureuse de toi qu'elle n'avait pu résister à tes avances. Je comprends les faiblesses humaines, mon gars. Tu peux t'estimer chanceux d'être aimé par une si jolie fille. Les mariages d'amour sont rares, tu sais…

— Oublions ces histoires de mariage, veux-tu. Je n'ai rien à voir dans tout cela et je veux avant tout voir Ornella me répéter ces énormités devant témoins, lui répondis-je à bout de patience.

— Tu l'entendras. Reviens demain à la même heure dans ce même bureau et tu auras satisfaction.

— Pourquoi au bureau et pas chez toi ?

— Parce que le sujet est délicat, que c'est une affaire d'honneur et que nous sommes ici à l'écart d'oreilles indiscrètes. En guise de témoin, il y aura le cousin Lupo Volpino, qui se considère également responsable de l'avenir d'Ornella.

— Alors, j'amènerai aussi un témoin, lui dis-je en pensant à mon ami Nils Sendersen, un journaliste particulièrement fouineur.

— Il n'en est pas question. Pas d'étrangers, entends-tu ? La situation est trop grave. Il s'agit d'une affaire de famille où l'honneur d'une jeune femme est en jeu. Si tu amènes qui que ce soit à notre réunion, cela ira très très mal, je te préviens…

J'étais coincé mais voulais tirer cette affaire au clair. Je dormis fort mal et c'est tout chiffonné que j'arrivai le lendemain à notre rendez-vous. Le jeune Volpino, l'héritier de la fromagerie du même nom, était là, portant haut, l'air contrit, vêtu d'un costume sombre comme pour se rendre à quelque enterrement. Giuseppe avait un air tout aussi solennel. Je me sentais comme un accusé devant un conseil de famille.

— Bon, commença Astonghiglia, tu vas arrêter de faire le *coglione* et entendre la voix de la raison. Quand comptes-tu régulariser ta situation avec Ornella ?

— Régulariser quoi ? Nous nous connaissons à peine. Je ne dis pas que, plus tard, nous ne nous marierons pas, mais il nous faut prendre le temps et être sûr de notre choix. Nous en sommes là.

— Tu oublies une chose, Éric, c'est que vous avez pris une avance et, comme le disent si bien tes compatriotes, vous avez fait passer Pâques avant les Rameaux. Ta fiancée est en famille. Qu'est-ce que l'on fait dans une situation pareille ?

— Je n'ai rien à voir dans tout ça ! Nous n'avons rien fait de mal. Et Ornella n'est pas encore ma fiancée.

— Alors on s'amuse bien, on séduit une honnête jeune fille, on niaise pour faire durer la rigolade et on disparaît du tableau ? Belle mentalité, mon p'tit gars ! tonna Giuseppe en tapant du poing sur son bureau. Ça n'est pas plus acceptable dans la province de Québec que chez nous en Sicile. Ornella n'est pas tombée enceinte par l'intervention du Saint-Esprit. Ça n'est arrivé qu'une fois dans l'histoire du monde cette histoire-là... Il ne te reste plus qu'à réparer et à l'épouser, c'est tout. Nous ferons tout pour que tu l'épouses. *Capito* ?

— Je ne saurais accepter un *shotgun wedding*, un mariage avec un fusil dans les reins alors que nous sommes innocents ! Dans ce cas, je divorcerai !

— D'abord, divorcer au Québec est très compliqué et très coûteux. Ça doit passer par le gouvernement fédéral. Et puis, chez nous, on ne divorce pas. Han, han ! On te retrouverait n'importe où. Je vais te raconter une histoire. Un homme d'affaires de mes amis avait un fils qui est devenu chanteur de charme. Ce jeune homme a connu un certains succès et s'est marié. Au bout de quelques années, notre *crooner* a voulu divorcer. Son beau-père, un homme d'honneur, lui a dit : « Pour la rigolade, tu peux mener ta barque comme tu veux, tant que tu ne fais pas de scandale. Par contre, il n'est pas question que tu divorces, sinon il pourrait t'arriver de sérieux ennuis. Je pense que je n'ai pas à ajouter quoi que ce soit. »

Je me souvenais du beau *crooner*. Il s'agissait d'Aldo Modenese, dont les fredaines et les rumeurs de divorce avaient défrayé la manchette des journaux artistiques. Finalement, l'affaire s'était tassée. Aldo avait cessé de chanter, excepté dans son restaurant et sous l'œil vigilant de sa belle famille. S'il mena une double vie, disons qu'il se montra discret en se tenant à carreau, car il disparut des médias. On m'assimilait donc à cet artiste qui, lui, non seulement voulait se débarrasser de sa femme mais récupérer par la même occasion le luxueux restaurant qu'il avait reçu en cadeau de son beau-père. Je n'avais commis aucune imprudence et n'avais pas l'intention de rejeter Ornella qui, semble-t-il, était plus éprise que moi. Je demandai donc simplement que l'on me donne le temps de prendre une décision aussi grave que convoler.

J'exigeai donc de voir enfin Ornella pour qu'elle m'explique de vive voix comment elle pouvait être enceinte en l'absence de rapports sexuels. Lupo sortit de la pièce, se dirigea vers un autre bureau et en revint avec Ornella et Mme Astonghiglia, qui quitta précipitamment les lieux, sans doute pour retourner d'où elle venait. Ornella prit place sur un fauteuil. Elle avait les yeux rouges, le regard infiniment triste et l'air fripé. Elle se jeta dans mes bras et éclata en sanglots. Je ressentis une immense peine et la serrais compulsivement, les larmes aux yeux. Giuseppe s'adressa à elle en italien sur un ton autoritaire, puis reprit en français.

— Ornella, laisse Éric tranquille ! C'est beau l'amour, mais nous sommes ici pour régler une affaire importante, commença-t-il. Viens là et raconte-nous simplement comment il se fait que tu sois enceinte.

Debout, comme à la barre d'un tribunal, elle répondit d'une voix hésitante en faisant un signe de tête dans ma direction :

— C'est parce que nous avons fait l'amour…

— On s'en doute, mais quand ?

— Dès notre première sortie, il y a quelques semaines, répondit-elle d'un air embarrassé.

— C'est faux ! hurlai-je. Nous sommes allés au cinéma ! Souviens-toi.

— Oui, mais un film peut fort bien être suivi de ce que j'appelle parfois le « cinéma du pauvre », où couchette rime avec chambrette, déclara Giuseppe d'un air faussement égrillard. Remarque, Éric, je ne te blâme pas. Elle est si jolie…

Tandis que Ornella se tenait debout, de profil, cette dernière phrase me poussa à l'examiner avec davantage d'attention. Giuseppe avait raison. Malgré son air accablé, cette petite Italienne était vraiment ravissante. Une beauté un peu sauvage et saine. Je commençais d'ailleurs à vraiment être pris au piège de son charme naturel, de sa gentillesse et de sa simplicité. Pourquoi me jouait-elle un tour pendable en racontant des menteries ?

C'est alors que j'eus la curiosité de regarder son ventre qui, quoique probablement comprimé par une gaine, était singulièrement rebondi. Comment, au bout de moins de six semaines, l'état de Ornella pouvait-il être aussi flagrant ? Loin d'être expert en la matière, j'avais suffisamment vu dans mon entourage de futures mamans à différents stades de leur grossesse pour savoir que cette protubérance datait de plusieurs mois et non de quelques semaines. Une idée horrible m'effleura : n'était-elle pas enceinte des œuvres de quelqu'un d'autre et ne cherchait-elle pas à dissimuler ses frasques en en faisant porter le poids par un nigaud de service dans mon genre ? Je m'enhardis à demander un complément d'information.

— Giuseppe, avant de faire quoi que ce soit, j'exige un rapport de ton médecin que je ferai corroborer par un autre docteur de mon choix pour nous certifier l'état d'avancement de la grossesse d'Ornella, car je jure sur tout ce que j'ai de plus cher n'avoir rien à faire dans toute cette histoire.

— Et ça donnera quoi? demanda-t-il d'un air menaçant.

— Ça me disculpera si cette grossesse est antérieure à la date où nous nous sommes rencontrés. Je serais également heureux de savoir précisément depuis combien de temps Ornella réside au Canada, car elle ne m'a pas donné de détails.

— Ce ne sont pas tes affaires, trancha-t-il. Et puis, nous deux, depuis quand nous connaissons-nous? rétorqua Giuseppe.

— Depuis le temps où je travaillais à Longueuil-Est, pour le *Phénix de la Rive-Sud*.

— Alors tu vois, cela fait suffisamment longtemps pour que bien des choses se passent. Et même si l'affaire allait jusqu'en cour, ce serait ma parole et celle d'Ornella contre la tienne. Je pourrais même faire intervenir Théo Robidas qui racontera sous serment au juge que tu étais un fieffé coureur de jupons et qu'il lui a fallu exiler sa nièce aux États-Unis pour l'éloigner de ta mauvaise influence.

— Toute cette histoire est un *frame-up*, un coup monté pour me faire porter le chapeau ! Je ne sais ce que vous complotez, mais je suis déçu de voir Ornella mêlée à ce complot, moi qui la considérais comme une jeune fille exceptionnelle et qui commençais à m'y attacher sérieusement…

— Cet enfant est de toi, on te le fera admettre, déclara d'un petit air supérieur Lupo Volpino tandis que Ornella éclatait en sanglots.

— Toi, le fils du fromager, tu n'as pas à te mêler de ça. Tu as été à bonne école. Je connais les méthodes que ton père a utilisées pour implanter en exclusivité ses produits dans les pizzérias italiennes de Montréal et de la province : il en intimidait les propriétaires à l'aide d'hommes de main prêtés par votre mafia américaine, dont l'un des chefs avait des intérêts dans votre entreprise… Combien de pizzérias vandalisées et de propriétaires tabassés, hein ? J'ai fait un article sur cette histoire. Vous pouvez bien être riches aujourd'hui…

Lupo pâlit, me lança un regard si haineux que je sentis la mort passer sur son visage. Il se contrôla toutefois, tandis que je poursuivais.

— Et les nombreuses fois où l'usine de ton père a été déclarée insalubre par les inspecteurs de la santé publique, comme lorsque l'on a découvert qu'un tuyau d'évacuation de toilettes dégouttait dans vos cuves de lait. Bravo ! Et maintenant tu t'amènes l'air cave et en matamore pour me faire la morale et m'accuser ? De quel droit ?

Il se leva soudainement en me traitant de tous les noms, furieux que l'on lui rappelle de désagréables souvenirs à propos de faits et de rumeurs avérés qui avaient défrayé les manchettes voilà quelques mois. S'il avait eu une arme à feu sous la main, nul doute m'aurait-il balancé tout un chargeur dans la poitrine. Il s'avança, le poing levé, lorsque Giuseppe l'arrêta.

— *Pace ! Pace !* Du calme ! s'exclama le patriarche en s'interposant entre Lupo et moi. Nous sommes ici entre gens d'honneur et de bonne volonté. Pas entre ruffians. Éric s'est emporté et s'est aventuré sur un terrain qu'il croit connaître mais dont il ne sait rien. Oublions cela et, afin de revenir à nos affaires et de commencer du bon pied, demandons plutôt à Ornella de nous jurer que l'enfant qu'elle porte est bien celui d'Éric. Dis-le-nous, Ornella. Jure-le !

Ornella, en pleurs, livide, regardait la scène d'un air atterré.

— Je le jure… parvint-elle à marmonner entre deux sanglots.

Sans attendre, Lupo reconduisit Ornella auprès de Mme Astonghiglia. Abattu, consterné, la seule pensée qui me vint à l'esprit sur le moment était une scène de la tragédie *Jules César* de Shakespeare – mon dramaturge favori –, où le maître de Rome, alors qu'il se fait assassiner par un groupe de sénateurs, reconnaît Brutus, son ami, presque son fils, parmi les meurtriers et lui dit en latin avant de mourir *Et tu Brute ?*, soit « Toi aussi Brutus ? » Aussi lâchai-je un cri de bête, un « Non ! » prolongé, désespéré, strident, qui fit trembler les bibelots en porcelaine Capodimonte qui trônaient dans une vitrine du bureau. Je compris alors combien Ornella avait pu être manipulée, mais pour quel motif ?

— Bon, je crois que nous avons fait le tour de la question et que l'on s'est tout dit, décréta Giuseppe. Il va falloir que tu fasses quelque chose, Éric. C'est trop sérieux.

— Et que je me laisse enfirouâper dans vos combines sans protester ? Que l'on me force à me marier pour couvrir probablement les fredaines de cette demoiselle si pure et sans tache ? Malgré sa gaine serrée, on voit bien à sa taille qu'Ornella est enceinte depuis bien plus longtemps que je la connais. Si vous voulez jouer à ce jeu, courez après le sale type qui lui a joué ce tour de salaud. Pas après moi.

— Cela veut dire que, si tu engrossais une fille, tu prendrais tes responsabilités, n'est-ce pas ?

— Je ne me suis jamais placé dans une telle situation, car j'ai toujours été prudent. Si j'aimais une fille sérieuse et non une aventurière, je ne la laisserais pas tomber, c'est certain.

— *E allora?* Quelle est la différence ? Ornella t'adore et c'est réciproque, non ? Même si ce n'est pas encore la passion du siècle.

— Tu me proposes là un accommodement malhonnête, un joyeux départ dans une vie maritale reposant sur le parjure et un passé trouble ! Si Ornella m'avait expliqué en toute franchise ce qui lui était arrivé, il est fort possible que, en tenant compte de la précarité de sa situation et du fait que j'étais également amoureux d'elle, j'aurais accepté de l'épouser, quitte à élever l'enfant d'un autre. Mais là, elle m'a menti. Vous tous aussi d'ailleurs, pour donner le change et protéger je ne sais qui. Je te prenais pour un ami, Giuseppe et je commençais à aimer Ornella. Quelle déception !

— Voilà une réflexion désabusée mais qui présente néanmoins des aspects positifs. Pourquoi ne pas faire exactement comme cela, comme si l'enfant n'était pas le tien ? me suggéra Giuseppe. Je sais qu'elle a hâte de te serrer dans ses bras et de tout te pardonner. Vous oublierez ensuite tous ces malentendus.

— Pardonner ? Pardonner quoi, au juste ? Vos saletés de manigances ? Vos stratagèmes ? Vous mentez tous comme des arracheurs de dents. Vous utilisez des méthodes dignes de la Cosa Nostra, avec laquelle vous semblez d'ailleurs putasser…

— *Shut-up ! Stupido ! Ingrato !* clama Giuseppe d'un air menaçant dans une langue hybride. Si nous étions alliés à cette société, comme tu dis, au lieu de discuter et de perdre notre temps avec un *coglione* de ton espèce, il y a longtemps que l'on t'aurait fait signer n'importe quoi en te faisant « la job » au point de te rendre méconnaissable. Ou encore tu serais en train de visiter les fondations d'un *building* en construction. Je n'ai que ça à te dire !

— Giuseppe a entièrement raison. Si j'étais *chum* avec la Cosa Nostra, je te ferais organiser le cadran avec plaisir, crut bon d'ajouter Lupo, en bon flagorneur.

— Pour la dernière fois, écoute, reprit Giuseppe. On ne rit plus. Assez parlé. Je te donne rendez-vous dans précisément quarante-huit heures pour me dire ce que tu comptes faire. Tu ferais mieux de prendre une bonne décision. Réfléchis bien.

Il fit reconduire Ornella auprès de Mme Astonghiglia.

— Pourrais-je voir Ornella ? demandai-je.

— Pas question. Surtout après la manière dont tu l'as traitée. Tu pourras la retrouver après-demain, après notre rencontre, si tu es raisonnable bien sûr.

Las de tergiverser, je n'avais d'autre choix que de me soumettre à l'ultimatum de celui que je considérais autrefois comme un ami.

Chapitre 16

Je me retrouvais à la case départ. Ou bien je me pliais à la volonté de Giuseppe et compagnie ou alors je subissais la vengeance des membres de sa famille, avec leurs méthodes de persuasion ressemblant bigrement à celles des sociétés criminelles. Je pouvais aussi tenter de leur échapper en fuyant le pays, mais pour faire quoi ? Joindre les rangs des apatrides et des émigrants clandestins aux États-Unis ou dans une Europe se remettant difficilement de la dernière guerre mondiale ? C'était devenir un proscrit, le Canadien errant de la chanson, réduire considérablement mes possibilités d'avenir.

Je pouvais aussi dénoncer publiquement cette ignoble machination, mais j'étais persuadé que pas un journal, même à scandales, ne se risquerait de publier ma lamentable mésaventure. Elle était trop personnelle et trop intime pour susciter quelque intérêt sinon des éclats de rires entendus chez leurs lecteurs. Je ne pouvais attaquer de front un entrepreneur et le riche héritier d'une entreprise de produits alimentaires fort connue et les accuser de quoi que ce soit. C'était ma parole contre la leur. Ils avaient à leur service les meilleurs avocats, de ceux que je voyais en cour municipale réduire à néant les preuves de la partie adverse, surtout lorsque les témoins à charge de cette dernière étaient des citoyens sans moyens ou sans instruction.

Un affrontement brutal avec des forces familiales aussi occultes que rétrogrades ne pouvait que s'avérer inutile, peut-être même mortel. La fuite ne valait guère plus. Au mieux, elle aurait donné raison à ces forcenés de l'honneur qui pipaient si habilement les dés. De toute façon, aucun de ces choix n'aurait tiré la jeune femme d'embarras. Restait l'avortement, une solution à laquelle ni Ornella ni moi n'aurions pu nous résoudre à cause de notre éducation religieuse. Un copain m'avait fourni l'adresse d'un médecin complaisant, un certain Dr Ziblur, sur la Côte-des-Neiges, mais je m'étais empressé de la jeter.

Il était évident qu'Ornella avait dû succomber aux avances de son lâche fiancé à Agrigente et qu'après la fuite de celui-ci vers une destination inconnue elle avait profité de son visa d'émigrante pour aller se réfugier chez son parrain à Montréal. Las d'avoir sa filleule à charge et pour sauver l'honneur de sa famille, l'entrepreneur m'avait repéré et vanté sa protégée en croyant que je tomberais facilement dans le panneau. La première victime était bien sûr Ornella, qui, si l'on se fiait aux critères de son parrain, était une pécheresse qui avait «fauté» et devait expier ses erreurs en épousant le premier venu. J'étais – ce qui n'était pas flatteur – ce jobard, ce mari de remplacement. Giuseppe avait tout arrangé comme un arnaqueur et facilité notre intimité en pensant ainsi nous donner l'occasion de céder à nos désirs, d'avoir des rapports plus intimes et ainsi justifier à ses yeux ma présumée culpabilité. En outre, je comprenais mieux pourquoi il nous avait octroyé une grande liberté, prêté si généreusement la grosse Packard et avait trouvé drôle que nous rentrions très tard.

Le fait qu'un sentiment sincère se soit développé entre Ornella et moi servait parfaitement les intérêts de la famille, mais mon peu de hâte à me marier et la progression de la grossesse avaient précipité les événements. De toute évidence, la pauvre fille avait été victime des machinations de celui qu'elle considérait comme son bienfaiteur. Ne méritait-elle pas d'être aidée? Lorsqu'elle s'était parjurée, le dernier regard qu'elle m'avait lancé était si pathétique que j'étais prêt à tout accepter, même la responsabilité d'un enfant qui n'était pas le mien. J'avais été saisi d'un sentiment où se mêlait amour et pitié. La répulsion que m'inspirait ce parjure était telle que j'avais rejeté hâtivement toute possibilité de compromis.

Voilà où j'en étais. Au risque d'hypothéquer mon avenir, je pris la décision de régler le problème. Dans quarante-huit heures, j'allais me rendre au bureau de Giuseppe, non sans lui avoir préalablement demandé qu'Ornella soit présente et que l'abominable fils à papa de Lupo reste chez lui. J'allais ensuite accepter d'épouser Ornella en demandant à son parrain un peu d'aide financière pour que l'innocent petit être qui devait naître ne manque de rien. Ce sacrifice n'était pour moi ni héroïque ni chevaleresque. J'avais simplement réalisé qu'Ornella n'était pas responsable de ce qui lui était arrivé ni du rôle odieux que l'on lui avait fait jouer, que je l'aimais sincèrement et que l'amour apparemment très vif qu'elle me portait remplacerait avantageusement celui d'Ophélie, mon idéal perdu. Il s'agissait là d'un arrangement hasardeux, mais…

Non sans être la proie d'un affreux doute, je voulais me convaincre que notre amour mutuel suffirait à pallier les inconvénients de notre future union qui, au fond, n'avait rien de très exceptionnel. J'avais l'intention de « régulariser » notre situation, comme disait Giuseppe, malgré le fait que je n'avais personnellement aucune faute à me faire pardonner. Nous allions nous marier, comme tout le monde, sans nous soucier du handicap que représentait l'arrivée prochaine d'une charge de famille. Et après ? Cela ne nous empêcherait pas d'avoir éventuellement des enfants bien à nous. En fin de compte, l'honneur de ma future épouse allait être sauf, mais, autre inconvénient, j'allais devenir parent par alliance avec les Volpino, ce qui ne m'enchantait guère après l'engueulade que j'avais eue avec Lupo à propos des comportements mafieux de la société de son père. Je me consolais en pensant que l'amour d'Ornella valait bien quelques tracas.

J'avais hâte d'annoncer à Ornella ma décision lorsque, dans l'après-midi précédant notre rendez-vous décisif, sur le point de téléphoner à Giuseppe pour lui confirmer ma présence, je reçus un coup de fil. C'était lui.

— Tu as de la chance, *coglione.* Tu as de la chance… me dit-il d'une voix sépulcrale.

— Bonne nouvelle, Giuseppe ! coupai-je. J'ai tout arrangé ! Je te raconterai tout ça tout à l'heure. Enfin, nous allons nous marier et je vais pouvoir serrer Ornella dans mes bras. Oui, j'ai tout arrangé. Tu verras. Amène Ornella et ta femme aussi, mais je ne veux pas voir Lupo. Ça va comme ça ?

— Mais de quoi parles-tu ? me demanda-t-il d'un air de plus en plus lugubre.

— De notre réunion de ce soir à ton bureau.

— Il n'y aura pas de réunion. Il est arrivé de quoi.

— Que veux-tu dire ?

— Ornella est morte ! m'annonça-t-il d'un air excédé.

Je crus d'abord qu'il signifiait par là qu'elle était morte pour moi et que je ne pourrai plus la voir. Ce ne pouvait être qu'une façon de parler.

— Morte ? Comment morte ? Que veux-tu dire au juste ? C'est pas possible…

— Oui, morte, dans un accident de la circulation…

J'eus l'impression de me faire percuter par un poids lourd et demeurai sans voix. Péniblement, je demandai, à moitié aphone :

— Une voiture l'a renversée ?

— Non. Elle a pris la Packard sans autorisation tôt ce matin. Puis elle a filé vers les Laurentides. On a retrouvé la voiture en bas d'une falaise surplombant le lac des Douze Îles. La voiture a heurté les rochers, a rebondi, puis est tombée à l'eau, pourtant peu profonde à cet endroit. Des riverains ont alerté la police, qui est venue avec un camion-grue. Les chocs ont dû la tuer sur le coup, la pauvre…

Je lâchai un cri qui évacuait toutes les tensions accumulées depuis les dernières heures. D'autres questions se posaient. Qu'était-elle allé faire au lac des Douze Îles, cadre d'un week-end heureux que j'avais passé là avec Ophélie ? Il existe des centaines de lacs dans les Laurentides. Je n'avais mentionné qu'une seule fois le nom de ce plan d'eau et de ce village à Ornella un jour en passant près de là, sans donner plus de détails. Je m'étais contenté de lui mentionner qu'il s'agissait d'un lieu que j'aimais beaucoup et où j'avais un ami aubergiste. Elle avait fait des blagues en me disant que ce serait certainement un bel endroit pour aller en voyage de noces. Je m'étais empressé de changer de conversation. Sa mort en ce lieu où j'avais vécu d'autres amours me semblait le signe d'un destin cruel et facétieux.

— Comme ça tu dis que tu étais prêt à l'épouser ? me demanda Giuseppe. Eh bien ! il est un peu tard maintenant. Cela doit faire ton affaire cet accident, non ? Dans le fond, tu es chanceux.

— C'est dégueulasse ! Tu n'as pas le droit de dire ça. Avec vos niaiseries de chicanes de familles, vous êtes responsables de sa mort et tout cela vous arrange finalement. Si elle avait été dans un état normal, elle ne serait pas partie sur les routes, probablement à toute vitesse. Vous l'avez tuée ! Oui, tuée ! criai-je dans le combiné du téléphone.

— Et toi, tu n'es pas responsable, peut-être ? rétorqua-t-il. Avec tes hésitations, tu l'as poussée à bout de nerfs. Oh ! tu me dis maintenant que tu a changé d'avis. Je veux bien te croire, mais c'est inutile de brailler sur le passé et tu es bien puni. De toute façon, tu as de la chance, *coglione*… car si tu avais persisté dans ton refus, tu n'aurais pas gagné à ce jeu.

Il ne faisait que répéter ce qu'il m'avait dit en guise d'introduction en m'apprenant la mort de sa filleule au téléphone. De toute façon, pour lui, j'étais le *coglione*, le con de toute cette tragédie.

Les obsèques d'Ornella furent expéditives, d'une simplicité presque monacale, avec un minimum de tripotages thanatologiques, sans embaumement ni longue exposition du corps et accessoires funéraires de fantaisie. La famille avait minimisé les dépenses. Elle refusa cependant la contribution que j'étais prêt à lui fournir pour les frais funéraires, probablement moins par générosité que pour me faire sentir que je n'appartenais pas au clan.

La jeune morte avait une longue entaille à la tête, sommairement recousue et camouflée sous un maquillage. J'imaginai qu'il s'agissait là du choc mortel qui lui avait ôté la vie. Malgré ce rafistolage, Ornella conservait dans la mort son beau visage de madone. Avant de refermer le cercueil, on me permit de l'embrasser et de conserver le collier de corail qu'elle portait constamment. Lupo s'était opposé à cette idée, mais Mme Astonghiglia s'approcha d'Ornella, enleva le bijou de la défunte et me le donna. Quelques vieilles dames italiennes en foulard noir psalmodièrent des prières, telles des pleureuses antiques. J'eus une pensée pour le petit être en devenir qu'Ornella portait au moment de l'accident, ce qui me rappela le rôle que cet innocent avait pu jouer dans nos vies ces derniers temps. On vissa le couvercle et la maigre assistance se donna rendez-vous au cimetière Notre-Dame-des-Neiges, près d'une tombe de pauvre, un simple carré de terre qui devait être surmonté d'une modeste croix quelques jours plus tard. Par esprit de famille, on avait creusé la tombe d'Ornella dans un espace libre près du terrain de l'impressionnante concession des Volpino, où se dressait un mausolée de parvenus.

C'est toutefois en rentrant chez moi, complètement démoralisé, que mon désarroi atteint son paroxysme. Une lettre m'attendait dans ma boîte à lettres. Elle venait d'un petit village des Laurentides. L'enveloppe ne portait pas de nom d'expéditeur mais était signée par Ornella ! C'était une lettre d'adieu, comme un message de l'au-delà. Il était malhabile mais déchirant.

Mon cher amour,

Je m'excuse tout d'abord de m'être parjurée devant mon parrain Giuseppe Astonghiglia, mon cousin Lupo Volpino et surtout devant toi. Je suis enceinte. Pas de toi, bien sûr, mais de Mauro. Il m'a forcée peu avant le départ que nous avions prévu en me racontant que tout s'arrangerait lors de notre arrivée au Canada. Je l'air cru et il a pris la fuite.

Arrivée à Montréal, je me suis confiée à Giuseppe. Il m'a dit qu'il me trouverait un gentil garçon qui couvrirait ma faute. J'ai eu très peur qu'il me présente un type peu recommandable. J'ai été non seulement surprise en te rencontrant, mais je suis tombée amoureuse immédiatement comme jamais je ne l'avais été.

J'avais une envie furieuse de faire l'amour avec toi, mais, si je l'avais fait, cela aurait été une perfidie de plus pour couvrir la tromperie de mon parrain. Tu n'avais rien à voir dans tout cela. Cependant, tu te serais senti coupable tout de même et enchaîné par notre conduite.

Comme je ne veux pas t'imposer un enfant que je n'ai pas désiré et que je ne veux pas que les hommes de la famille te persécutent (ils sont prêts à n'importe quoi si tu n'acceptes pas de m'épouser), j'ai pris la décision de régler tout ça à ma manière en disparaissant avec mon enfant, car j'ai trop mal, vraiment trop mal.

Je sais que je risque de perdre mon âme immortelle. J'espère simplement que le Seigneur tiendra compte de ma situation et qu'il te protègera jusqu'à ce que nous nous retrouvions dans un monde meilleur… ou bien pire!

À toi pour l'éternité.

Ornella

Je relus plusieurs fois cette lettre et compris qu'elle avait volontairement provoqué l'accident. Pour m'en assurer, je me rendis au poste de la Police provinciale dont le patelin dépendait pour examiner le rapport rédigé par les agents. Je leur expliquai que j'étais journaliste, leur montrai mon badge de «Police reporter» de la ville de Montréal et ils me laissèrent examiner le document. On y lisait que la conductrice avait probablement «perdu le contrôle de son véhicule» et qu'elle roulait « à vive allure ». On n'avait pas relevé de traces de freinage sur la route de gravelle striée d'ondulations, une banale route rurale. Ornella avait été éjectée du véhicule, qui avait terminé son parcours dans le lac. La mort dans l'âme, je me rendis à l'endroit précis de l'accident. Curieusement, il était situé sur une portion de route droite. La Packard avait défoncé une glissière en bois symbolique, et assez vermoulue, avant de s'écraser sur les rochers en contrebas et de plonger dans le lac.

Le point d'impact se situant à une distance, que j'estimais à plusieurs pieds du bord de la chaussée, signifiait que la voiture s'était littéralement envolée avant de choir. Cela signifiait qu'elle roulait certainement très vite. J'imaginais cette lourde auto au moteur imposant décollant l'espace d'un instant, emportant dans la mort la pauvre Ornella et le début de vie qu'elle portait en elle. L'obstination de la famille, mes propres hésitations, le désespoir d'Ornella avaient contribué à la préparation du bouillon de sorcières à la base de cette tragédie.

C'était comme si les malédictions propres aux Vieux pays, dont nous ne connaissons pas grand-chose, s'étaient déchaînées contre notre couple maudit. Peut-être par curiosité ou par une inavouable attirance morbide, je descendis la pente abrupte afin de rechercher quelque souvenir d'Ornella, mais ne vis que des éclats de verre et de minuscules fragments d'ornements de carrosserie. J'espérais secrètement retrouver des traces de sang, dans lesquelles j'aurais peut-être trempé mon mouchoir comme le faisaient autrefois les parents de victimes assassinées ou exécutées. Cette tentation me fut épargnée car il avait plu abondamment la veille et l'eau avait probablement entraîné vers le lac toute trace de vie de ma petite Italienne qui retournait ainsi prématurément au grand Tout de la Nature. Je me contentai tout de même de prélever un peu de terre de cet endroit maudit en guise de souvenir. Jamais l'absurdité de mon existence ne me sembla plus grande.

C'est en sanglotant que je remontai sur la route. Je réalisais qu'Ornella avait commis un double meurtre et qu'en même temps elle avait accompli un acte d'amour parfaitement désintéressé tout en fournissant un témoignage de sa générosité. Dans sa logique, cette fervente catholique avait accepté de prendre le risque de se damner éternellement pour me sauver des griffes de sa parenté plus ou moins mafieuse, et non pour seulement éviter l'opprobre de cette dernière et de la société en général, peu accueillante aux « filles-mères ». Elle s'était sacrifiée en transgressant les commandements de Dieu et de l'Église. Si elle avait commis un tel acte pour des raisons religieuses, patriotiques ou politiques, certaines personnes l'auraient qualifiée de sainte ou d'héroïne.

Assis au bord de la route, à l'endroit où la Packard avait défoncé la glissière, je relisai la lettre d'Ornella en pensant l'utiliser pour dénoncer dans une série d'articles les pratiques dites « d'honneur » que certaines communautés ethniques imposent aux familles et dont les filles font les frais. En y réfléchissant bien, cela embarrasserait Giuseppe et Lupo mais ne donnerait rien. Les accusés avaient amplement les moyens de se payer les meilleurs avocats qui, en rétorsion, s'empresseraient de me rouler dans la boue en exhumant mes relations un peu glauques avec Leilah Soutab, connue comme étant une entremetteuse de luxe ; et aussi mes amours impossibles avec Suzal, dite Ophélie, contrariées par son oncle, Théo Robidas, qui avait réussi à soustraire sa nièce à l'emprise d'un petit reporter sans avenir, sans doute attiré par les biens de sa famille.

Pour la bonne mesure, on m'imputerait le suicide d'Ornella et certains journalistes, s'improvisant spécialistes en questions religieuses, commenteraient abondamment ma responsabilité morale dans la mort physique et spirituelle de la malheureuse. Oui, j'étais trop mal placé pour dénoncer qui que ce soit et toute l'opération était inutile. Pour la faible satisfaction de venger la malheureuse (mais serait-elle vraiment vengée pour cela ?), je ne risquais de ne rien réussir d'autre qu'à projeter des saletés dans le ventilateur public qui finirait par me les renvoyer en pleine face. Ne sachant que faire, après avoir embrassé la lettre d'Ornella, je la remis dans son enveloppe, puis dans ma poche. Je me promis de réfléchir.

Seul avec mon chagrin, je n'avais pour me confier que mes braves compagnons de taverne de Pointe-Saint-Charles. Ils avaient suffisamment de soucis avec leur quotidien. Je résolus donc de ne pas les embêter avec mes propres histoires. La figure paternelle de Pax Plante me manquait. N'ayant pas son adresse au Mexique, je me hasardai néanmoins à lui faire parvenir un mot dans lequel je lui confiais mes mésaventures, comme à un confesseur. Je parvins à le rejoindre par l'intermédiaire d'un des membres de sa famille, qui accepta aimablement de jouer le rôle de boîte aux lettres. Je comprenais la réticence qu'avait l'ancien directeur adjoint de la police à fournir ses coordonnées. La pègre avait de vieux comptes à régler avec lui. Déjà, le Dr Reuben Lévesque, conseiller municipal et premier des 74 requérants qui avaient permis le succès de l'Enquête Caron, s'était fait agresser à coups de bâtons par des hommes de main du milieu.

Je n'espérais plus de réponse lorsque, trois mois plus tard, Pax accusa réception de mon message par une lettre qui me sembla, comme celle d'Ornella, venir d'un autre monde. Il se gardait de me faire la morale mais me rappelait que je ne devais pas me faire d'illusions sur le singulier « sens de l'honneur » que défendaient les gens appartenant au crime organisé.

« Le nom de leur jeu s'appelle avant tout Profit, me rappelait-il. Pour le moindre bénéfice, ces gens sont prêts à faire n'importe quoi. Ton Astonghiglia peut sembler être une exception parce qu'il t'a conseillé, dans un geste apparemment désintéressé, de quitter cette agence de mannequins. C'était toutefois pour mieux t'entraîner dans une affaire dite d'honneur avantageant sa famille, et au cours de laquelle tu devais assumer des responsabilités qui n'étaient pas les tiennes. Quant aux Volpino, on sait comment ils ont acquis leur fortune. Maintenant, avec l'argent du crime à leur disposition, ils vont probablement établir une société multinationale.

« Quant à l'infortunée Ornella, les événements illustrent à quel point elle a pu être victime des circonstances. Souviens-toi simplement que la prochaine fois, tu dois n'accorder aucune confiance aux gens du monde interlope et ne pas faiblir devant eux. Ils sont partout. On les déloge, mais ils reviennent à chaque génération. Chaque fois on se désole, on institue des enquêtes, on prononce des jugements et, quelques années plus tard, tout est à recommencer. Les caïds s'entretuent, mais d'autres prennent leur place, s'arrangent pour devenir *legit*, pour faire les choses selon les règles. Quelques-uns d'entre eux meurent dans leur lit. Cette crasse qui s'immisce dans tous les rouages de la société doit être nettoyée régulièrement, avec ténacité et en dépit d'obstacles apparemment insurmontables. "Alors, à quoi bon s'opposer à ces forces occultes ?" demanderont les sceptiques. Pour ne pas retourner dans un monde sous l'emprise de la loi de la jungle, basculer dans l'innommable. Le Mal ne triomphe que par l'inaction des gens de bien et une société qui le tolère devient sa complice. C'est une affaire de choix. Moi, j'ai fait ma part. Je laisse mon tour aux jeunes. Souviens-toi de ça. Adieu. »

Le même jour, je me rendis au cimetière Notre-Dame-des-Neiges sur la tombe d'Ornella et, après avoir embrassé une dernière fois sa lettre aux mots délavés par mes larmes, je la remis dans son enveloppe, sortit mon briquet et, dans un geste symbolique, la brûlai au-dessus des restes d'un autre amour perdu. J'eus alors l'impression que la douce Ornella me citait l'un de ses proverbes italiens favoris : *Del senno di poi son piene le fosse*, autrement dit que les tombes sont pleines de sagesse exprimée après coup – et donc trop tard.

MARQUIS

Québec, Canada